Kiss you

她抬起头，看着近在咫尺的乔以南。

陆依恍然明白，原来怦然心动，

犹如盘古开天辟地，没有征兆，亦没有退路。

一瞬，便是一生。

Kiss you

乔以南抱紧她，告诉她：

“我会给你一个家，我会疼你爱你，

给你很多很多的爱。”

陆依抹了抹眼泪，闷声问道：“有多多？”

“多到塞满你的心房，让你没有地方去容纳悲伤。”

有爱的青春陪伴者

wo he wo de mao
dou xiang ni le

我和我的猫都想你了

公子凉夜 著

花山文艺出版社
河北·石家庄

图书在版编目（CIP）数据

我和我的猫都想你了 / 公子凉夜著. 一石家庄：花山文艺出版社，2016.8（2019.10重印）

ISBN 978-7-5511-2955-8

Ⅰ. ①我… Ⅱ. ①公… Ⅲ. ①长篇小说—中国—当代Ⅳ. ①I247.5

中国版本图书馆CIP数据核字（2016）第186542号

书　　名：我和我的猫都想你了
著　　者：公子凉夜

策划统筹：张采鑫
责任编辑：卢水淹
特约编辑：杜莉萍　周丽萍
美术编辑：胡彤亮
责任校对：齐　欣
封面设计：Insect
内文设计：西　楼
封面绘制：卜若梨
出版发行：花山文艺出版社（邮政编码：050061）
（河北省石家庄市友谊北大街330号）
销售热线：0311-88643221/29/35/26
传　　真：0311-88643225
印　　刷：长沙鸿发印务实业有限公司
经　　销：新华书店
开　　本：880×1230　1/32
印　　张：9
字　　数：223千字
版　　次：2016年10月第1版
2019年10月第2次印刷
书　　号：ISBN 978-7-5511-2955-8
定　　价：36.80元

再版序

WOHEWODEMAO
DOUXIANGNILE

是童话，也是祝福

2019 年于我来说是个幸运年，这一年，除了一如既往的新书出版，最让我高兴的是，《月亮在唱歌》《我和我的猫都想你了》迎来了再版。

我想你们一定还记得这本书里那个傲娇毒舌的天体物理学家乔以南，以及善良温暖却不幸得了“睡美人症”的陆依。

很多年前，我看到一部叫《火星救援》的电影，里面的男主角孤身一人流落火星，凭借自己的专业知识在寸草不生的火星上种植土豆，从而帮助自己活下去并最终获得救援。

当时我的观后感是：天哪，科学家太厉害了吧，好想嫁给科学家！

然后，就有了“乔以南”这个角色的诞生。

作为一个天体物理学家，乔以南在天体物理这个领域获得了让人艳羡的成就，可当他发现陆依得了“睡美人症”后，他却毫不犹豫地放弃了在这个领域继续研究，转而一头扎入自己并不精通的医学领域里，为陆依研究特效药。

我想，乔以南是陆依的小确幸，啊不，应该是大确幸。

试想，当你身患罕见病，却有一个科学家男朋友呕心沥血为你研制特效药，让你可以不必受病痛折磨，这世上，还有比这更让人动容的事吗？

他们的结合，是属于都市的童话故事。

有读者曾经问我，这个世界上真的有“睡美人症”吗？

听起来很荒谬，也很不可思议，但事实上，这个世界上真的有那么多奇形怪状的罕见病。

“睡美人症”就是罕见病的一种。

罕见病一般极难治愈，但正如此，我才要写这样一个故事，它是童话，是祝福，也是希望。

仍然是那句话——愿这世上的罕见病都能被治愈，愿不幸患上罕见病的人都能像陆依一样，勇敢而坚强，收获属于自己的幸福。

最后，这本书能够有幸再版，我想我必须得谢谢一直支持原创的大家，当初这本书一上市，盗版书就满天飞，没有你们对正版的支持，就没有今天的再版。

我想，我所能做的，就是继续坚持写更好的故事，不辜负我自己，也不辜负你们。

愿来年，我们还能一路相伴。

公子凉夜
于凉风习习初夏

目录
Contents

目录

Contents

/ 第一章 /

WOHEWODEMAO
DOUXIANGNILE

等你七个春夏秋

〔1. 她回来了〕

乔以南回到家的时候，看到的便是这样一幕：女士高跟鞋随意地扔在玄关，还未合上的行李箱凌乱地躺在客厅里，沙发上和地上是随手扔的女士衣物，把他原本干净整洁的家变成一个案件突发现场。

乔以南的眼皮突突跳了两下，下意识就想要报警，可他刚拿出手机，就听到主卧里传出一阵震耳欲聋的歌声，那歌声如魔音入耳，震得他差点儿把手机摔到地上。

乔以南握紧手机，身子微僵。这歌声他太熟悉了，熟悉到即便过了七年，他都能在第一时间听出这歌声的主人是谁。

可是，她回来了吗？

还出现在了他的公寓里？

这可能吗？

乔以南站在原地沉默了片刻，快步走上前去，一把推开了主卧的门。

宽敞的卧室里，音响的声音被开到最大，披头散发的女人裹着他的浴袍，手里拿着一个迷你麦克风，正忘我地唱着前段时间流行的《小苹果》。

那神情、那动作，乍一看，还以为是某个天后歌手降临他家，嗯，如果能忽略那难听到惊天地泣鬼神的歌声的话。

“陆依。”乔以南平静地开了口，声音并不大，可正唱得忘我的陆依却突然浑身一凛，猛地转过身来。

“砰”的一声，麦克风掉到地上，歌声戛然而止。

随即响起的是比刚刚更震耳欲聋的尖叫声。

陆依一边尖叫一边抱头鼠窜，可乔以南的卧室简约到一目了然，她根本找不到地儿躲，最终她跳上了床，扯过被子把自己裹得严严实实的，只露出一双眼睛瞪着乔以南。

“你怎么进来的？你赶快给我出去，要不然我告你私闯民宅。对，你没听错，我真的会告你！你赶紧走，要不然我马上叫救命你信不信？别看我是女人，但我的力气比男人还大，我还是跆拳道黑带！你要是不走，我下一秒就能把你打趴下……”

“你闭嘴。”乔以南忍无可忍地打断了陆依一气呵成又杂乱无章的话。

陆依顿时噤了声。

“你睁大眼睛看看我是谁。”乔以南见她一副紧张兮兮的模样，淡淡道。

陆依眨了眨眼，紧紧拽着被子，然后指了指不远处的飘窗，道：“你把我的眼镜扔过来！”

“……”乔以南走到飘窗前，拿起她的眼镜。嗯，镜片的厚度比以前厚很多，看来她的视力差了很多，难怪她如此一惊一乍，她摘了眼镜，应该处于半瞎的状态。

乔以南这样想着，拿着眼镜朝陆依走过去。

“Stop，你给我站住！”陆依突然大吼一声。

乔以南的脚步一僵，听到她继续道：“你不要过来，把眼镜给我扔过来！”

乔以南这回不再听她的，直接快步朝她走去。

“啊啊啊……救命……”陆依又想抱头鼠窜。

乔以南一把拽住她的胳膊，将眼镜近乎粗鲁地架到她的鼻梁上，低声喝道：“你是聋子吗？连我的声音都听不出来？”

眼镜戴上的那一刻，陆依挣扎的动作戛然而止，她睁着一双水灵灵的大眼睛，看着面前英俊优雅的男人，虽然他刚刚的动作有些粗鲁，但她仍然产生了一种流口水的冲动。

“帅、帅哥……”陆依咽了口口水，结结巴巴地喊了一声。

“你叫我什么？”乔以南的脸色立刻沉了沉。

她竟然没认出他来！

见乔以南变了脸色，陆依缩了缩脖子，试探性地开口：“大帅哥？”

乔以南深深地吸了口气，竭力克制住心中的怒火：“陆依，你信不信我现在就把你扫地出门？”

“你凭什么把我扫地出门？”陆依一听，顿时愤怒了，她噌地从被窝里跳了出来，正准备说些什么，突然一顿，“等等，你怎么知道我的名字？”

乔以南的脸色很平静，可不知为何，陆依就是觉得他现在很生气。

他此刻的表情那样陌生，又那样熟悉。

陆依的心里突然“咯噔”一下，脑子里电光石火地闪过一个名字，她的脸色倏地一变，也不去看乔以南，直接冲到客厅里，一把拿起茶几上的手机，快速拨了一个号，颤着声问：“姐姐，你不是说这间公寓不是乔以南的吗？”

那边还没回复，手机就被人拿了过去。

陆依看着乔以南毫无表情的脸，直想挖个地洞把自己埋进去。

“乔以雅，你把我的钥匙交给别人的时候，是不是该跟我打声招呼？”乔以南冷淡的声音在客厅里缓缓响起。

陆依默默地往后退了一步。

“对，交流会提前结束了。”

陆依又往后退了一步。

“下不为例。”

乔以南说了几句后，就挂了电话。

他回头一看，陆依已经退到了墙边。

一接触到他的目光，陆依连忙举手做发誓状：“我发誓我不知道这是你的公寓，姐姐说这是她朋友的家，她朋友不在，所以借我住两天。”

“然后？”

“然后我钱包丢了……暂时没地方去……”虽然姐姐给了她一些应急现金，还有张黑卡，可她得省着花啊。

“所以？”

“所以你能不能再让我住两天？”陆依双手合十，做祈求状，一副可怜兮兮的模样。

“……”他没见过这么厚脸皮的人！

“我会做饭、会洗碗，还会打扫卫生，唔，我还会……”陆依低头掰着手指数了数，一时想不到别的技能。她微微蹙了蹙眉，过了会儿，她眉心舒展，露出一个兴奋的笑容，“对了，我还会卖萌！”说完，她就捏着两个小拳头在脸颊边晃了晃，“看，我是猴赛雷！”

“……”

乔以南万万没想到，她琢磨了半天想出来的技能竟然是这个，顿时有些无语。

不过，他看着她肉乎乎的脸颊和弯弯的眉眼，有些不情愿地承认，她好像是还挺可爱的。

“看在姐姐的面子上，就让你住两天。”乔以南淡淡开口。

“噢耶！”陆依振臂一呼。

“把你的衣服都整理了。”乔以南有些无力，瞥了眼凌乱的客厅，开口道。

“好的，老板！”陆依立正站好，中气十足地吼了一声。

乔以南瞥了她一眼。

陆依连忙改口：“好的，房东！”

乔以南眸子微眯。

陆依摸了摸鼻子，有些摸不透乔以南的心思，于是又一次改了口：“好的，帅哥！”

“是你离开太久，还是记性太差？连我的名字都不会叫了？”乔以南冷笑一声。

陆依微愣，不明白乔以南此刻那隐隐泄露的怒火来自哪里，可她马上就要寄人篱下了，所以还是老老实实地摇了摇头，唤了一声：“好的，乔以南……”

“今晚你睡客厅。”

乔以南扔下一句话，就进了卧室，房门“砰”的一声关上了。

陆依轻吁了口气，俯身将扔在地上的衣物捡了起来，然后一屁股坐到沙发上，嘟囔着：“睡客厅没问题，可你至少给我一床被子啊！”

她刚念叨完，卧室门就打开了，一床被子扔到了她的身上。

等她把被子拨开，卧室门已然重新关上。

陆依摸了摸鼻子，有些气馁——乔以南果然还是跟以前一样不待见她啊！

半个小时后，不待见陆依的乔以南已然洗完澡躺在了床上，陆依是昨天到的，所以他的床显然已经被侵略过了，被子凌乱，床单也起了褶皱，甚至连枕头上，都留下了她的发丝。

她的气息突然变得无处不在，乔以南枕着她枕过的枕头，躺在她躺过的床上，发现自己竟然辗转难眠。

也不知过了多久，始终无法入睡的乔以南忍无可忍地从床上爬了起来，从柜子里拿出一床干净的床单被套，将原先那一床替换了，这才安心地睡了过去。

而这厢的陆依则是半丝睡意也无。嗯，她正在啃泡椒凤爪，而且啃得很欢乐，垃圾桶里都是她吐的骨头。

陆依一边啃，一边盯着茶几上的电脑，电脑里正在播最新的喜剧片。陆依一边看一边笑，不过几个小时，她已经完全没有了寄人篱下的拘束感。

所以，可想而知，第二天一早，当乔以南打开门，闻到一屋子的泡椒味，又看到毫无睡相可言的陆依时，心中那一万头神兽奔腾而过的心情。

〔2. 谁这么招人痛恨〕

“陆依！”乔以南咬牙唤了一声。

陆依睡得正酣，躺在沙发上纹丝不动。

乔以南走过去，伸手捏住了她的鼻子。

无法用鼻子呼吸的陆依不自觉地张开了嘴，开始自然地吸气吐气，但丝毫没有醒来的意思。

“你是猪吗？”乔以南皱了皱眉，手指微微用力。

陆依吃痛地闷哼一声，这才睁开眼睛：“唔……你干什么？”

“起床把客厅打扫了。”乔以南这才放开她的鼻子，直起身淡淡道。

“几点了？”陆依还有些迷糊，下意识地问道。

“九点，我现在出门，在我回来之前，你要保证把我的客厅恢复原状。”顿了顿，他又道，“还有，我不想再闻到泡椒味。”

“噢……好的……”还处于迷糊状态的陆依乖巧地点了点头。

乔以南看了她一会儿，拿起车钥匙就出了门。

大门关上的那一瞬，陆依“砰”的一声又倒回了沙发上。

五分钟后，陆依突然从沙发上一跃而起，瞌睡虫在瞬间就散了个精光，嘴巴里喃喃念道：“完了完了，我要迟到了！”

她飞快地冲进了浴室，简单洗漱了一番，然后拎过包包就冲出了门。

嗯，至于乔以南的嘱咐，则完全被她抛到了脑后。

今日是陆依上班的第一天，从今天开始，她会成为一名光荣的人民教师——韩大艺术学院的动画课讲师。

这份工作是她决定回来之后，乔以雅给她推荐的，彼时她尚在纽约，她将自己以往的作品给艺术学院的张院长发了一份，张院长看了之后，亲自打电话邀请她回来工作。

陆依到韩大校门口的时候，心中还澎湃着一种难言的激动之情，她看着校门口来来往往的大学生，觉得“意气风发”这个词很适合形容自己。

这就是韩大啊，国内的顶级学府，不仅拥有国内最强大的师资力量，还有国内顶级的研究所。

这里曾走出世界顶尖的科学家、工程师……还有音乐家……这是个孕育人才的地方，也是乔以南的母校。

想到乔以南，陆依的思绪有一瞬间的飘散，不知道他现在从事什么职业。应该回乔氏集团帮姐姐了吧？

陆依摇了摇头，不再细想，直奔设计学院。

张院长是个和蔼的中年男人，这点从他弥勒佛般的身材和笑容就可以看出来。

第一天入职，其实只要走一些固定的流程，然后认识认识以后要一起共事的同事。

动画设计原先有三个老师，名字都是ABB模式，其中两个女老师，一个叫童年年，一看就古灵精怪的；另一个叫成灵灵，斯文秀气，典型的江南女子；还有个男老师叫张亮亮，跟她一样架着一副黑框眼镜，看着很斯文，还有些腼腆。

张院长给他们互相做了介绍后，就把她留在了办公室。童年年率先凑上来，笑眯眯道：“你要是叫陆依依，那我们办公室可就太协调了！”

陆依扑哧一笑：“我不介意你们这么叫。”

“听说你在纽约待了七年，一定还没来过韩大吧？正好快中午了，我们几个今天都没课，不如带你一起去参观下校园，然后再去吃个饭给你接风。”童年年笑道，“正好我想吃火锅了，我们去撮一顿吧。”

陆依自然是求之不得，欢快地开始了韩大的参观之旅。

设计大楼的对面是韩大的一号研究所，占地面积顶得上三栋设计大楼，比韩大的体育馆还要大，据说是国内最高端的研究所，能进里面的都是国内出类拔萃的人才。陆依远远地就能看到几个穿着白大褂的男女从大门里出来。

“我跟你说，这栋楼可是盛产高智商帅哥的，你要是单身，可千万别放过这里！”童年年凑到陆依耳边，小声补了一句，“不过这里出来的帅哥都脾气古怪，很难搞，灵灵就栽在这里了。”

童年年的声音其实并不算轻，成灵灵听到了，俏脸立马涨红了，嗔了一声：“童年年，你胡说什么呢？”

“紧张啥？咱们的乔教授是出了名的难搞，又不是只有你碰过壁。”童年年一副无所谓的样子。

陆依听了，忍不住嘿嘿一笑：“我最喜欢帅哥了，有机会一定要带我见识下！”

童年年挤了挤眼，表示没问题，她掏出手机，发了条短信，道：“择日不如撞日，不如我叫他们一起出来吃个饭。”

“她男朋友就是一号研究所的，叫胡云。”成灵灵在陆依边上解释。

陆依恍然。

空旷严谨的研究所里，一个穿着白大褂的年轻男人拿出手机看了眼短信，嘿嘿一笑：“艺术学院来了个新老师，邀请我们一起吃饭。”

“男的女的？长得好不好看？”马上有人问道。

“女的，年年说是个萌萌哒的美女，听说是刚从纽约回来的。”

“无图无真相，不是美女不去！”有人笑嘻嘻地说道。

“你们这些光棍，要求不要这么多行吗？”

“NO，光棍也是有追求的！”

刚刚还很安静的研究所突然热闹起来，大家你一言我一语地聊了起来。

“照片来了！”手机又响了一声，胡云看了眼手机，马上把照片拿出来公示，比媒人还要热情，“怎么样？有没有谁感兴趣的？”

“嗯，眼睛很大，皮肤很白，虽然戴着眼镜，但笑起来很萌……走，吃饭去！”有人凑上来点评了一番，果断决定要同行。

“乔教授，要一起去吗？”胡云看了眼坐在椅子上不动声色的男人，问道。

女朋友特意交代要带上他，虽然这个任务很艰巨，但是女朋友的命令必须服从。

“你们去吧。”正在看资料的乔以南抬了抬头，淡淡道。

果然，平时就研究所几个人吃饭，乔以南还会一起，这种聚餐，他基本上是敬谢不敏。

可是，为了女朋友的叮嘱，胡云只能硬着头皮道：“反正也是要吃饭的，一起吧。”

“对啊，乔教授，你看，新来的老师真的很萌呢！”有人一把拿过胡云手里的手机，献宝似的把陆依的照片放到了乔以南面前。

乔以南正要推开，无意间瞄到手机屏幕，他的手突然一顿，眸子微微眯了眯。过了会儿，他站了起来，气定神闲地道：“那就一起吧。”

胡云有些惊讶，没想到乔以南这么容易就答应了，惊讶之余又松了口气，好歹算是完成任务了呀！

除了科研人员，一号研究所都不许外人进入，陆依一行人就等在研究所大门外，童年年一直在给陆依普及这个学校的相关信息，当然，更多的是八卦，所以她听得津津有味。

而八卦里出现次数最多的，无疑是那个神秘的乔教授。

比如说，这个乔教授是国内最年轻的天体物理学家，不过二十五岁，就已经拿到了国家最高科学技术奖，当之无愧的科学界新生代天才，听说世界最顶尖的研究所都给他发出过邀请，不知道为什么却被他拒绝了。

还比如说，这个乔教授不止拥有高智商，还有一张美得惨绝人寰的脸，有人计算过学校里追过乔教授的女生，加起来可以绕韩大三圈。

又比如说，这位乔教授生性高冷，目空一切，要是有人敢跟他表白，他一定敢用最没有人性的语言来拒绝。

据说当初成灵灵跟乔教授表示好感的时候，乔教授正在教工食堂吃面，他听了成灵灵的表白之后，“啪”的一声放下了筷子，抬起头直视成灵灵，道：“抱歉，你影响了我的胃口。”

他说完那句话之后就头也不回地走了。

陆依听到这个八卦的时候，不由得为成灵灵抹了把辛酸泪，然后幽幽道：“没事，佛祖会收了他。”

陆依看到温婉娴静的成灵灵突然变得阴恻恻的脸，心想，看来这个乔教授果然很欠扁。

“啊，他们来了！”童年年突然欢呼一声。

陆依兴致勃勃地抬头看去，一群穿着白大褂的男人从研究所里走了出来，看到乔以南的时候，她风中凌乱了。

果然，这个世界上只有一个姓乔的这么受人欢迎，又这么让人痛恨。

〔3. 她回来结婚〕

一行人浩浩荡荡地去了校门口的火锅店，童年年特意将乔以南安排在陆依边上，然后小声对陆依介绍：“乔教授，咱们韩大的高岭之花，让你感受感受，一般人可没这待遇。”

陆依摸了摸发麻的头皮，她能不感受吗？

气场好强、气压好低有没有？

童年年在一旁乐呵，就是要让新人感受下高岭之花的低气压啊！

其他人本就认识，所以都丝毫不拘束地聊了起来，连张亮亮都时不时地插几句话。

于是，这么看下来，最沉默的倒数陆依和乔以南了。

乔以南是走高冷路线的大神，所以他不说话是可以理解的。童年年作为一个体贴的好同事，果断把话题引到了陆依身上。

“依依，我听说你之前在纽约工作了好几年，怎么想到回国发展了？”

陆依的视线盯在锅里的牛肉，不经大脑地道：“我回来结婚啊。”

“啪”的一声，乔以南手里的筷子断了。

气氛有一瞬间的凝滞，众人莫名其妙地看了眼乔以南。乔以南则看着陆依，无声地扯了扯嘴角，似笑非笑。

陆依被看得毛骨悚然，脑子里飞快地运转，她刚刚得罪乔以南了吗？

算了，不管有没有得罪，作为一个房客，讨好房东是必要的。

所以，她默默地把自己的筷子递了过去，鬼迷心窍地露出一个笑容：“乔教授，你用我的筷子吧。”

“依依，你把你用过的筷子给乔教授？”童年年惊讶得张大了嘴巴。

童年年一开口，陆依才发现这个事实，她连忙收回筷子，露出一个尴尬的笑容：“不好意思，我忘了。”

“服务员，再来一双筷子。”胡云连忙开口，为陆依解围。

乔以南拿过干净的筷子，对着陆依呵呵了两声：“我只听过一孕傻三年，没想到陆老师还没结婚，智商就降为零了。”

乔以南难得开口，一开口就是这么一句毒舌的话。陆依小脸微红，面色却还淡定，毕竟乔以南的毒舌，她早就领教过了，这已经是攻击性最弱的一句了。

“乔教授，这你就不懂了，这叫呆萌。”童年年为陆依说话。

“呵呵，呆是呆了点儿，萌倒没看出来。”乔以南冷笑。

“……”

“依依，那你男朋友呢？也是我们学校的老师吗？”作为一个也被毒舌男神伤害过的女子，成灵灵心有不忍，试图转移话题。

陆依涮了片肥牛，嘿嘿一笑：“我还不知道呢，我这周末去相亲，到时候就知道了。”

“……”众人呈呆滞状。

这年头结婚都是这么随便的吗？

乔以南觉得自己有点儿肝疼。

好在大家都不是会对别人刨根问底的人，所以话题很快又转移了。

陆依则是丝毫没被刚刚的气氛影响，非常专心地在涮食材，她的碗里堆了满满的肥牛、牛板筋、雪花牛肉、金针菇……

“乔教授，这虾不错，来吃一个。”张亮亮坐在乔以南边上，见乔以南都没怎么动筷，好心地夹了一只大虾放到乔以南碗里。

乔以南还未开口，陆依已经自然地伸出筷子从乔以南碗里把那只虾夹了出去，然后一边剥一边道：“他不吃虾的。”

“……”众人再次惊呆了。

大家颤抖地看着陆依，这么明目张胆地从乔以南碗里抢食，真的不会出事吗？

“你们看着我做什么？”陆依咬了口虾肉，抬起头后知后觉地问道。

众人立马把视线转移到乔以南身上。

“怎么，你们都想帮我吃虾？”乔以南扯了扯嘴角。

众人摇头如拨浪鼓，纷纷收回视线，该吃肉的吃肉，该喝水的喝水，眼观鼻鼻观心。

不过童年年还是有些不死心，悄悄凑到陆依耳边问道：“你怎么知道乔教授不吃虾？”

陆依这才发现自己刚刚的所作所为丝毫不像一个刚认识乔以南的人，唔，要不要承认他们俩认识呢？

可看乔以南的意思，好像丝毫没打算和她相认啊？

于是陆依想了想，道：“他长得很像海鲜过敏的人。”

“……”童年年的额头垂下两条黑线，这也行？

一顿饭就在诡异的氛围中吃完了。

下午陆依基本没什么事，就在办公室和同事们插科打诨，一直到傍晚，她才慢悠悠地出了校门。

乔以南的公寓离韩大很近，开车只要五分钟，坐公交车也就十五分钟。

陆依抬头看了看已成鸭蛋黄的夕阳，突然心血来潮，准备走路回家。

她双手插在裤子口袋里，一边走一边哼着歌，怡然自得如走在无人的白色沙滩上。

一辆车驶到她身边，喇叭声响了两下，陆依蹙了蹙眉，谁这么没公德心乱按喇叭？还让不让人好好走路了？

她探头一看，还未来得及表达自己的不满，就看到乔以南坐在驾驶位上，不耐地看了她一眼：“上车。”

陆依迅速地打开了后车门，正要钻进去，乔以南冷冷的声音飘了过来。

“我看起来像你司机吗？”

陆依果断关上后车门，钻进了副驾驶位。

“系好安全带。”乔以南扔下一句话，一踩油门，车子就飞驰出去。

车上的气氛沉闷得有些尴尬，陆依只好闭眼装睡，却听到乔以南开口问道：“你回来结婚，我姐姐知道吗？”

“我还没告诉她。”

“呵……”

这一声“呵”简直就是无声胜有声，陆依被呵得心里发虚，头都快垂到胸前了。

接下来就是一路无话，好在只有几分钟车程，陆依下车的时候，心想，她果然是走路的命，乔以南的车坐得太痛苦了。

两人一起回到公寓，陆依走在乔以南后面，看到钥匙转动的刹那，突然想起自己还有一件事没做，可她还来不及阻止，就眼睁睁地看着门打开了。

一室狼藉。

乔以南的脸青了青。

“别急，我这就去打扫！”陆依立马窜到乔以南前面，飞奔到客厅里。

她左右扫了一眼，问道：“扫把呢？”

乔以南站在玄关处，伸手打开旁边的储物柜，里面放着崭新的扫把和拖把。

陆依凑过去一看：“这么新？你都从来没扫过地吗？”

乔以南扯了扯嘴角，并不回答，直接回了卧室。

二十分钟后,陆依敲了敲乔以南的门:“打扫好了,你可以出来了。”

“做好饭再叫我。”乔以南的声音很冷淡，此时的他正站在窗前发呆,他在手机里翻着乔以雅从前发给他的照片,七张照片,七个年头,见证了陆依的十八岁到二十五岁,没有他陪伴却仍然灿烂无比的年华。

光是想想，就觉得有一种莫名的恨意充斥在胸腔里。

乔以南闭了闭眼,算了,既然她已经回来了,那么,就原谅她吧……

“……”陆依默默地走开了，丝毫不知道短短几秒钟的时间，她已经被人恨了一场又被莫名原谅了……

一个小时后，陆依再次敲了敲乔以南的门：“饭做好了。”

乔大爷您可以出来用膳了！

乔以南已经洗完澡换了一身休闲衫，他坐到餐桌前，看到有模有样的三菜一汤，脸色难得和蔼了些，对着站在餐桌前的陆依，道：“坐吧。”

“……”陆依真想喷他一口盐汽水，她就没准备站着，他这副恩赐的表情到底是几个意思？

寄人篱下的滋味不好受啊！陆依含泪坐了下来。

乔以南吃了两碗饭，胃口显然比中午要好，陆依感动得热泪盈眶，这是对她厨艺的认可啊！

“我吃饱了，你别忘了洗碗。”乔以南放下筷子，淡淡道。

“……”陆依收回感动之情，默默地扒饭。

等陆依收拾好厨房，乔以南已经优哉游哉地在客厅里看电视了。

陆依在客厅里张望了一番，好像她也没别的地方可去了，所以她蹭到了乔以南身边，努力寻找话题：“乔以南，你在看什么呀？”

“你不是有眼睛吗？”

“……”陆依气馁，还能不能好好搭个讪了？

她索性不再开口，抓过一个抱枕抱在胸前，恶狠狠地盯着电视屏幕。

乔以南看的是科技频道，陆依没看一会儿就昏昏欲睡了，好无聊好枯燥有没有？更重要的是，看不懂啊……

“乔以南，我们能换个台吗？”陆依小声问道。

乔以南直接用行动回答了她，他按了下遥控器，电视上就出现了一部经典的动画片——《哆啦 A 梦》。

陆依吐血，这都几岁的人了，竟然还看《哆啦 A 梦》？

更重要的是，他早就看过八百遍了！她作为一个动画师，都已经看腻了，他竟然还没看腻？

“不想看？”乔以南瞥了她一眼，作势就要调回原来的频道。

陆依连忙阻止他：“想想想！”

看《哆啦 A 梦》也比看科技频道好哇……

陆依含泪，使劲儿瞪着电视屏幕。

乔以南看着她的侧脸，有些微的失神。他的脑海里浮现出她小时候的模样，那时她的脸上还没有这么多胶原蛋白，瘦得像个非洲难民，姐姐领着她走进家门，她用那双又黑又亮的眼睛看着他，小心翼翼地喊了一声：“以南哥哥。”

那声音柔软又脆弱，轻而易举就能激起人的保护欲。

“乔以南，我能问你个问题吗？”乔以南愣神的时候，陆依把脸凑到他面前，眨巴着眼睛问道。

“你问。”乔以南回过神来，看着她近在咫尺的眼睛，有些不自在地撇开脸。

“我能吃泡椒凤爪吗？”陆依眨了眨眼，努力卖萌。

“不能。”

“嗷呜……”卖萌失败，陆依陷入了没有泡椒凤爪的忧伤中。

〔4. 喜怒无常的乔大神〕

陆依是个自来熟的性子，在学校很快就混得如鱼得水。

至于乔以南，除了早上出门和晚上回家，他们几乎没有在学校里遇见过。

周六，陆依难得没有睡懒觉，早早地起床，从行李箱里挑了件薄荷绿的连衣裙，然后化了个淡妆，还戴了隐形眼镜。

一切准备就绪，陆依站在浴室的镜子前好好地欣赏了自己一番，嘿嘿，打扮起来也是个小美人啊！

她信心满满地挺了挺胸，转身就要走出去。

一转身，她就见乔以南双手环胸，倚在浴室门口，似笑非笑地看着她。

陆依的小心肝颤了颤，以为乔以南等着用卫生间，连忙道：“我用好了，你用吧。”

陆依说完就要出去，越过乔以南的时候，她听到乔以南淡淡的声音在她头顶响起：“去相亲？”

他的声音明明那样平淡，可陆依却觉得有一股莫名的威慑力，感觉自己在他面前不由自主矮了半截儿，尽管她也不知道为什么他淡淡的一句话就会让她如此心虚。

所以，她含糊地应了一声就飞快地逃离了危险区域。

看着陆依迫不及待地往外跑的身影，乔以南很不爽。

她在他家混吃混喝，现在却跑去跟别人相亲？

天下有这么好的事？

乔以南掏出手机，打了个电话。

陆依拦了辆出租车，她看着窗外飞逝而过的风景，有些茫然。

手机响了一声，有短信进来。她低头一看，是父亲的，只有一句话：出发了吗？

陆依连忙回复：出发了。

放下手机，她微微地叹了口气。那些微的茫然在此刻全都散去，她握了握拳，给自己打气，不就是相亲吗？不就是要嫁给一个不认识的人吗？

那又怎样呢？

车子开到一半，手机突然又响了。她低头一看，是乔以雅的电话，连忙接了起来。

“姐姐。”陆依笑着唤了一声。

“依依，快，你快回家一趟！以南他刚刚在浴室摔了，我现在不在韩市，你帮我送他去医院。”乔以雅火急火燎的声音从电话那头传了过来。

陆依一愣，刚刚他还差点儿用气场压死她，怎么才一会儿工夫就摔了？

这是不是就是传说中的现世报哇？

陆依弯了弯嘴角，下意识就要嘿嘿一笑，可笑声到了嘴边又马上咽了回去，姐姐还在电话那头呢，被听到就不好了！

陆依这么想着，对司机道：“师傅，麻烦掉头，我们要回去！”

“依依，以南就拜托你了，请务必帮我照顾好他。”乔以雅略松了口气的声音再次传过来。

陆依顿时觉得自己责任重大，连忙安抚：“姐姐你放心，我会好好照顾他的。”

乔以雅挂了电话，刚刚还担心弟弟紧张得不得了的女人，此刻全然换了副表情，她对着身后的按摩师懒洋洋地道：“继续吧。”

乔以雅躺在按摩床上，拿着手机又拨了个号码，等那头接起来之后，她嗤笑一声：“依依现在在回去的路上，你可给我装像了，如果被她看出来，我唯你是问。”

“我能不能不使用这招？”电话那头的乔以南沉默片刻，无奈地问。

“行啊，你自己看着办。”乔以雅嘿嘿一笑，果断挂了电话。

乔以南头痛地抚了抚额，果然还是不能让乔以雅掺和，他不过问了下建议，乔以雅就已经给他准备了全套剧情。

他坐在沙发上沉默了会儿，最终还是认命地起身，嗯，做准备工作。

而此时的陆依，则在发呆，明明马上就要到了，去见一个有可能是她未来丈夫的人，从此完完全全地忘掉过去，可她好不容易决定要往前走，又被他拖了回来。

她看着前面的车流，有些焦躁地扭着手指。

乔以南，你可真是我的克星！

认识乔以南，是太久之前的事，久到三年五载都不足以用来形容时间的长度，她还记得，那一年，她只有十岁，姐姐陆然因车祸去世，她被乔以雅领回家，从此成了乔家的一分子。

踏进乔家大门的时候，她第一眼就看到了乔以南。他与她同岁，可看起来比她老成许多，举手投足活脱脱一个豪门小少爷。

乔以雅给她介绍的时候，她小心翼翼地喊了一声“以南哥哥”，可他却只是哼了一声，就没有理她，高冷范儿十足。

最后他被乔以雅削了一顿，才不情不愿地叫了一声——妹妹。

那是他第一次，也是唯一一次这样唤她，后来他都是直接叫她陆依，连名带姓，有些不耐烦，又无可奈何。

陆依是突然闯到他家的，乔家上下都把她当成公主一样来宠，尤其是乔以雅。乔以雅完全充当了陆然的角色，成了她另一个姐姐。

只要乔以南稍微对她露出一点儿不耐烦的神色，乔以雅必然要削他一顿。

也许是因为乔以雅把所有的宠爱都给了她，所以乔以南才会一直看她不顺眼，她不止一次听到乔以南梗着脖子问乔以雅：“你到底是不是我亲姐？”

当然，结果就是乔以南又被削一顿。

那应该算是乔以南的黑历史，高岭之花是被姐姐从小削到大的，说出去谁会信？

陆依光是替乔以南想想，就觉得蛮心酸的。

所以，陆依从小就对乔以南很好，送吃送喝送温暖那是常事，就像两人同在一个饭桌，只要是乔以南不吃的菜，最后都会被她解决。

“到了。”

司机的一句话，把陆依从回忆中拉了出来。她连忙付了钱，匆匆忙忙往公寓里赶去。

“乔以南，你没事吧？”陆依一打开门，就大声喊道。

“你看我的样子像没事吗？”乔以南的声音闷闷地响了起来，细听之下，竟有些委屈。

陆依定睛一看，乔以南正躺在沙发上，仍然是一身休闲的装束，只是左脚缠了厚厚的绷带，从脚趾一直缠到了小腿，所以他左裤腿被剪了一截儿。

陆依的心突然微微一颤，她看着他脚上的绷带，一想到自己刚刚竟然还幸灾乐祸，就不由得生出一种愧疚之情。

不过，他的左腿都被缠成这样了，他竟然还能跟个没事人一样，拿着本厚厚的外文书在看。

陆依气不打一处来，直接上去夺走了乔以南手中的书，道：“这种时候你就别装了好不好？”

“……”

乔以南有些不悦，正欲发作，就见陆依小心地摸了摸他的绷带，小声问：“疼吗？”

乔以南的心一下子又软了下来：“不疼。”

是真的不疼。

“都肿成这样了，怎么会不疼？”陆依提高音量，瞪了乔以南一眼。

乔以南只好改口：“有点儿疼。”

陆依这才算相信他，她看着绷带，后知后觉地问道：“呃，这谁给你包扎的？”

“刚刚老徐过来了一趟，他帮我包的。”乔以南面不改色地撒谎。

老徐是乔家的家庭医生，陆依听了，丝毫没有怀疑，只是殷切地问道：“老徐说你的伤怎么样？要养多久？有没有什么忌口的？”

“唔，伤筋动骨一百天，估计要养三个月吧。”乔以南随口胡扯。

陆依却是赞同地点了点头：“要的，你要小心点儿，别再摔了，我这就去给你炖大骨汤。”

陆依说完就转身去了厨房。

乔以南看着陆依忙碌的身影，破天荒地涌现一种名为内疚的情绪。他沉默了会儿，问道：“你回来照顾我了，那你的相亲怎么办？”

“没关系，我可以再约时间。”

还要再约？

乔以南蹙了蹙眉，决定收回刚刚的情绪，淡淡道：“我渴了。”

“水来了……”陆依飞快地从厨房跑了出来。

乔以南这才满意了些，也不伸手接过杯子，直接就着杯沿喝了口水，喝完后，他抬头看向陆依：“我累了，你扶我回房休息。”

“你能走吗？要么我背你？”陆依看了眼他的左脚，小心翼翼地问。

“没事，能走。”

乔以南说着，就要起身。陆依连忙凑过去扶起他，尽量让他的重心倾斜在自己身上。

这是陆依回来后，他们第一次这样亲密地靠在一起。乔以南在陆依眼里是个伤患，所以她丝毫没往别的方向想，只是小心翼翼地扶着他，生怕一不小心就让他摔了。

至于乔以南，他在后悔自己刚刚的决定。

她的气息那样近，近得他一回头就可以擦到她的脸颊，他的思绪回到很多年前，那一年的夏天刚刚结束，他从巴黎度假回来，他拿出她放在他抽屉里的情书，怀里还放着他特意为她定制的蒂芙尼项链。

他拿着情书在她面前晃了晃，故意问她：“陆依，你这情书是写给谁的？”

他当时想，只要她承认是给他的，他就把项链送给她，然后向她表白。

可她却露出一个惊诧的表情，惊慌失措地问：“我给沈林写的情书怎么会在你这里？”

于是，他的项链再也没能送出去。

“怎么了？”察觉到乔以南的身体突然僵硬了些，陆依有些担心地问道。

“没事。”乔以南的脸色冷了下来，他突然推开她，自己单脚跳着回了卧室。

虽然乔以南的脸色很差，可他单脚跳的样子真的很滑稽，陆依还是忍不住笑场了。

但她还没笑出第二声，卧室的门就“砰”的一声关上了。

陆依摸了摸鼻子，心想，受了伤的乔以南更加喜怒无常了……

〔5. 相亲遇上奇男子〕

陆依最近很忙，除了忙着上课，还要忙着照顾乔以南。

乔以南这个假伤患演戏显然演了全套，直接请了一个月的假，就是苦了陆依天天来回奔波，不仅要给他准备早饭，还要准备中饭和晚饭。

这天中午，陆依上完课后被张院长叫住寒暄了一顿，错过了午饭时间，等她赶回家，乔以南已经先行午睡了。

陆依推开卧室的门，窗帘遮住了外面的阳光，乔以南睡在床上，房间里安静得只能听到他清浅的呼吸声。

陆依不由自主地走到床前，蹲下身有些失神地看着他的睡颜。这些年，她见过的男人不算少，国外多的是金发碧眼的帅哥，可她始终觉得，还是这张脸最好看。

如果要用一个词来形容他，她只能想到一个词——美人如玉。

那本该是形容女子的词，可用在他身上，丝毫不觉得阴柔，反而有一种清贵的气质。

谁能想到这样一个人，竟然是个科学家，还是个高深的天体物理学家？

唉，如果乔美人的脾气能好点儿，那该多好！

陆依就这么看着乔以南的脸，只觉得自己胸腔里的一颗心怦怦怦跳得厉害。这就是她年少时喜欢过的人啊，这么多年了，她刻意将这个人遗忘在岁月的洪流里，从未想过他们还能生活在同一个屋檐下。

她以为七年时间能变成一个全新的自己，会爱上一个全新的人，可七年后，当他们再次重逢，她恍然发现，原来深爱一个人，不会随着时间转移。

“看够了吗？”乔以南突然睁开眼，毫无睡意地开口。

陆依吓了一跳，一屁股坐倒在地上。

她摸了摸发烫的脸，假装在地上找东西。

“怎么？你的节操丢了？”乔以南扯了扯嘴角，坐起身看着她。

“……”陆依握拳，这人到底会不会说话？

“我饿了。”

“我马上去给你做饭。”陆依连忙转身往厨房跑。

乔以南看着她的背影，扬了扬嘴角。

两人一起吃了午饭，下午陆依没课，便待在家里看电视。

遥控器在陆依手里，所以她果断选了个综艺节目。乔以南坐在她旁边，丝毫不受电视的干扰，专心地看着手中的书。

茶几上放着一大盘葡萄，陆依一边看电视一边吃葡萄，吃得开心了还顺手给乔以南剥一颗。

乔以南平时看书的时候不喜欢受干扰，但此时此刻，剥好的葡萄一颗颗送到他的嘴边，他只需要张张嘴就好了，倒也乐得自在。

唯一有些违和的是，陆依每每把葡萄递过来的时候，都会下意识地“啊”一声，示意他张嘴，完全把他当成了小孩儿来哄。

等到陆依第 N 次“啊”的时候，乔以南终于忍无可忍，撇过头去：“不吃了。”

“我自己吃。”陆依噘着嘴收回手，把葡萄扔进了自己嘴里。

一个月的时间很快过去了，乔以南的“脚伤”痊愈得很快，已经可以回学校工作了。

陆依不放心，特意给乔以南买了一根拐杖，但被乔以南嫌弃地搁在了角落。

“真的不用我扶你吗？”下车的时候，陆依惴惴不安地问道。

“你希望大家看到你扶着我去上班？”

陆依摇头。

“那你还不快走？”

陆依连忙下了车，但走了一步又停住了，探头看向车里的乔以南：

“真的不用我扶吗？”

“那你来吧。”乔以南微微抿唇，掩住嘴角的一缕笑意。

“……”陆依有些后悔，没事多什么嘴呢？

可坑是自己挖的，跪着也得填完！

陆依含泪将乔以南扶下车，正准备开口说些什么，突然听到身后响起一道熟悉的声音：“依依、乔教授，你们怎么在一起？”

陆依的身子一僵，转头看向童年年，搜肠刮肚想要找一个完美的借口，乔以南已经率先开了口：“陆老师自告奋勇要扶我上下班。”

童年年意味深长地“喔”了一声，走上前拍了拍陆依的肩膀，称赞道：“好同志，韩大就需要你这种活雷锋。”

陆依的额头流下一滴冷汗。

“那什么，你们慢慢走，我先撤啦……”童年年朝陆依眨了眨眼，飞快地消失在停车场。

看着童年年消失的背影，陆依觉得自己肠子都悔青了。

等她回了办公室，果然就看到了一屋子精光闪闪的八卦之光。

“坦白从宽，抗拒从严。”童年年不知从哪里掏出一把戒尺，贼笑着狠狠拍了拍桌面。

“请叫我雷锋。”陆依佯装淡定地回到了自己的座位。

“啊呸！”童年年猛地窜了过来，“说，乔教授是不是被你拿下了？”

“……”

“你别担心灵灵，她巴不得看到乔以南栽在女人手里。”童年年以为陆依是顾及成灵灵，安抚道。

“她说得没错。”成灵灵喝了口水，幽幽地道。

“我今天晚上去相亲。”

陆依冷不丁的一句话成功冷却了办公室里热烈的八卦氛围。

童年年有些反应不能：“不是吧？乔教授真没被你收下啊？”

“老天会收他，不用我下手。”陆依打了个哈欠，准备接下来的教案。

下午上完课后，陆依直接去了市中心。

相亲的地点是韩市最有名的餐厅，至于相亲的对象，陆依只知道那人比她大五岁，名字叫“刘君辰”。

听说刘家在韩市也算是小有地位的家族，刘君辰是刘家长子，他眼高于顶，所以才一直没有娶亲。

说实话，陆依有些紧张，因为她自认不是什么大美女，刘君辰既然出身富贵，定然已经见惯了各色美女，那些人他都没看上眼，她能指望他看上自己？

陆依在服务员的指引下走到靠窗的一个卡座，刘君辰还没来，她刚一坐下，就看到一个穿着一件夸张皮草大衣的男人朝她走了过来。

那男人长了一张娃娃脸，头发乱得跟鸡窝一样。说实话，如果不是他那一头实在欠打理的头发和那件实在太老气的衣服，她实在看不出他有三十岁。

“陆小姐是吗？我是刘君辰。”那男人脱掉外套，笑得一脸放荡不羁。

陆依只看了他一眼，就打了个激灵。你相亲不洗头也就算了，你穿皮草大衣我也忍了，可为什么大冬天的里面竟然只穿一件紧身衣？

凸点了好吗！

陆依不忍直视，目光往下移了移，就看到了比紧身衣更不忍直视的紧身裤……

陆依在心底哀号一声，这都什么品位啊？！

她只能把目光移到他的脸上，勉强露出一个笑容，道：“刘先生你好，请坐。”

刘君辰一屁股在她对面坐下。

陆依又打量了他一眼，正准备找个话题，就听见对方沉痛地开口道：“陆小姐，在你之前我已经相亲了十三场了，我知道我这副模样，你肯定看不上我，所以，我可以接受你拒绝我。”

“我不是看脸的人……”陆依为自己正名，要拒绝也不能找这么肤浅的理由。

“唉，除了脸，其实我还有很多缺点，比如说不爱洗澡，喜欢抠脚……我的前女友、前前女友、前前前女友就是因为这些离开我的……”刘君辰深深地叹了口气。

“没关系，缺点都是能改的。”陆依见他一副快要哭了的模样，忍不住安慰。

哪知她这么一安慰，刘君辰的表情更加想哭了。正好有服务员送水上来，刘君辰端水杯的时候销魂地翘了个兰花指。

见陆依被惊到，他露出一副破罐子破摔的表情，痛定思痛道：“其实……我是同性恋……”

陆依呆了一呆，磕磕巴巴地陈述了一个事实：“你、你刚刚说你有前女友、前前女友，还有前前前女友……”

刘君辰一愣，万万没想到自己竟然就这么被拆穿了……

他沉默了片刻，以更加沉痛的语气道：“其实……那些都是障眼法……”

他抬起头，正要说些什么，目光突然落到从门口走进来的人身上，他的脸上浮现出一抹兴奋之情，拍桌而起道：“看，那就是我男朋友。他一定是知道我要来相亲，特意来阻止的！”

刘君辰说完就奔了过去。

陆依看了过去，那人被刘君辰挡着，看不太清楚，期间刘君辰凑在那人耳边说了什么，然后两人一起往陆依这边走来。

“陆小姐，这就是我男朋友。”刘君辰的声音带了抹激动。

陆依定睛一看，顿时傻了：“罗大哥？怎么会是你？”

面前的人西装革履，高大帅气，是陆依再熟悉不过的人，他是乔以雅的好朋友罗岚，也是知名音乐家苏南的经纪人。

发现眼前的人是陆依时，罗岚整张脸都绿了，他狠狠地瞪了眼刘君辰。

刘君辰也有点儿蒙，千算万算没算到这两人认识啊！

陆依看着刘君辰放在罗岚胳膊上的“咸猪手”，感觉自己的三观崩塌了。

她露出一副要哭的表情，指着罗岚道：“罗大哥……你怎么会是……呢？姐姐要是知道了……”

一听陆依提起乔以雅，罗岚的脸色一阵青一阵白，他突然一脚把刘君辰踹到了边上，皱着眉骂了句：“你快给我解释清楚！”

陆依还没弄明白，就见刘君辰摸了摸鼻子，凑过来道：“好吧，我不是同性恋，我只是想让你拒绝我，才想了这一出……”顿了顿，他指了指罗岚，补充了一句，“这位是我堂哥。”

陆依恍然大悟，狠狠地松了口气，拍了拍胸脯道：“吓死我了……我就说罗大哥怎么可能嘛！”

那样姐姐可怎么办？她还指望罗大哥能做她姐夫呢！

她抬头看向罗岚，奇怪地问：“罗大哥，你怎么会在这儿？”

“下个月苏南要在韩市开演奏会，我们提前回来准备。”罗岚微笑道。

“真的吗？有我的票吗？”陆依双眼一亮。

“当然，过几天我就把票寄给你。”罗岚摸了摸陆依的头。

“太好了！”陆依欢快地道，顿了顿，她左右张望了一番，嘿嘿一笑，“你在这儿，苏南该不会也在这儿吧？”

罗岚看着陆依探头探脑的模样，好笑地戳了戳她的头：“他今天不在，以后有机会我再带你见他。”

“那让他给我一张签名照。”

“别想太多。”苏南那家伙，这辈子都没在照片上签过名，就算他这个经纪人想要一张，也是难如登天。

“那什么，堂哥，我也想要一张。”两人聊得正欢，被冷落的刘君辰突然插了一句。

罗岚睨了刘君辰一眼：“你先给我解释清楚这是怎么回事，还有你，怎么穿成这样？”

刘君辰尴尬地挠了挠头，终于把实情说了出来。

原来此人是个不婚主义者，但是家里执意给他安排了相亲，他只好想出各种奇招让女方拒绝他，他觉得只要女方看不上他，家里人也不好怪他。

罗岚有些恨铁不成钢地瞅了他一眼：“得得得，你赶紧走人，我跟依依难得见面，我们要叙叙旧。”

“叙旧？”刘君辰的眼珠子转了转，微妙地笑了笑，“你们俩该不会是……”

他的话还没说完，就被罗岚一脚踹了出去：“想什么呢？她是我妹妹！再胡思乱想我就把这事告诉你爸妈！”

“别别别，我滚还不行吗？”刘君辰顿时变了脸色，连连摆手，拿起皮草大衣就干脆利落地滚了。

陆依看着刘君辰风一般消失的身影，呆了呆，这家伙速度够快啊！

/ 第二章 /

你说你曾爱别人

我　和
我的猫
都想你了

〔1. 公主要睡床〕

“你怎么会和刘君辰相亲？”罗岚在卡座上坐下，蹙眉问道。

“我爸安排的。”陆依犹豫了会儿，老实道。

罗岚的眉头蹙得更厉害了：“你知不知道刘君辰是什么样的人？”

陆依老实地摇了摇头。

“你呀你！”罗岚有些无奈，“乔以南那小子呢？他知道你来跟刘君辰相亲吗？”

陆依继续摇头。

罗岚松了松领带，显然觉得有些挫败，他正了正脸色，道：“我虽然不是你的亲大哥，但我答应过你姐姐，会帮忙照看你，所以依依，不要和刘君辰来往，他不是合适的结婚对象。”

陆依眨了眨眼：“罗大哥，你好像知道很多八卦的样子。”

“……”

“刘君辰都有什么八卦呀？透露下呗！”陆依更加感兴趣了。

罗岚斟酌了下措辞，吐了两个字出来：“滥情。”

“……”

“他曾经同时交往了七个女朋友。”罗岚想了想，继续道。

陆依惊呆了。

“刘君辰不是坏人，但也不是良人，他的那些荒唐事只要稍微查一下就能知道。依依，你父亲他，没帮你把关吗？”罗岚看着她，眸光深处暗藏了一抹怜惜。

陆依一怔，竟没能答上来。

晚饭后，陆依拒绝了罗岚的相送，一个人慢慢地往回走。

她犹豫良久，给父亲打了电话，她只问了一句话：“刘君辰很花心，你知道吗？”

电话那头愣了愣，随即不以为然地笑道：“你这丫头，哪有男人不花心的？你也知道你的情况，能嫁入刘家，已经算是好归宿。”

连罗大哥都知道刘君辰不是良人，他却说是好归宿。

陆依直接挂了电话。

她仰头望着天空，夜空里只有一颗北极星在闪烁，她突然有一种想哭的冲动。

从小到大，她一直希望找到自己真正的亲人，等她终于找到了，却发现与想象中相差甚远。

她是个弃儿，从小被遗弃在路边，是陆然的爷爷将她捡回了家抚养，爷爷过世后就是陆然在抚养她，陆然只比她大六岁，却用小小的肩膀撑起了她的天空。

可上天并没有眷顾陆然，她永远地留在了十六岁，青春正盛，却无归期。

七年前，有人找到她，说是她的父亲，他带她回家。可等她回家之后，却发现那个家里早已有了活泼可爱的弟弟，她是那个多余的存在。

陆依叹了口气，不再多想，多想伤身，她还想多活几年。

一回到公寓，陆依就感觉到了一阵低气压。乔以南坐在沙发上看书，看到她回来，连眼皮也没抬一下。

陆依虽然不想说话，但还是忍不住问道："晚饭吃了吗？"

乔以南抬了抬眼，答非所问："相亲相得愉快吗？"

陆依一愣，半晌答了句："挺好的。"遇到了罗大哥，也算愉快了。

乔以南脸色一暗，心里那被他压制下去的恨意又浮了上来，冷声道："那你准备什么时候搬出去？"

陆依一怔，眼眶突然有些发热。她张了张嘴，想说些什么，却最终什么也没说。

"既然相亲愉快，想必马上就要结婚了，住在其他男人家里，始终是不方便的，陆老师你说是吗？"乔以南心中憋闷，开始口不择言，但话一说完，他就后悔了。

"嗯，是。"陆依努力控制住自己的情绪，低头应了一声。

她快步走到行李箱前，把放在外面的东西随意地往箱子里一扔，咬唇道："我现在就走。"

陆依拉着行李箱就往外走。

乔以南没想到她这次这么干脆，脸色更差了，几步上前拉住了她的手腕："这么晚了你能去哪里？"

“你管我去哪儿？”陆依突然抬头吼了一声。她的声音有些破碎，眼眶里的泪水没能控制住，飞快地滚落下来。

乔以南一怔，似是没想到她会突然哭出来，顿时有些无措：“你怎么哭了？”

被他这么一问，陆依更是哭得停不下来，她索性蹲下身，放声大哭：“呜呜……王八蛋……你们都想丢开我……没有良心……再也不要和你们玩了……”

乔以南被骂得有些心虚，又有些哭笑不得，伸手擦了擦她的眼泪：“别哭了。”

“你已经不是我房东了，你没有资格管我……”陆依瞪了瞪眼，一边哭一边抹眼泪。

“我刚刚是跟你开玩笑的，你可以继续住在这里。”乔以南硬着头皮解释。

“随便住多久吗？”陆依抽泣着问道。

“嗯。”

“那我要住那间房，你给我买张床。”陆依指了指堆着一些机械设备的次卧，继续抽泣。

“可以。”乔以南抽了抽嘴角，都哭成这样了还不忘给自己争取权益，其实根本就是装的吧？

“我今晚想睡主卧，我不想再睡沙发了。”陆依抹了把泪，得寸进尺。

“好。”

听到这句话之后，陆依蓦地站起身，也不管行李箱了，直奔卧室。

“呜呜，我好困，我要睡觉了！”

“陆依，你先去洗澡！”

“砰”的一声，房门被重重关上了。

乔以南的声音被隔绝在房外。

第二日，乔以南在研究室工作，手机每隔一小时就收到一条短信，每一条都是同一个人发的，而且还是同一句话：别忘了给我买床。

下午两点，再次收到这条短信的乔以南忍无可忍，回了一句：你是复读机吗？

几秒钟后，又有一条短信发了过来，这次陆依换了措辞：听说你要给我买张床？

……

乔以南只觉得脑仁隐隐作痛，他沉默了会儿，突然站了起来，把白大褂一脱就走了出去。

“乔教授，你去哪儿？”胡云随口问了句。

“买床。”

乔以南开车到最近的商场，他一进家纺店，服务员就迎了上来。

“先生，是要买婚床吗？”

“不是。”

“那是给自己睡吧？那我给您推荐这张床，带有智能系统，不仅睡得舒服，还能实时记录您的睡眠状况和身体情况哦。”服务员指着放在最外面的一张大床，热情地介绍。

乔以南不置可否，目光在店里扫了一圈，指了指一张公主风的实木大床：“就要这个，包括上面的被子和床单被套。”

服务员呆了一呆，果然这年头的帅哥都是……啊！直男怎么会有这种少女心？

服务员怀着一颗破碎的心，去给乔以南结账了。

陆依晚上回到家，就看到次卧里的机械设备都已经清空了，取而代之的是一张实木大床、一个大衣柜和一张梳妆台。

哟呵，这是买一送二的节奏啊！

陆依满意了，不过她看着那张大床展现出来的浓浓的公主风，有些纳闷儿，转头问坐在沙发上的乔以南："乔以南，这张床是你买的吗？"

"怎么？"

陆依笑嘻嘻地凑过去："你怎么给我买这么公主风的呀？"

乔以南瞥了她一眼："你不是乔家的公主吗？"

陆依一愣，倒是没想到乔以南想的是这个，心里有句话想问，嘴上也不由得吐露了出来："那我是你的公主吗？"

乔以南没想到陆依问得这么直接，耳根不由得有些泛红，脸上却露出一副嫌弃的表情："你是我的克星。"

陆依撇嘴，暗自腹诽：你也是我的克星好吗！

〔2. 扯淡的兄妹情〕

这天早上，陆依一踏进办公室，就感受到了热烈的氛围。

"啊啊啊，依依，我们要去旅游啦！"童年年欢天喜地地跑了上来，给陆依来了个熊抱。

陆依先是一愣，随即一喜："去哪儿？"

"长滩岛！"童年年兴奋地道，"而且这次我们和一号研究所的研究员安排在同一批次，怎么样？是不是很期待？"

"你是能跟胡老师双宿双飞了，我们能期待什么？"成灵灵撇了撇嘴。

“乔教授你是指望不了，但你还有其他选择啊！”童年年走到成灵灵旁边，长辈似的拍了拍成灵灵的肩膀，语重心长道，“除了这棵树，整片森林都属于你！”

陆依扑哧一笑：“我们什么时候去呀？”

“下个月月底，我们可以趁着这漫长的等待时间，多买几条好看的裙子，到时候咱们往那沙滩上一站，那就是独领风骚，你们说是不？”童年年做幻想状。

成灵灵嗤了一声，没发表意见。

另一边的研究所里，也有几个人在说旅游的事情。胡云看了眼丝毫不被影响的乔以南，问道：“乔教授，你这次又不去吗？”

乔以南正要回答是的，突然收到陆依的短信：听说我们要一起去长滩岛旅游，嘿嘿，好期待有没有？

乔以南的嘴角微微一扬：“帮我报名。”

说完，他顺手回了条短信：还行。

胡云惊得目瞪口呆，他们在这研究所好几年了，乔以南就没参加过一次集体旅游，没想到现在太阳打西边出来了……

陆依看到乔以南回的短信，撇了撇嘴，把手机扔到了一边。

“陆依在吗？有你的快递。”陆依正要埋头工作，就看到快递员走了进来，递给她一个信封。

陆依打开一看，是苏南演奏会的门票，有两张，而且是最好的座位。

陆依顿时双眼冒心，果然还是罗大哥爱她！

“苏南演奏会？”童年年眼尖，一眼就看到了门票上印着的字，尖叫着扑了过来。

陆依手里的票一下就被夺走了。

“依依，你快告诉我，你从哪里买到的？我可是蹲点抢票的，都没抢到！现在黄牛都炒到五位数了！”

“这么夸张？”陆依目瞪口呆。

“那是！”童年年也不知道是得意还是愤慨，表情很是矛盾。

陆依知道苏南受欢迎，不过却没想到这么受欢迎，作为从韩大走出去的世界顶级音乐家，苏南可谓是韩大经久不衰的传说，当然，除了他绝佳的琴技，他英俊的外表也是让广大粉丝尖叫的原因。

“竟然还是这么好的位置！人比人，气死人……”童年年把门票上上下下研究了一番，这才恋恋不舍地还给陆依。

“到时候帮我多拍几张照片。”童年年退而求其次。

“音乐会现场不让人拍照。”陆依实话实说。

“啊啊啊……还让不让人留点儿念想了？”童年年忧郁了，“都怪苏南太低调了，网上的照片都很少啊，而且很多都是偷拍的，都没有高清照。”

“韩大 BBS 上不是有苏南的照片吗？”成灵灵问道。

“别提了，上面的照片，只会让人越看越伤心。”童年年趴在桌上，有气无力地道。

“为什么？”陆依的好奇心被激起来了。

“依依，我发你 QQ 了，你看了就知道了。”成灵灵抿唇笑。

陆依打开一看，照片的背景是韩大的图书馆，那时的苏南还是韩大的学生，仍然帅气，只是更加青春，宛如少年，他微微低头，在趴在桌上午睡的女生额头落下一吻。

他的眉眼温柔如春水，是她所没有见过的样子。

果然杀伤力十足。

陆依瞬间理解了童年年的忧郁，自家偶像竟然还有如此温柔深情的一面，搁谁身上都得心碎。

陆依看着那照片里的女生，眉目比较模糊，看不真切，但她隐隐觉得那女生有些眼熟，只是一时想不起来。

苏南的话题就这么过去了，陆依拿着手里的两张票，唔，要不要邀请乔以南一起去呢？

其实罗大哥你给我寄两张票就是这意思吧？

晚上的时候，陆依犹豫了很久，才从包里把门票拿出来，递到乔以南跟前，献宝似的："乔以南，我请你去听苏南的演奏会吧，这张票可值钱了，黄牛都炒到五位数了呢！"

乔以南接过票，看了眼道："是吗？我还以为是罗大哥送给你的。"

"……"没想到这么快就被看穿了，陆依有些脸红，"那你去不去？"

"看在你这么诚心诚意邀请我的分上，我就卖你一个面子。"乔以南扬了扬嘴角。

陆依哼了一声，心里却有些开心。

这感觉很要命，陆依想起了自己的十六岁。

花季少女，情窦初开，只因为一个乔以南。

那时她已经跟乔以南在同一个屋檐下生活了六年，那年之前，她以为自己对乔以南只是兄妹之情，那年之后，她发现，兄妹之情就是扯淡。

陆依和乔以南从小到大都没什么共同的爱好，除了游泳。

两人都酷爱游泳，乔家有个很大的游泳池，每年暑假，两人都泡在游泳池里消磨时间。

但是初中毕业后，乔以南就再也没跟她一起出现在游泳池里过。

有时候她白天游完泳，到晚上，就会看到乔以南一个人去泳池。

有一天晚上，她趁乔以南游泳的时候蹭到泳池边：“乔以南，你为什么不跟我一起游泳了？”

“不想喝你的洗澡水。”彼时的乔以南冷冷淡淡地甩了一句话过来。

“可我白天在这里泡了好几个小时，水还没换呢。”陆依眨了眨眼，嘿嘿一笑。

乔以南呛了口水，游泳的兴致顿时烟消云散了。

第二天上午，乔以南在露台上看书，陆依换了泳衣，照旧兴致勃勃地直奔游泳池。

她游了两圈之后，朝露台上的乔以南招了招手：“乔以南，你下来一起游啊！”

乔以南哼了一声，没理她。

陆依知道乔以南的臭脾气，也不理他，自顾自游得欢快，心想，让你现在不游，晚上又得喝我的洗澡水，想想就觉得酸爽……

但是陆依还没得意两下，就觉得小腿一阵剧痛，她的身体失去了平衡，一下就沉进了水里。

“唔……乔以南……”陆依挣扎着叫了一声，可一开口，泳池里的水就灌了进来。她连忙闭上嘴巴，努力闭气，但身体仍然不受控制地往下沉。

抽筋的痛和池水的灌入，让陆依觉得万分痛苦，就在她觉得自己快要死掉的时候，她听到“扑通”一声，有人跳入水里。

下一刻，有人箍住她的腰，把她往水面上拉。

“别怕，没事了。”乔以南把她带到池边，将她抱上去，让她坐着，自己站在泳池的浅水区里，帮她按摩抽筋的小腿。

他的声音难得这样紧张，陆依这才觉得后怕，也不管抽筋有没有缓解，伸手紧紧抱住乔以南，哭得上气不接下气：“呜呜……我要是死了你会不会给我烧香？”

“不要胡说。”乔以南的身子微微一僵，轻声斥道。

陆依抱着他不撒手，继续抽泣：“都怪你不肯跟我一起游泳，现在出事了吧？”

“……”这也能怪到他身上？

“呜呜……你说是不是怪你？”陆依不依不饶。

“嗯，怪我。”乔以南心里说着不是，嘴上却很“诚实”。

陆依这才安静了，她抱着乔以南，仍然有些害怕，只将脸埋在他的颈窝处。

乔以南第一次耐心地配合她，抱着她一动不动。

微风拂过，带着暖融融的温度，万籁俱寂的时刻，陆依却清晰地听到了自己的心跳声。

“扑通，扑通……”

一声比一声激烈，仿佛要跳出她的胸腔。

她抬起头，看着近在咫尺的乔以南，他的脸上还沾着水滴，头发也是湿漉漉的，可这一刻的他，却仿佛有无尽的耐心和温柔。

陆依恍然明白，原来怦然心动，犹如盘古开天辟地，没有征兆，亦没有退路。

一瞬，便是一生。

〔3. 原谅我始终介怀〕

苏南演奏会开场后，陆依带着乔以南，第一时间进了音乐厅。

陆依全程都处于亢奋状态，毕竟苏南真的很帅呀！

等苏南出场后，陆依更是兴奋得恨不能把眼睛粘在苏南身上，脖子一次次往前抻，仿佛那样就能看得更清楚些。

乔以南耐着性子一次次把陆依往后拉，到了后面更是忍无可忍，直接用手从后面捏住陆依的脖子，不许她乱动，然后在她耳边低声道："音乐是拿来听的，不是拿来看的。"

陆依扁了扁嘴："可我长了眼睛啊。"

怎么能不看帅哥呢？

"有本事你把我眼睛遮住啊！"

乔以南呵呵了两声，不知从哪里拿出了一个黑色眼罩，直接套在了她的眼睛上。

陆依傻眼，伸手就要拿下来，乔以南单手固定住她不安分的双手，淡淡道："不想听了是吧？"

陆依安分了。

呜呜，谁能告诉她，为什么乔以南这个浑蛋会随身携带眼罩啊？

演奏会一结束，陆依就立马掀开了眼罩，但只看到了苏南退场的一个背影。陆依很不开心，踹了乔以南一脚，就先行奔回了家。

以后再也不带他听苏南的演奏会了！

乔以南慢悠悠回了家，敲了敲次卧的门："陆依，出来。"

陆依正躺在床上看电影，根本不理乔以南。

"客厅有泡椒凤爪。"

陆依眼睛一亮，一下子从床上跳了起来，可要开门的时候她又犹豫了。

"你给我买的？"

“姐姐让人送过来的。”

陆依迅速地打开了门，直接把乔以南挤到一边，一眼就看到了放在地上的大箱子。她奔过去打开一看，满满一箱的零食，大部分是她最爱的泡椒凤爪。

“嗷……还是姐姐爱我！”陆依欢呼一声，顺手撕开了一包凤爪。

正要放进嘴里，突然想起乔房东的规矩，她转头看了眼被她冷落的乔以南，做出一副可怜兮兮的模样：“我可以吃吗？”

乔以南还未开口，陆依又扁了扁嘴：“苏南没看到就算了，泡椒凤爪总要让我吃吧？一个人一天不能承受两次打击的……”

乔以南算是服了她了，无奈地摆了摆手，意思是：你吃，你吃，你吃吃吃。

陆依一声欢呼，迅速地啃了一口。

乔以南看着她在客厅里撒欢的模样，不知为何想到了一句话：爱上一匹野马，客厅变成草原……

离长滩岛之行越来越近了，去长滩岛前的最后一个周末，陆依拉着乔以南一起去超市买零食。

乔以南看着陆依往购物车里扔了好几桶泡面，不由得蹙了蹙眉：“你买这么多泡面做什么？”

陆依掰着手指给乔以南算了算：“来回机场两桶、飞机上两桶、到了长滩岛再准备两桶……嗯，差不多了。”

“你是去旅游，不是去避难，这几个地方哪个地方会少了你的吃的？”

“你不懂，东南亚的食物不合我们的口味，到时候你就会发现，泡面才是最好吃的。”

乔以南难以理解她的口味，随手拿起两桶泡面放了回去。

陆依像宝贝似的又把那两桶泡面抱了回来，瞪着乔以南："我告诉你，这些泡面我要定了，你再这样，到时候你就算求我我也不会分给你的。"

"……"乔以南抽了抽嘴角，决定放任不管。

"陆依。"

陆依开心地在各种零食区域蹦跶，突然听到一道略陌生却又带点儿熟悉的嗓音。

她猛地回头，看到零食区的尽头，站着一个高大俊朗的男人，她只愣了一瞬，就欢快地奔了过去，一边奔一边欢喜地叫了一声："沈林！"

她所有的注意力都集中在面前的人身上，丝毫没有发现身后的乔以南倏地冷了脸。

"啊啊啊……沈林，你怎么会在这里？"陆依给了沈林一个熊抱，抓着他的胳膊兴奋地问道。

"我们在韩市有个项目，会在这里待半年左右。"沈林微笑，"你呢？什么时候回来的？怎么都没告诉我？"

"我怕你忙嘛！"陆依嘿嘿一笑，"前几天我特地去电影院支持了你们做的电影哦，是不是该请我吃饭？"

沈林是陆依和乔以南的高中同学，毕业后成了电影制片人，这几年他们公司每年都会上映一部影片，有喜剧，还有动画片，都获得了不错的反响。

"当然要请，择日不如撞日，不如就今晚怎么样？"沈林笑道。

"今晚？好哇！"陆依点了点头，突然想到自己把乔以南给忘了，一转身，却发现原来他早已推着购物车走到了她的身后。

“乔以南，好久不见。”沈林率先打了个招呼。

“好久不见。”乔以南的脸色淡淡的，看不出情绪。

“晚上我和陆依要去吃饭，你要一起吗？”

“他不一起，我们买了好多东西，他要帮我拎回去。”乔以南还没开口，陆依已经先帮他拒绝了。

乔以南气极反笑：“没关系，东西可以放车里，老同学难得见面，是应该叙叙旧。”

沈林倒没想到能从乔以南嘴里听到“叙叙旧”这个词，毕竟虽然他们当了多年同桌，也只是点头之交。

虽然他更想和陆依两人叙旧，但也只能含笑应承:“好，那就一起。”

陆依和沈林都喜欢动画，算是志趣相投，所以一路上都是他们俩在说话，乔以南走在旁边，成了一个无声的背景。

乔以南看着陆依滔滔不绝的样子，心想：你现在尽情蹦跶，早晚能收拾你！

嗯，名正言顺地收拾。

饭桌上，陆依和沈林聊着动画方面的东西，聊得太嗨，以至于完全忽略了旁边还坐着个乔以南。

乔以南默默地喝了几杯水，最终抬起手腕看了眼时间，提醒道:“不早了，我们回家吧。”

陆依探过头看了眼乔以南的手表：“才九点半，还早着呢，让我再聊会儿！”

乔以南的眸子微微地眯了眯。

陆依却毫无所觉，继续道：“你要是困你就先回去。”

“不用担心陆依，我会送她回去的。”沈林看向乔以南。

“我不担心，只是我们毕竟住在一起了，我总要对她负责。”乔以南扬了扬嘴角，笑得云淡风轻。

沈林的脸色微微一变。

乔以南凑到陆依耳边，轻声道：“现在跟我回去，以后你还能在家里吃凤爪。”

陆依眼睛一亮，悄悄问：“每天都能吃吗？”

乔以南微笑着点头。

陆依在心里欢呼了一声，对沈林道：“那我先回去了，我们下次再聚。”

沈林看着陆依颠颠地跟在乔以南身后的模样，眸光忽地一暗。

乔以南的心情憋闷了一天，在陆依跟他走之后恢复了不少，但他没想到，一坐上车，陆依就接到了沈林的电话，然后车里就出现了他专心开车、陆依专心打电话的场景。

我给沈林写的情书怎么会在你这里？

很多年前的那句话突然窜进了乔以南的脑海里，他的手蓦地一僵。

那句话就像一个魔咒，禁锢了他很多年，身边悄然长大的少女，已经情窦初开，却爱上了别人。

而他甚至没有资格开口质问，多么讽刺。

“陆依，我相信你的专业，这次机会难得，你要不要和我们合作？”电话那头的沈林循循善诱。

陆依犹豫了会儿，还没想好答案，车子突然一个急转弯，然后在空旷的路边停了下来。

陆依吓了一跳，忍不住抱怨：“乔以南你干吗？你吓死我了！”

话音刚落，手中的手机已经被乔以南夺了过去。乔以南直接挂了电话。

车里瞬间被一阵低气压笼罩了，陆依看着乔以南突然低沉的脸色，小心肝被吓得颤了颤：“你干吗？”

“什么时候开始的？”乔以南侧头看她，面无表情地问。

“什么？”陆依一头雾水。

“什么时候开始喜欢沈林的？”乔以南倏地解开安全带，侧过身抓住她的手腕，目光如炬。

如果说前一刻陆依还很茫然，那么这一刻的陆依，已然明白了他的意思。

她低了低头，内心如被人拉扯，苦不堪言，却偏偏要言不由衷：“很久了。”

乔以南的心口如被狠狠一击，一如当年，当年他满腔热情被她用冷水泼灭，此刻他已经做好心理准备，却发现，原来心痛不减当年。

陆依没敢去看乔以南的脸色，所以她也就看不到他脸上那一瞬间的痛苦。

“既然喜欢，为什么不跟他在一起？还要去相亲？”也不知过了多久，乔以南放开她的手腕，脱力般地靠在椅背上，低声问道。

“喜欢一个人，不一定要和他在一起，只要他开心就好了。”说出了一个谎言，就要用一千个谎言去圆，陆依头痛地斟酌了下措辞，开口回答。

“呵呵，你倒是挺有境界。”乔以南再也没有说话。

他重新系上安全带，脚底油门一踩，车就飞驰出去。

过了会儿，乔以南又停了车，冷声道：“下车。”

陆依一头雾水：“还没到家呢。”

“我让你下车。”乔以南沉着脸看了她一眼，眉眼冰冷，如被冰霜覆盖。

陆依委屈地下了车，她哪里又惹到他了？

乔以南坐在车上，看着陆依脚步飞快地往前走，握着方向盘的手指微微泛白，脸上的表情有些纠结，似乎有些后悔。

过了会儿，他驱车慢慢上前，在陆依身边停了下来，咳了两声道：“上车。”

陆依心中一喜，就知道这家伙刀子嘴豆腐心，她立马打开车门上了车，可屁股还没坐热，就听乔以南开口道：“算了，你还是下去吧。”

“乔以南你神经病啊！”陆依抓狂。

〔4. 我也可以温柔〕

接下来一个星期，陆依深深地感受到了高岭之花的强低压，两人明明住在同一个屋檐下，但愣是没见上一面。

可乔大神虽然没露面，低气压却是无处不在。

在学校吃中饭的时候，过来和童年年一起吃饭的胡云不止一次地抱怨：“最近乔教授太凶残了，整个研究所的人都快哭了……”

“但是我听学生说，她们觉得乔教授更酷了……”童年年嘿嘿一笑。

“韩大的学生果然天真无邪。”成灵灵幽幽地说道。

几人讨论得很嗨，只有陆依埋头吃饭，作为最直接的受害者，她表示啥也不想说，只想干了这碗饭！

出行前一晚，陆依在客厅收拾东西，乔以南进来的时候，她正把行李箱拎起来感受重量。

乔以南的脸色在看到她手里的行李箱的那一刻，突然沉了沉：“你想去哪儿？”

陆依一愣，还没来得及回答，就见他大步走上前来，将她手中的行李箱一把夺了过去，他盯着她，眸光深沉：“为什么要走？”

陆依愣了半晌，弱弱地道：“我们不是一起走吗？长滩岛，你忘了？”

乔以南的脸色顿时变得很精彩，他还真把旅游这事给忘了！

他在陆依探寻的目光中强作镇定，把手里的行李箱往地上一放：“哦……没忘。”

陆依显然不信，她想到刚刚乔以南的话，试探性地问：“你刚刚不会以为我要搬走吧？”

乔以南的耳根突然开始发烫，嘴上却仍然狡辩：“怎么可能？”

“乔以南，让你承认不想我走很难吗？”陆依噘着嘴捶了捶乔以南的胸膛。

乔以南看着陆依，深邃的眸光里暗藏着粼粼的波光，他正要开口，陆依已经笑嘻嘻地拍了拍他的肩膀，道：“我知道我要是走了你很难向姐姐交代，所以你放心啦，我是不会搬走的，这种坑队友的事是我陆依会干的吗？”

乔以南眸中的波光瞬间湮灭，想说的话也吞了回去。

他沉默半晌，拍掉陆依的爪子，直接回了卧室。

“乔以南，你这是什么态度？信不信我马上搬走让姐姐削你一顿？”陆依不开心了，噔噔噔走到主卧门前，在房门上轻轻踹了一脚。

乔以南充耳不闻，烦躁地拿出行李箱，随手扔了几件换洗衣物进去。

再这样下去他得被她气死！

过了会儿，房门被敲了敲，外面传来陆依充满期待的声音：“那什么，你的行李箱还有空间吗？”

乔以南深吸了口气，打开门，将空荡荡的行李箱递了过去。

“自己放。”

“好耶！”陆依欢呼一声，迅速地把行李箱拿了过去，然后一股脑儿把准备好的东西都塞了进去。

终于到了出发的时候，上飞机的时候，陆依和童年年慢悠悠地走在后面，结果一上去，陆依就傻眼了，因为飞机上竟然坐满了，除了胡云特意给童年年留的位置和乔以南旁边的空位……

毕竟谁也不想去高岭之花的身边感受低气压。

陆依虽然常年生活在低气压的中心，但一想到要坐在乔以南旁边，小心肝还是容易“扑通扑通”跳，但她并没有别的选择，只能硬着头皮坐了过去。

“嗨，乔教授，真巧啊，我们竟然坐在一起哎！”陆依挤出一个笑容。

“难道不是因为你没别的座位可坐吗？”乔以南扯了扯嘴角。

陆依默默地闭了嘴，人艰不拆啊有没有……

飞机颠簸了半小时后，陆依困意袭来，也就忘了之前的拘束，她扯了扯乔以南的胳膊：“乔教授，借你肩膀用下。”说完，她就把头靠了过去，闭眼睡了过去。

乔以南的心在这一刻终于柔软了些，他将肩膀放低了些，伸手帮陆依调整了下头的姿势，让她靠得更舒服些。

果然他还是更喜欢她睡着的时候，这时候的她，对他毫无防备，坦然而可爱。

坐在过道另一边的童年年看到这一幕，直接傻眼，以迅雷不及掩耳之势掏出手机拍了张照，然后发到了微信群里。

没过一会儿，微信群就炸锅了。

胡云：我眼睛没瞎吧？

张亮亮：我不信，乔教授不是这种人。

成灵灵：啊！

童年年：灵灵你千万要冷静，依依可打不过你！

成灵灵：……

陆依是被乔以南捏醒的，她睁了睁迷蒙的双眼，软萌萌地问："到啦？"

"你流口水了。"乔以南黑着脸陈述另一个事实。

"哪儿呢？"陆依抹了下嘴巴，果然有口水。

乔以南指了指自己的肩膀。

陆依依稀看到他的肩膀上有一小块深色的痕迹，她窘了窘，伸手就去帮乔以南擦了擦，一边擦一边安慰："没事没事，我天天都刷牙。"

乔以南嫌弃地推开了她，她的手上还有口水呢，难道她以为他会没看见吗？

被嫌弃的陆依转头看向窗外，飞机已经降落了。

她欢呼一声，跟着大家下了飞机。

旅途是漫长的，等他们终于抵达长滩岛对面的码头，已经是凌晨五点，一行人在码头等待螃蟹船将他们运到岛上。

陆依困得哈欠连天，不经意间仰头，便看到了银河。

群星闪烁，美不胜收。

她看向站在她身边的乔以南，他也正在仰头看着星空，他下颚的线条很优美，侧脸的轮廓亦很鲜明，他那样英俊，总是让她不由自主地着了迷。

有生之年，有这样一刻，同在一片星空下，于她而言，已是上帝的馈赠了吧？

螃蟹船到了，陆依正要拎着行李箱上去，乔以南已经伸手帮她拎了起来。

后面的童年年一直在密切关注他们的动静，此时见了，立马撞了撞胡云的胳膊：“看，他们一定有奸情！”

船上，陆依仍然坐在乔以南旁边。乔以南侧头看她，声音里难得透了抹温柔：“困吗？”

陆依睡眼惺忪地点了点头。

乔以南拍了拍自己的肩膀，陆依从善如流地靠了过去。

这下整艘船的人都惊呆了……

是谁这么勇敢？竟然采下了韩大的高岭之花？

睡得正香的当事人浑然不觉自己已经被意淫了一段段英勇的采花史。

到达酒店已经接近凌晨六点了，陆依一路上昏昏欲睡，到酒店的时候才稍微清醒了些，她和成灵灵被分到了一个房间。两人拿到房卡，陆依正准备跟着走，突然左右张望了下，有些茫然：“我的行李箱呢？”

一直注意着她的乔以南有些无语，敢情自己帮她拎了一路的行李箱，她半点儿都没发现？

乔以南把行李箱递给她，嘱咐了一声：“先去洗个澡，再下来吃早饭。吃完再回去睡。”

“好的。”陆依乖乖地点了点头。

成灵灵听到他们的对话，见了鬼似的看了乔以南一眼，然后拉着陆依快速走人了。

陆依当然没去洗澡，也没去吃早饭，她一进房间就把自己扔在了床上，乔以南的嘱咐早就被她忘到了九霄云外。

等陆依睡醒之后，已经是中午十二点，没能把陆依叫醒的成灵灵先去吃午饭了，所以房间里只有她一个人。

陆依坐起来发了十分钟的呆，然后微信了解了下各路人马的动态，又看了看外面炽热的太阳，决定先洗个澡再说。

十分钟后，陆依裹着浴巾奔出浴室，把自己的行李箱翻了个底朝天，然后发现了一个天大的问题——她的内衣裤不小心放进了乔以南的行李箱里！

〔5.阳光、沙滩，还有你〕

陆依仰头望天，埋头给乔以南发短信。一想到要劳驾乔以南给她送内衣裤过来，她觉得自己的脸都要滴血了。

一条短信删了改、改了再改，愣是没发出去。

房门突然被打开，成灵灵吃完饭归来，看到陆依裹着浴巾坐在床上，松了口气，道：“依依，你可算醒了！年年在楼下等我们了，我们一起去白沙滩玩吧。”

陆依迟疑了会儿，她总不能告诉成灵灵她的内衣裤在乔以南那里吧？

没有内衣裤她怎么出门？

于是陆依撒了谎：“我还困，我想再睡会儿……”

“你还困？”成灵灵惊呆了。

陆依红着脸点了点头。

“那行……我们先去逛逛，晚上咱们再一起吃饭。”

陆依点头如捣蒜。

成灵灵一走，陆依又拿起手机，准备给乔以南发短信。

她斟酌好措辞之后，正准备点发送，突然有人敲了敲门。

陆依放下手机跳下床，将浴巾往上提了提，戒备地问道：“谁？”

对方没反应，陆依想了想，用英文问了句：“Who is there？”

“是我，开门。”乔以南低沉的嗓音在门外响起。

想曹操，曹操就到。

陆依迅速打开门，探出一个脑袋，红着脸道：“乔以南，你来得正好，我有东西落在你的行李箱里了。”

“先去吃饭。”乔以南伸手推开门，一走进去，整个人便僵了僵，他万万没想到这个时候陆依竟然只裹了一条浴巾。

陆依显然也没想到乔以南会直接走进来，身体顿时僵住了，双手紧紧地抓着浴巾，紧张得满脸通红，生怕一不小心浴巾就会掉下来。

“你怎么还不换衣服？”乔以南撇开眼。

陆依深吸了口气，鼓足勇气道：“那什么……我的内衣裤在你的行李箱里……”

说完，她觉得脸上的温度又高了几度。

乔以南猛地转头看了陆依一眼，所以她的浴巾里面，其实什么都没穿？

一想到这点，乔以南的脸就突然红了起来，那速度肉眼可见，明显又迅速。

不等陆依反应过来，乔以南就匆匆走出了房间。

“哎，我的内衣裤……”陆依紧张地趴在门口喊道。

乔以南的脚下一个趔趄，差点儿摔倒，他回头瞪了陆依一眼，意思是：你给我闭嘴。

“在粉红色的那个包包里……”陆依讷讷地补充。

旁边有人路过，疑惑地看了眼乔以南。乔以南红着脸佯装淡定，以光速消失在长廊上。

十分钟后，房门被敲响，陆依红着脸探出头看了看，乔以南已经镇定地站在门外，看到她开门，直接把行李箱递到她面前，淡淡道：“拿去。”

陆依窘了窘，怎么直接把整个箱子都送来了？

不过，仔细想想，如果让乔以南拿个粉红色的内衣包过来，那画面好像是太美了些……

“你等我一下，我马上把箱子还给你。”陆依接过行李箱，快速说了一声，就把门“砰”地关上了。

两分钟后，陆依就换上了一条连衣裙，她把行李箱里自己的东西拿了出来，然后提着箱子打开了门。

“箱子先放你这儿，下去吃饭。”乔以南看了她一眼，淡淡道。

陆依只犹豫了一秒钟就立马把箱子放下了，天大地大，吃饭最大！

陆依跟着乔以南来到酒店餐厅，此时餐厅里人很少，只有零星的几个客人，两人选了个靠窗的位置，服务员马上送来菜单。

陆依看了眼价格，指着最便宜的一个套餐正要开口，脑子里突然想到什么，瞄了眼乔以南，嘿嘿一笑：“乔以南，这顿是不是你请客呀？”

“不然呢？”

陆依的手指从最便宜的套餐上，迅速地移到了标价最贵的几个菜上，底气十足地道："这个，这个，这个……还有这个……都要！"

乔以南看着她一副中大奖的模样，有些无语地抽了抽嘴角，果然她占起他的便宜来，丝毫不会手软，可他怎么就这么喜欢看她这副嘚瑟的模样呢？

乔以南闭了闭眼，他一定是魔障了。

吃完饭后，陆依摸了摸吃撑的肚子，吐槽道："哎，味道一般，不是很好吃。"

乔以南看了眼一片狼藉的餐盘，选择无视陆依的话。

"晚上想吃泡面吗？看在你请我吃饭的分上，我可以大方地分你一桶。"两人走出餐厅的时候，陆依用手肘轻轻撞了撞乔以南，挤眉弄眼了一番。

那模样只表达了一个意思：像我这么大方的人你打着灯笼也找不到，还不快谢主隆恩？

乔以南呵呵了两声，回了两个字："不想。"

陆依撇了撇嘴，嘟囔着："我还不想给呢。"

她低头掏出手机看了眼微信。

"年年他们在星期五沙滩呢，我们过去找他们吧。"

乔以南不置可否，算是默认。

两人走到酒店门口，拦了辆突突车，直奔目的地。

突突车是一种三轮摩托，是岛上最方便的交通工具。

两人坐在只能容纳两个人的前座上，陆依第一次坐突突车，觉得分外新鲜，一路过去，东张西望，眼睛也不眨一下。

“看，那里好多杧果！”看到一家水果店的时候，陆依兴奋地拽了拽乔以南的胳膊。

她这一转头，才发现两人离得有多么近，他穿了件条纹的T恤，高挺的鼻梁上架了副冰蓝色的炫彩墨镜，他微微抬头，脸部到下巴的线条流畅又优美。

陆依咽了口口水，一时忘了自己刚刚在说什么，她指着乔以南的墨镜，顾左右而言他：“你的墨镜好风骚……”

乔以南挑了挑唇：“是吗？我还以为你很喜欢。”

陆依的脸微微一热，撇头避开他的目光。

是很喜欢……可喜欢的不是墨镜，是戴墨镜的人啊……

突突车突然急转弯，正好路面不平，剧烈颠簸了下，陆依手上没抓住扶手，身子猛地往边上倾斜了一下，她还没反应过来，一只手已经迅速地揽住了她的肩膀。

长滩岛的阳光很炽热，陆依的心也很燥热……

她红着脸看向乔以南，他已经不动声色地放开了她。

好在目的地已到，陆依连忙跳下了车，有当地人站在一个小弄口告诉她星期五沙滩从那里进去。陆依道了谢，眼冒绿光地准备去迎接大海。

乔以南付了钱，跟在陆依身后，慢悠悠地往前走。

绕过小弄之后，洁白的沙滩和碧绿的大海就出现在眼前，陆依情不自禁地欢呼一声，脱下拖鞋就往沙滩上跑，边跑还不忘回头呼唤一声：“乔以南，你快点儿！”

乔以南正要走过去，一个卖遮阳帽的当地小哥拦在他面前，满脸笑容地给他推销遮阳帽。

乔以南看了眼沙滩上既没戴帽子也没戴墨镜的陆依，只想了一秒，就从小哥手里挑了两顶英伦风的爵士帽，一顶米色，一顶咖啡色。

“乔以南，快，给我拍张照！”他刚走过去，陆依就兴奋地把手机塞进了他手上，然后在海边坳了一个拥抱大海的造型。

乔以南走过去，将米色的帽子戴到了她的头上。

陆依这才惊觉乔以南买了两顶帽子，她欢喜地摸了摸帽子：“乔以南你果然知道怎么耍帅……既然这样，那把你的墨镜也借给我用下……”

陆依说着，手已经伸到了乔以南面前，毫不客气地摘下了他的墨镜，架到了自己的鼻梁上，顺手还把自己的眼镜塞到了他的手上。

阳光刺眼，乔以南不由得眯了眯眼睛，那厢的陆依已经准备就绪，等着他拍照了。

手心里的眼镜还残留着她的温度，明明是自己的所有物被人拿走了，可他意外地发现自己心情很好。

而沙滩的另一边，几个在椰子树下喝芒果汁的人影突然齐齐把芒果汁放下，目瞪口呆地看着某个在拗造型的女人和给女人拍照的男人。

“那是乔教授和依依吗？”童年年生怕自己看错了，把墨镜往下拉了拉，眯着眼细细看了一会儿，不敢置信地问道。

“光天化日，朗朗乾坤，为什么我闻到了奸情的味道？”胡云嗅了嗅空气中的味道，一本正经地说道。

“乔教授？陆老师？怎么会这样？”张亮亮有些接受不能。

成灵灵狠狠地吸了口芒果汁，脱口而出：“奸夫淫妇！”

童年年连忙拽住成灵灵的胳膊：“淡定，你要淡定！没准儿乔教授只是好心给依依拍张照呢？咱不能就这么误会人家，你说是不？”

“都戴情侣帽了，你蒙谁呢？”成灵灵翻了翻白眼，嫌弃地看了童年年一眼，“热死了，把你的手拿开。”

“那你可别激动啊……”童年年小心翼翼地抽回手。

“我是那种人吗？”成灵灵冷哼一声。

童年年的心刚放下，就见成灵灵如箭一般飞奔了出去。

“啊，灵灵，你可别想不开啊！”张亮亮把手中的芒果汁一扔，飞快地追了过去。

童年年和胡云呆了呆，两人动作划一地吸了口芒果汁，然后对视了一眼，嘿嘿一笑，这是有好戏看的节奏啊……

只见成灵灵飞快地奔向乔以南，眼看就要把他给扑倒了，张亮亮停在原地，不忍心地捂住了眼，只露出一个指缝。

却见成灵灵越过乔以南，直接扑向陆依，将她抱了个满怀，仰天长笑道：“干得漂亮！”

张亮亮傻眼。

童年年一口芒果汁喷了出来，不敢置信地看向胡云：“就这样？”

胡云遗憾地点了点头。

陆依被抱得措手不及，又被夸得一头雾水，茫然地看着成灵灵，问：“我干什么了？”

成灵灵但笑不语，那表情分明在说：你懂的。

陆依更加茫然了，她真的不懂啊……

/ 第三章 /

WOHEWODEMAO
DOUXIANGNILE

有一种感觉，叫作患得患失

我　和
我的猫
都想你了

〔1. 一杯倒的萌少女〕

一个下午，陆依就在成灵灵等人微妙的眼神中度过了。

晚上，几人找了家海边的餐厅吃自助餐，陆依拿了一盘子的海鲜和肉，她看了眼身旁的乔以南，他的盘子里只装了点儿蔬菜沙拉，陆依顿时觉得有些痛心疾首，忍不住念叨：“乔以南，吃自助餐怎么能吃蔬菜呢？”

乔以南抬头看了她一眼。

陆依继续念叨：“你这样吃不回本的。你得像我这样，专门挑贵的吃。海鲜你是吃不了了，但肉你还是能吃的！”

陆依说着，就要把盘子里的肉往乔以南的盘子里夹。乔以南眼疾手快地把盘子移到了一边，认真地道：“我不喜欢吃。”

“这个很好吃的，不信你尝一口。”陆依说着，夹了一块肉就递到了乔以南的面前。

张亮亮和成灵灵正端着盘子走回来，就看到眼前这一幕。张亮亮默默地转了身：“我什么都没看到。”

成灵灵则无所谓地坐了下来，往嘴里夹了块鸡胸肉，幽幽地道：“没事，你们继续……”

陆依本是无心之举，被这么一说，顿时觉得耳根都烫了，伸出去的筷子收也不是，不收也不是，倒是乔以南伸手从善如流地摸了摸她的头：“乖，你自己吃。”

成灵灵嘴里的鸡肉毫无预兆地吐了出来。

陆依的手一抖，筷子上的肉就这么掉到了地上。

正巧童年年和胡云回来了，两人各自抱了一打啤酒，豪迈地往桌上一放：“来，今晚我们不醉不归！”

“好，不醉不归！”陆依迅速地放下筷子，起身拿了一瓶啤酒，仰头“咕嘟咕嘟”喝了几口，仿佛这样就能消除刚刚的尴尬和内心深处那蠢蠢欲动的燥热。

乔以南不动声色地瞥了她一眼，向来厌恶喝酒的他，破天荒地没有阻止她。

因为他突然很怀念她喝醉的样子——实在是太让人喜欢了。

童年年看着陆依仰头就喝了半瓶啤酒，不由得刮目相看：“哟，依依，你酒量匪浅啊！”说着，她又看向成灵灵，嘿嘿笑道，“灵灵，看来你有对手了。”

成灵灵瞥了陆依一眼，豪迈地伸手拿了一瓶啤酒，碰了碰陆依手中的酒瓶：“来，干杯！”

成灵灵话音刚落，陆依“咚”的一声就坐回了椅子上，她的脸红彤彤的，一双眼睛泛着水灵灵的光芒，扑闪扑闪的，像只软萌萌的小兔子。

她坐着的姿势很规矩，像小学课堂里的小学生，唯一不协调的是手里还拿着啤酒瓶。

童年年奇怪地看了她一眼："怎么一下子就变正经了？"

只有乔以南的眼中浮现一抹克制的笑意。

"陆依，把酒瓶放到桌上。"乔以南轻声道。

"喔。"陆依应了一声，乖乖地把啤酒瓶放到餐桌上，然后继续正襟危坐。

果然一点儿都没变……乔以南眸子里的笑意更深了。

陆依是沾酒即醉的，从前在乔家的时候，大家从不让她喝酒。有一次乔以雅生日，她没忍住嘴馋，喝了一口香槟，结果就醉了，而她喝醉的后果就是会变成一个乖宝宝……

他记得那时她端着酒杯，自己找了张椅子，然后红着脸正襟危坐，任谁跟她说话都不搭理。

后来乔以雅急了，把他叫了过去，让他试试。

当时他敲了敲她的头，蹙眉道："陆依，你喝酒了？"

陆依仰头看着他，眨着一双水汪汪的大眼睛，笑眯眯地摇了摇头："没有啊。"

"哎呀，都醉成这样还能撒谎，好样儿的！"乔以雅看着她捧在手里的酒杯，在旁边直乐呵。

"以后不要喝酒了。"乔以南又继续道。

"好哇。"陆依又乖乖地点了点头。

"哎哎哎，刚刚我们跟她说话她都没反应，怎么你一开口她就有反应了？"乔以雅一边乐呵，一边后知后觉地问。

乔以南听了，心里微微一动。

乔以雅则像是为了验证自己的猜测，凑到陆依面前，问道："依依，你看我是谁？"

结果陆依只是傻笑，什么话也不说。

"陆依，我呢？"乔以南假装不以为意地问。

"乔以南。"陆依立刻就答了出来。

"哎呀！亏我把她养得白白胖胖的，结果她只记得乔以南这个白眼狼。"乔以雅气得在一旁直跺脚。

不过气归气，鉴于陆依那副模样实在太可爱了，乔以雅还是忍不住拽了拽乔以南的衣袖，一脸奸笑地道："乔以南，你让她亲我一下。"

乔以南被自家姐姐这个要求给雷到了，嫌弃地看了她一眼，对陆依道："陆依，回房睡觉。"

"喔。"陆依乖乖地站起身，却没有往房间走，反而对着乔以南伸出了一只手，那意思显然是让乔以南把她牵回去。

乔以雅在一旁笑得前仰后合，推了下僵硬在一旁的某个走高冷路线的弟弟，催促道："哈哈哈，依依让你带她回房呢？还不快点儿？"

最终的结果自然是乔以南把陆依牵回了房，不止如此，他还在她的房间等到她睡着才回房睡觉，因为——他要是一转身出去，她马上就能亦步亦趋地跟出来。

此时此刻，乔以南看着回到乖宝宝状态的陆依，眼中的笑意几乎掩藏不住。

"依依，你怎么坐着不动啊？快吃啊！"童年年奇怪地看了正襟危坐的陆依一眼。

陆依没反应。

成灵灵瞄了陆依一眼，像是发现了什么，匪夷所思地问道："你该不会喝醉了吧？”

陆依仍然没反应，只是笑眯眯的。

乔以南站起身：“她喝醉了，我送她回去。”

“不是吧？这才刚开始吃啊！”童年年看着陆依那满满一盘没动过的食物惊呆了。

乔以南也不理她，只是看着陆依道：“陆依，起来，我们回酒店。”

陆依乖乖地站了起来，然后非常自觉地伸出了一只手。

乔以南的目光落在她的脸上，似乎有些怔忡，他静默了片刻，伸手牵住陆依的手，牵着她走了出去。

余下的几人目瞪口呆地看着那手牵着手的两人，脸上的表情精彩纷呈。

“你们说依依到底是怎么拿下乔教授的？”童年年摸了摸下巴，陷入了沉思，“该不会是强来吧？可她小身板也不像能强来的啊……”

“也可能是乔教授禁欲太久，终于忍不住了……”胡云接茬儿。

张亮亮扶了扶眼镜，叹道：“大神也有春天啊……”

“你们怎么不说他脑子坏了，以为自己是个正常男人呢？”成灵灵喝着酒，幽幽地说道。

其他三人一听，目光顿时集中在成灵灵身上。

“嗷嗷嗷……灵灵你好毒舌……”

“……”

圆月当空，洒下一片透亮的月光，沙滩上有当地人在跳舞，伴着乐声和烛光，有一种独到的热带风情。

乔以南却没有心思去注意这些，他所有的感官能力都集中在了他的手上，陆依的手被他握在手心，那样柔软，又那样温暖。

乔以南觉得自己像是回到了十五岁，心潮澎湃如怦然心动的少年，他的掌心有微微的汗湿，只觉得回酒店的这段路漫长又短暂。

乔以南带着陆依回到她的房间门口，才发现她并没有带房卡，他看了眼紧闭的房门，顺口问了句：“身份证带了吗？”

“带了啊。”陆依笑眯眯地点了点头，一副老实憨厚的模样。

乔以南的目光落到陆依的身上，不自觉地抽了抽嘴角，她这全身上下没有一个口袋，连包包也没带，他真的很想知道她的身份证能放在哪里。

果然，喝醉酒会说谎的毛病也没有改掉……

乔以南沉默了会儿，面色有些不自然地问道：“要不要去我的房间？”

“好哇！”陆依点头如捣蒜。

乔以南不知道该高兴还是该担心，要是她在他不在的时候喝了酒，那后果他简直无法想象。

时间尚早，同事们基本还没回酒店，酒店的长廊上只有偶尔经过的服务员，礼貌地向他们问好。乔以南牵着陆依的手，淡定地回了房。

关门的刹那，外面的世界仿佛瞬间就被隔绝在了门外，房间里只有他们两个。

乔以南咳了两声：“你先坐会儿，我去给你倒杯水。”

陆依立马端端正正地坐到椅子上。

喝完水后，乔以南俯身看着她，轻声问道：“要不要睡会儿？”

“好哒。”陆依萌萌地点了点头，然后自觉地站起身，眼看就要往床上扑，乔以南突然一把拽住她。

“等会儿，先换件衣服。”乔以南拿出一件白色的宽松T恤，递给她。

陆依听话地接了过去，伸手就拉下了连衣裙的拉链。

乔以南阻止不及，身子微僵，只能迅速地转过了身。

他听到身后传来窸窸窣窣的换衣服的声音，过了会儿，声音消失了，于是他问："换好了吗？"

"没有。"

又过了一会儿，乔以南再次问道："换好了吗？"

"没有。"

乔以南耐着性子又站了五分钟，这才蹙眉又问了一句："还没好？"

"嗯哪。"

"……"

乔以南忍不住了，他小心翼翼地转过身，以免看到什么不该看的。可他一转身，才发现陆依早就已经坐在床上了，她背靠在床头，已经穿上了他的T恤，她的身上盖着一层薄被，一双眼睛扑闪扑闪的，圆圆的脸上挂着人畜无害的笑容。

乔以南只觉得一口血在喉咙里，上也不是，下也不是。

他忍！

〔2.陆依，亲我一下〕

其实陆依喝完酒除了会说几句愚蠢的谎话外，真的能算是一个乖宝宝。乔以南坐在床边，看着她萌萌哒的小圆脸，本想开口让她躺下睡觉，可话到了嘴边，却变成——"陆依，亲我一下。"

陆依，亲我一下。

话刚说完，乔以南就被自己羞耻到了，他竟然和当年的乔以雅一样，想要乘人之危。

他甚至不敢去看她纯洁无辜的眼神，就想要落荒而逃，可他还来不及动作，陆依突然捧住他的脸，“吧唧”一下，在他唇上亲了一口。

乔以南怔了怔，他抬眼看她，见她嘴角含着浅浅的笑，一双眼睛如明珠般璀璨，她认真地看着他，眼中只有他一人，模样天真可爱。

乔以南突然想起高三那一年，那时已经临近高考，有一天晚上，学校突然停电，安静的教室突然变得喧闹，大家都有幸灾乐祸的兴奋感，他下意识地看向陆依的座位，却通过窗外的月光发现那里并没有人影。

正疑惑的时候，一个人影却突然蹿到他面前，在他的惊愕中飞快地捧起他的脸，将温软的唇瓣印到了他的唇上。

那一刹，周围的喧嚣离他们远去，就连飞速运转的时间都突然静止，只有两颗年轻的心，在怦怦怦激烈跳动。

很多年后，乔以南想起那一刻，都会觉得窗外的漫天星辰都比不上那一刹心中澎湃的喜悦，即便是她死不承认自己趁着停电偷吻他，即便是后来的他曾一度怀疑当初她想要亲的人可能是沈林，也阻止不了他难以遏制的激动，因为——那是他们彼此的初吻。

乔以南回过神来，清明透彻的眼中氤氲了一层绚丽的光芒。

他看着她，听到自己轻声在问：“陆依，你知道你亲的是谁吗？”

“乔以南。”陆依歪头一笑，模样乖巧。

陆依话音刚落，乔以南就突然伸手扣住她的后脑勺儿，低头覆住了她的唇。

她的唇瓣温软甜美，像美丽的罂粟花，轻而易举便能夺取他的自制力，偏偏这个女人处于最迷糊的状态，竟然还懵懂地回应他。

乔以南觉得自己快要疯了，他勉强停下来，意犹未尽地在她唇上流连了一阵，这才用低哑的嗓音开口道：“乖，躺下睡觉。”

五分钟后，陆依已经香甜地睡着了。乔以南坐在床边，有些失神地看着她恬静的睡颜，看着看着，他又有些控制不住地俯下身去，在她唇上亲了亲。

这情愫来得这样突然，又这样快，让他难以遏制，最后他勉强移开唇，飞快地离开了床边，走到了露台上。

楼下的游泳池里还有人在游泳，水声和笑闹声隐隐约约地传了上来，乔以南躺在躺椅上，仰头看着漫天星光，似乎在沉思什么，总之，一夜无眠。

陆依醒过来的时候，听到浴室传来哗哗的水声，她迷迷糊糊地坐起身，眯着眼睛发了会儿呆，脑子里突然冒出一个疑问：为什么这间房看着和昨天的好像不太一样？

带着这个疑问，陆依翻身下床，正巧浴室的门被打开，陆依一边揉着眼睛一边走过去，睡眼惺忪地嘟囔：“灵灵，早……”

“啊”字还未发出，她就直接被震慑在原地。

为什么乔以南会出现在她的房间里？出现也就算了，为什么他会是一种刚冲完澡只裹了条浴巾的状态？

陆依的脸色瞬息万变，很是精彩。

“这是我的房间，你身上还穿着我的衣服。”乔以南面色镇定地说明了一个事实。

陆依低头看了眼身上的 T 恤，脑子一蒙，下意识就想要尖叫。

“这个房间隔音效果很好，你确定要叫吗？”见陆依微微张嘴，乔以南就看透了她的心思，挑唇问道。

陆依尖叫的计划顿时胎死腹中。

“我……我为什么会在这里？”陆依努力平静了下情绪，哆嗦着双唇问道。

“昨晚你喝醉了。”乔以南说着，越过她走到柜子前，拿出一套干净的T恤和沙滩裤。

陆依亦步亦趋地跟在他身后，小心地措辞：“呃……那你怎么不把我送回房间？”

“我送了，你没带门卡。”乔以南睨了她一眼，套上了T恤。见她还是目不转睛地望着他，不由得挑了挑唇，“怎么？要看我换裤子？”

陆依的目光落到他的浴巾上，连忙红着脸转过身，嘴巴却没闲着，她转了转眼珠子，问道：“那我睡了你的床，你睡哪儿的？”

“这里只有一张床，你说我睡哪儿？”

“你的意思是昨晚我们睡了同一张床？”陆依一听，音量顿时拔高了，不敢置信地转过身，瞪着眼问道。

乔以南正好穿好裤子，看到她一副受到了惊吓的模样，不知为何，心里有些不爽，于是冷笑一声，问：“怎么？你以为我这么好心，把床让给你？自己睡地板？”

陆依顿时又有些心虚，绞着手指道：“我的意思是我睡相不太好……”

“是挺不好。”乔以南哼了一声，他可是进门为她盖了好几次被子。

陆依这下更加确认乔以南没有说谎了，她呆呆地在床沿坐了下来，如果要用一个词来形容她现在的心情，那就是——生无可恋！

她不仅进了乔以南的房，还睡了乔以南的床，还有比这更可怕的事情吗？

陆依摸了摸胸口，试图让自己冷静下来，这一摸才发现T恤里面空无一物，她的心里“咯噔”一声，眼睛立刻像雷达一样在房间里扫了一圈，扫完后看见自己的 Bra 和裙子凌乱地扔在床头柜上。

晴天霹雳莫过于此。

陆依顶着充血的脸，磕磕巴巴地问了一句：“我、我们，昨晚……没发生什么吧？”

乔以南瞥了她一眼，很想告诉她昨晚她主动亲了他，可又怕她承受能力太差，会直接晕倒在他的床上，所以话到嘴边就变成——“怎么？你难道想发生点儿什么？”

“没有没有没有……我不是那种人！”陆依连忙辩驳。

辩驳完后，她把脸深深地埋进了膝盖里，好吧，最可怕的不是和乔以南同床共枕，最可怕的是她都这样和他同床共枕了，竟然还保留了清白！

果然乔以南你其实是少林寺的俗家弟子吧？

陆依没想到这种时候自己想的竟然是这个，刚刚还想要尖叫呢？这会儿却在遗憾，她什么时候变得这么没节操了？

陆依为自己的无节操感觉到了羞耻，不止耳根红了，连脖子都承受不住她羞耻的内心，开始泛红了。

最后陆依冲进浴室换回了自己的裙子，然后连滚带爬地滚出了乔以南的房间。

甩上门后，她轻吁了口气，可她一抬头，就石化在了原地。

面前站着一个，不，是一群人……都是一号研究所的研究员，正见鬼似的看着她，其中一个抬头看了看房间号，问边上的人：“我们是不是记错房号了？”

陆依正惊魂未定，身后的门却突然打开了，里面传来乔以南的声音：“陆依，你的鞋……”

陆依低头一看，这才发现自己竟然只穿着酒店的拖鞋就出来了，她一抬头，就看到乔以南提着她的沙滩拖鞋走了出来。

除了陆依，众人都呈石化状。

这、这、这……他们眼睛没瞎啊！为什么会看到有女人从乔大神的房间里走出来？走出来也就算了，他们可以想象成“韩大女教师强闯乔教授房间，表白不成反被赶出”啊！

可为什么剧情会演变为“女教师和乔教授春风一度，乔教授亲自为女教师提鞋”呢？

研究员中的女同胞心碎了。

陆依看着众人那明显误会了的表情，觉得自己要被眼神凌迟而死了，磕磕巴巴地解释：“那什么，不是你们想的那样……”

话音刚落，乔以南已经蹲下身，一手握住她的脚腕，旁若无人地道：“抬脚。”

陆依不受控制地抬起了脚。

乔以南将酒店的拖鞋脱掉，然后把她自己的拖鞋套到了她的脚上。

陆依的腿有些哆嗦。

乔以南的脑子是不是被门夹了？为什么会给她穿鞋啊！

女同胞的心再次被碾成了渣。

这剧情看来是没有逆转的可能了

众人目瞪口呆，说不出一句话。

乔以南站起身，仿佛这才看到门口的一群人，只淡淡地问道：“有事找我？”

其中一人挣扎半晌才道：“我们打算去潜水，想问问乔教授要不要一起？”

乔以南看向陆依：“你想去吗？”

陆依猛摇头，开玩笑，她现在只想远离这里好吗！

“哦，不去。”乔以南对众人道。

“……”果然，禁欲系的乔教授已经变成二十四孝男友了吗？

Oh，no！众人呈心如死灰状。

陆依反应过来，觉得自己的膝盖莫名中了一箭，她瞪了乔以南一眼，“扶墙”逃离了抓包现场！

〔3. 高岭之花的温暖〕

“依依，不是我说，你和乔教授都同睡一屋了，你把乔教授一个人撇在酒店，这么跟着我们混不太好吧？”阳光炽热的下午，童年年一行人在D_moll集市购买纪念品。陆依亦步亦趋地跟着，他们看中啥，她都跟着拿一些。

自从她被乔以南带回房、彻夜未归，然后又被一号研究所的人抓个正着后，她已经百口莫辩了，所以她索性就不说话了，只埋头默默地拿纪念品。

“依依，你买这么多纪念品，要送很多人吗？”张亮亮探头看了眼陆依手里拎着的东西，忍不住问。

陆依摇头：“我就送我姐姐。”

“你就送一个人你买这么多？”一旁的成灵灵惊呆了。

乔以雅财大气粗、满世界跑，应该对这些纪念品都麻木了，陆依想了想，倒了一半纪念品回去。

“晚上我们去海鲜市场买海鲜吧，然后找个餐馆加工，怎么样？”胡云突然开口。

陆依想了会儿，摇头道：“我不去。”

“哎哟哟，知道要回去陪乔教授了？”童年年立马领悟，挤眉弄眼。

陆依呵呵了两声，严肃地道：“我的泡面还没吃完，我要回去吃泡面！”

“……”

到了晚上，陆依果然很有决心地拒绝了海鲜大餐，回去吃泡面了。

她蹲在行李箱前，看着里面剩余的四桶泡面，一想到明天就要回国了，终于意识到自己确实买多了……

她想了想，拿出一桶红烧牛肉、一桶老坛酸菜，把两桶都给泡了。

在她快吃吐的时候，有人敲了敲房门，她打开一看，就看到乔以南站在门口，见她带出一股泡面味，他忍不住蹙了蹙眉：“你在吃泡面？”

陆依点了点头，不忘昧着良心推销：“可好吃了，你要不要来一桶？免费哦。”

“不要。”乔以南不留情面地拒绝了。

“那你来做什么？”陆依纳闷儿。

“拿行李箱。”

陆依听了，连忙返身去给乔以南拎行李箱。

乔以南走进来，看到桌上的两桶快见底的泡面，他扫了房间一圈，确定只有陆依一个人，不由得蹙眉：“你一个人吃两桶泡面？”

“千里迢迢从国内扛出来的，我总不能扛回去吧。”陆依严肃道。

“你还有几桶？”

“两桶，我准备明天当早饭吃。”

“……给我泡一桶。”

陆依一听，眼睛都亮了：“你等着，我这就给你泡！我跟你说，我挑的泡面最好吃了，谁吃谁有福气！”

乔以南表示不予置评。

五分钟，陆依端着两桶泡面放到乔以南面前。

乔以南的脸色有些微妙，他抽了抽嘴角：“我只要了一桶。”

“另一桶是额外送你的，怎么样？是不是觉得受宠若惊？”陆依嘿嘿一笑，丝毫不知无耻为何物。

“……”他只觉得后悔！他就不应该动恻隐之心，帮她吃泡面！

“吃吧，可好吃了！”陆依在乔以南对面坐下，笑眯眯地看着他。

乔以南拿起叉子，开始艰难地下咽。

好不容易吃完，乔以南默默地下了个决定，那就是这辈子都不再碰泡面了……

他接过陆依递过来的行李箱，掂了掂，问：“你在我行李箱里放了什么？”

“送给姐姐的纪念品，我买了好多呢！”陆依得意地道。

乔以南已经无力吐槽，默默地走了出去。

乔以南走了之后，陆依看着桌上的四桶泡面，心里突然浮起一种微妙的感觉，他好像对她迁就了许多……

回去的那天，韩市迎来了这个冬天最冷的一个寒潮，他们下飞机的时候，已经是晚上七点，大雪刚刚下完。

好消息是，大部分人在卡里波机场就已经换上了冬装，坏消息是，还有一部分人偷懒没穿，所以，几个小时前还穿着裙子短裤在沙滩上抹着汗水的一群人，一下飞机就冻成了狗。

陆依是属于大部分人里的一个，但遗憾的是她带的冬装太薄，所以即便她已经把所有的冬装都穿上了，还是冷得直打战。

这一路她没和乔以南坐一起，所以一下飞机就和成灵灵直奔行李处，眼疾手快地拿了行李之后，就直奔机场出口。

到了出口，才知道安排回学校的大巴还没来，陆依站在大门口，眼睛望着大巴会开过来的方向，深深地体会到了什么叫作“有一种冷，叫忘穿秋裤”。

就在她快抖成筛子的时候，一件温暖的大衣披到了她的身上。她猛地回头，就看到乔以南蹙眉的样子。他一边为她将大衣拢好，一边不悦道：“你跑这么快做什么？”

周围的老师看到乔以南的举动，都有些目瞪口呆，高岭之花暖起来，那还真是让人难以抗拒啊！

陆依看了眼乔以南，有些不好意思地问：“你把衣服给我，你不冷吗？”

“总比看着你被冻死强。”

陆依吐了吐舌，也不客气。不远处有车开过来，她立马瞪大了眼，却发现不是大巴，只是辆黑色轿车。

她失望地看着那辆车在她面前停下来，正欲让路，乔以南已经伸手握住了她的手，牵着她往车门边走去：“还不快上车？”

陆依有些蒙，随即惊喜道：“这车是姐姐派来的？”

乔以南点了点头。

说话间，司机已经上来接过他们俩的行李，车上空调很足，陆依一上车就感觉到温暖的力量。

乔以南跟在她身后上了车，她越过乔以南摇下车窗，朝成灵灵问道：“灵灵，要跟我们一起走吗？”

“不了，我们回家方向不同。”成灵灵冲陆依挥了挥手。

陆依还欲再说，乔以南已经一把拉过她，将她按回座位上，道：“老实坐着。”

陆依撇了撇嘴，不再折腾了。

车子驶了出去。

留在原地的众人看着那飞驰而去的轿车，纷纷表示后悔没能早早扑倒乔大神，禁欲系男神开窍后，妥妥的世纪大暖男啊！

旁边有另一群旅游团的人在等车，这边童年年和胡云的声音说得响了些。有人不屑地道：“不就一大众吗？这也值得羡慕？这是没见过世面啊？”

成灵灵幽幽地回了一句：“连辉腾都不认识，也不知道是谁没见过世面。”

对方立马噤了声。

这话好在没让陆依听到，因为她也是属于“没见过世面”的那类人，她这辈子就认识两个车标：宝马和奔驰。你要问她这款车是什么型号，给她三十次机会，她也猜不出来。

“没见过世面”的陆依此时此刻正在温暖的车厢里舒服地打盹儿，车子转弯的时候，她突然睁开眼睛，看向旁边的乔以南。

他正在闭目养神，借着路灯的微光，她能看到他线条流畅的侧脸，窗外的画面一幕幕地往后退，瞬息万变，她的眼睛却只能容纳下眼前的这张脸。

陆依突然有些恍惚，这趟长滩岛之行，好像是一场美丽的梦境，梦里他们的关系不再那么疏离，过去那七年的时光仿佛从未存在过，她仍然是乔家那个无忧无虑的小公主。而乔以南，虽然经常对她不耐烦，却依旧会有属于他的温柔和体贴，在她身上不经意地体现出来。

可正是他这样在不经意之间流露出来的温柔和体贴，这种从前让她欢喜无比的细节，现在却让她觉得忐忑又惶恐。

她一手抓着他的大衣，一手抚上自己的心口，那颗心如死灰复燃，几乎要控制不住扑过去亲吻他的眉眼，可她知道不能。

她不能。

陆依倏地转过头去，看向车窗外的夜空，天上无星亦无月，亦如她此刻的心情。

她拿出手机，给沈林发了条短信：少年，做好准备迎接我吧！

〔4. 宠物跟别人跑了〕

“同志们，我有事先走啦！”陆依上完课回到办公室，匆匆忙忙地拎起包就往外走。

童年年眼疾手快地堵在门口，嘿嘿一笑，问道：“依依，你老实交代，最近一下课就往外跑，是不是急着跟乔教授约会啊？”

“是啊……”陆依和乔以南的“关系”自从长滩岛之行之后，就已经全校皆知，她也解释不清楚，索性就认了下来。

童年年一瞪眼：“胡说！我们家胡云说了，最近乔教授忙着做研究，根本没时间跟你约会。”

陆依一窒，她没想到童年年还懂得挖坑了……

“依依，你该不会在外面有人了吧？”张亮亮一听，立马放下手头的事凑了上来，紧张地问，仿佛他是那个被戴绿帽的男人一样。

陆依无奈地叹了口气：“逗你们玩儿呢，我在帮一个朋友做动画呢！”

两人这才放过她。

陆依看了眼时间，匆匆往外走去，到校门口的时候，她看到一辆熟悉的轿车停在外面，她几步走上前去，坐进副驾驶位上，张嘴就道：“沈林，下次真不用来接我了，我自己打的过去就行。”

沈林微微一笑：“那怎么行？你可是我千辛万苦才请来的动画师，当然要给你贵宾的待遇。”

陆依扑哧一笑：“那好吧，不过我可不给你补贴油钱。”

“放心，项目组会补贴我的。”

去长滩岛之前，沈林曾邀请陆依担任他们新电影的动画师，当时陆依本是想拒绝的，因为她在国外也做过动画电影，时常忙得日夜不分，她不想因为这个耽误老师的工作，可沈林承诺不会让她影响教学，坚持让她再考虑下。

回国之后，她第一时间答应了这件事，因为她只有让自己忙得不可开交，才能压抑住心中那蠢蠢欲动的念头。

项目组在韩市租了一栋别墅，所有的项目成员都在这里办公，不过不同于一般的上班，气氛很自由，也蛮紧张，毕竟要在半年时间内做出一部动画片，是非常不容易的事，尽管他们前期已经筹备了很长时间。

乔以南回到家的时候，已经是晚上十一点，从长滩岛回来之后，他就沉浸在研究所里，忙得脚不沾地，他和陆依明明同住一个屋檐下，却连着两个礼拜都没见过面。

他在客厅里坐了会儿，突然发现这段时间的客厅好像没怎么变化，竟然一点儿也没有变脏乱。乔以南觉得有些不可思议，目光突然瞄到玄关处，她的拖鞋竟然好好地放在那里。

乔以南蹙了蹙眉，难道她还没回来？

这么想着，他就走到陆依房前敲了敲门，见没有反应，他直接推开门一看。

果然，屋内空荡荡的，一个人影都没有。

乔以南揉了揉眉心，掏出手机给她拨了个电话。

“在哪儿？”电话铃声响了许久才终于被接起，乔以南耐着性子问道。

“啊，我在沈林这儿呢，怎么了？”陆依的声音从电话那头传来，带着丝茫然。

乔以南的眸色瞬间沉了沉：“什么时候回来？”

“呃，这边打车不方便，我今天不回去了……”

陆依的语气很理所应当，毕竟别墅里本来就有给员工提供的住房，可乔以南完全不了解情况，气得差点儿把手机都给扔了，最终他还是克制住怒火：“地址给我，我去接你。”

电话那头犹豫了片刻。

乔以南深吸了口气：“不要让我说第二次。”

陆依立马报上了地址。

这个时间点，路上的车流已经少了很多，乔以南开着车畅通无阻，只是眉宇间流露出非常明显的坏情绪。

那种感觉就像是自己养得白白胖胖的宠物，趁他不备，突然跟别人跑了，简直——让人不爽到了极点！

等乔以南开到目的地的时候，别墅里仍然灯火通明，陆依眼尖地看到乔以南的车，连忙拎上包包冲到了门口，顺便跟沈林挥了挥手。

乔以南没有下车，只是看着陆依，别墅里的场景他刚刚看了一眼，大概已经明白了他们在做什么，情绪稍微缓和了些，只是摇下车窗，沉声唤道：“陆依，上车。”

陆依上车后，乔以南看了眼沈林，两个男人的目光在空气中交汇，无声无息却又似暗藏刀剑。

乔以南扯了扯嘴角，一踩油门，车子就飞驰出去。

“不准备告诉我你夜不归宿的理由吗？”陆依有些昏昏欲睡，突然听到乔以南冷声问道。

她的瞌睡虫顿时跑掉了不少，不过她的脑子还是有些迷糊，嘟囔着：“我这几日都夜不归宿，也没见你问我啊……”

“刺”的一声，刺耳的刹车声骤然响起，只见乔以南转过头来，眸子里似乎被火点着了，咬着牙问：“你这几晚都没回来？”

陆依一听，震惊得瞪大了眼反问：“你竟然没发现？”

“……”

乔以南扶额，这段时间，他为了不影响陆依的睡眠，回到家后都很快就洗漱完进房，根本没去留意过陆依在不在房间。

一想到她压根儿就不在家，乔以南的心头就有一股火莫名地烧了起来。

“你干吗这样看我？”陆依被乔以南的表情吓得缩了缩脖子。

乔以南冷笑了两声，不说话。

陆依被他看得毛骨悚然，忍不住推了他一把：“喂，乔以南，你抽什么风？大晚上的你笑成这样，是想吓死我吗？”

“胆子这么小，还敢夜不归宿？”乔以南扯了扯唇，伸手捏了捏陆依的脸颊。

“别墅里很多人好吗，一个人回家才可怕。”陆依吃痛地拍掉乔以南的手，噘嘴道。

这句话奇异地缓解了乔以南的怒火。

陆依又接着道：“你不知道做一部动画片有多不容易，可把我给忙死了！”

“那就不做。”心情平复后的乔以南继续开车。

“那怎么行？我都答应沈林了！”

“他把刀架你脖子上逼你答应了？”乔以南冷笑。

见陆依沉默之后，他想了想，缓和了下语气，问道：“所以接下来还是要忙到这么晚？”

“可能应该也许吧……”陆依有些不确定。

等红灯的时候，乔以南撇头看了陆依一眼：“以后忙晚了，打电话给我，我去接你。”

陆依一愣，有些怔忡地看着乔以南。

乔以南已经转过头直视前方，佯装无所谓地道：“乔以雅把你交给我照顾，我想我有义务确保你的人身安全。”

陆依听了，心里蹿出来的那丝小火苗又缩了回去。

那晚过后，乔以南果然履行承诺，不管多晚，都势必会接陆依下班。

这天周六，陆依照常上班，乔以南难得休息，一直睡到日上三竿才起床，他一开门，就看到陆依房门口站着个高挑的身影，那人一袭帅气的风衣、一头利落的短发，正在探头探脑地打量着陆依的卧室。

乔以南蹙了蹙眉：“乔以雅，你来我这里之前都不知道打声招呼吗？”

乔以雅蓦地转过身来，一张精致漂亮的脸蛋宛如当红的影视明星。她往前走了两步，一身气场能把乔以南的低气压给压下去，只见她挑了挑唇，问道：“依依呢？”

“上班。”乔以南也不理她，兀自进卫生间洗漱。

乔以雅跟在身后，皱眉问道：“周六她上什么班？”

“她在帮沈林做动画电影。”

“什么？”乔以雅不由得提高了音量。

她走上前去，一掌拍到乔以南的背上。乔以南面色一僵，差点儿把嘴里的水给喷出来。

“我说你怎么回事？我都把她送到你身边了，你怎么连个人都看不住？你对得起我一片苦心吗？”乔以雅戳着乔以南的脊梁骨，痛心疾首地问道。

乔以南的眼皮突突地跳动了两下，他强忍着不爽，低头火速地刷完牙洗完脸，这才迅速转身面向乔以雅。

乔以雅见乔以南面色不善，目光一瞪：“怎么？我说你还有意见？”

乔以南扯了扯嘴角：“我让你把她送过来了吗？”

乔以雅听了，倒也不生气，只耸了耸肩，道：“看来我多管闲事了，那我今天就把她接到我那儿去吧！”

乔以南面色一僵，也不说话，只平静地看着乔以雅。

这要换作一般人，早就被乔以南的目光看得腿软了，但乔以雅丝毫不把他的目光当回事，反而拖着他坐到沙发上，语重心长地教育：“你说你身为我乔以雅的弟弟，怎么一点儿狼性都没有呢？这都多长时间了，你们竟然还分房睡？”

乔以南抽了抽嘴角，没有回答。

“哎，你该不会那方面有问题吧？”见乔以南不说话，乔以雅用手肘撞了撞他的胳膊，意味深长地问了一句。

“乔以雅！”乔以南终于忍无可忍，倏地从沙发上站了起来。如果不是念在眼前这人是自家姐姐，他绝对会把她扫地出门！

“有问题你要说啊！你不说耽误了依依的终身幸福怎么办？”乔以雅瞪着眼，不甘示弱。

“你给我滚出去……”乔以南拽住乔以雅的胳膊，把她往门外拖。

“臭小子，你给我放手！”乔以雅气得头顶冒烟，“懂不懂尊老啊你？”

乔以南丝毫没有尊老的心，也没有同情心，径直将乔以雅推出门外，“砰”的一声关上了门。

手机铃声突然响起来，他拿起一看，是乔以雅的电话，直接就给摁了。

过了会儿，又有电话进来，是个陌生号码。乔以南耐着性子接起电话，就听到乔以雅的声音从电话那头魔音般传过来：“臭小子，我是来提醒你，你要是再不行动，依依迟早要变成别人的，到时候你不要找我哭！”

乔以雅说完就气呼呼地挂了，这家伙要不是她弟弟，她一定找人把他的骨头给拆了！

她将手机塞回包里，心想，还好她常年备着俩手机，要不然连句“遗言”都说不了。

而留在门内的乔以南则陷入了沉思，过了会儿，他喃喃道：“好像是该行动了……”

〔5. 谁是陆美人〕

很快到了元旦，韩大全校放假，连沈林也给陆依放了假。

元旦前一晚，陆依窝在沙发里看电视，看得正起劲，突然听到乔以南在旁边道：“明天我去敬蓝山。”

陆依一愣，随口问道：“去敬蓝山做什么？”

“做研究，明晚有流星雨，那里是很好的观测点。”乔以南假装不以为意地说道，余光却在观察陆依的反应，见她的眼中一瞬间绽出了光芒，他不由得翘了翘嘴角。

“带我去，带我去，我要看流星雨，我还从来没看过呢！”陆依兴奋地开口。

“既然你那么想去，那就一起吧。”乔以南扬了扬嘴角。

“需要带什么东西吗？大晚上的会不会很冷？是不是要带帐篷和睡袋什么的？”陆依电视也不看了，目光直勾勾地看着乔以南。

“不用，山顶有别墅，不会让你露宿荒野。”

敬蓝山是韩市的度假胜地，风景一绝，乔家早年就投资了敬蓝山，并且拿下了山顶最好的一块地，自己建了一栋度假别墅。

不过乔以雅常年在公司里忙，也没什么时间去度假，倒是乔以南在上面给自己建了个小型的科研室，经常去观测天体。

“那我们赶紧去超市买零食！”陆依从沙发上一跃而起，双目炯炯有神。

乔以南无奈，跟陆依一起去了超市。

刚到超市，陆依就感觉到了人群的热闹，有人在旁边窃窃私语：

“刚刚那个好像是苏南哎……”

“戴着口罩你都认得出来？”

“嘿嘿，所以说像嘛，要真是苏南，我早就上去求合影了！”

陆依耳尖，听别人这么一说，立马来了精神，拽着乔以南就往人堆里扎，果然就看到不远处有一个高大帅气的身影正在认真地挑选零食，他的脸上戴着一个口罩，只见他一边挑选零食一边低头和身边的女人低声说话，似是在询问她的意见，得到回应后，他的眉眼染上宠溺又纵容的笑意，把面前的零食都推到了手推车里。

陆依顿时被苏了一脸，这这这……这就算不是苏南也铁定是个大暖男啊！

突然，陆依的眼睛微微一瞪，暖男边上的女人怎么这么眼熟？

她推了推鼻梁上的眼镜，眯着眼睛仔细地看了看，顿时兴奋地瞪大了眼："啊，那是我学姐！"说着，她就拽着乔以南飞快地奔了过去，欢快地喊了一声，"顾冉学姐！"

对方蓦地抬起头来，娇俏的面容上浮现一抹惊喜的笑意："呀，陆美人？你也在啊，真巧。"

跟在陆依身后的乔以南听到这声称呼，不由得抽了抽嘴角。

陆依看向顾冉身边的男人，好奇地问道："学姐，这位是？"

顾冉露出一个甜蜜的笑容："我老公，苏南。"

陆依惊得瞪大了眼："你老公是苏南？"

陆依记得苏南刚开了新闻发布会，公开宣布自己已经结婚，童年年为此心碎了一地，就差没找人帮她补一补了。

只是苏南没公布女方是谁，大家都在各种猜测，可她万万没想到偶像苏南的太太竟然会是她的学姐！

顾冉微微一笑，伸手摘掉苏南的口罩，让他露了个面，又给他戴了回去，笑道："还不跟我学妹打声招呼？"

面前的男人这才开口道："你好。"

他的嗓音好听得让人发狂。

陆依激动地抓住了乔以南的袖子，她的脑海里电光石火地闪过一个画面，她想起之前灵灵发给她的那张照片，当时她觉得苏南亲的那个女生很眼熟，直到这一刻，她才终于明白，原来那个女生就是顾冉。

世界好小……

“陆美人，我们要走了，改天请你吃泡芙哈……”顾冉朝陆依挥了挥手，挽着苏南的胳膊往收银台走去。

陆依双眼亮晶晶地目送他们的背影远去，激动之情难以平复。

那厢的顾冉悄悄在苏南耳边道：“你知道吗？她是个睡美人哦……”

苏南挑了挑眉：“我以为睡美人是你。”

顾冉扑哧笑了出来，想要解释，最后却还是一笑置之：“那你是吻醒我的王子咯？”

“不然你以为每天早上吻醒你的人是谁？”苏南的眼角眉梢都是盈盈的笑意。

顾冉捂脸，再帅的男人本质上都是臭流氓！

“走了！”这边的乔以南提起陆依的衣领，毫不客气地把她往相反的方向拽。

“哎哎哎，急什么呀？再让我看会儿嘛！”陆依意犹未尽。

“她为什么叫你陆美人？”乔以南问出了自己的疑惑。

陆依的声音一顿，脸上有怅惘的神色一闪而过，随即笑了笑，厚颜无耻地道：“因为我美啊！”

“……”

第二天，两人下楼的时候已经是下午，陆依拎了一大袋零食走到车前，对乔以南说道：“开下后备箱。”

乔以南的脸色有一瞬间的不自然：“后备箱东西比较多，零食就放后座好了。”

陆依也没多想，打开后车门就将零食塞了进去。

敬蓝山在郊区，过去要一个多小时，陆依坐在车里，看了眼昏暗的天色，咕哝道：“我怎么觉得今天要下雨呀？你确定有流星雨吗？”

“当然，只要你不乌鸦嘴。”乔以南面不改色地开口。

两人刚说完，倾盆大雨就降了下来。

乔以南的脸色有一瞬间的扭曲。

这场雨下得很大，等乔以南开到山脚的时候，雨量才小了些。乔以南开车直奔山顶，结果在山腰处才发现有一处在修路，路面泥泞不堪，他的车开过去之后，就陷在了里面。

“怎么了？”见乔以南面色不对，陆依问道。

“车子卡住了。”

“那怎么办？”

乔以南没说话，只是下车看了看情况，这才发现车子不仅卡住了，有个轮胎还扎到了尖锐的东西，已经瘪了。

一想到这辆车今天应该开不上山顶了，乔以南就想要呕血，他抚了抚额，只觉得莫名地郁悒。

“怎么样？车子还好吗？”打了修车电话之后，乔以南回到车里，陆依凑过来担忧地问道。

“修车的人已经在路上了。”

窗外的雨声又大了起来，两个人被困在车里，哪里也去不得，陆依突然觉得有些坐立难安，她撇头假装看着窗外，看得脖子都酸了，才不得不转过头，决定说说话，化解这种尴尬的局面。

可她一回头，就看见乔以南闭着眼睛在小憩，她原本打算说的话顿时又咽回了肚子里。

陆依看着乔以南，窗外的雨幕成了无声的背景，他的侧脸好看得像是顶级艺术家的得意作品。

她歪着头有些着迷地看着他，这样一个人，明明就是偶像派的啊，怎么会成为科学家呢？

浩瀚的宇宙、璀璨的银河，还有那漫无边际的苍穹，都是离人类太过遥远的东西，也是离她太过遥远的东西，她生活在地球上，从未去想过地球之外还有什么，她甚至不知道宇宙的起源、太阳的周期、恒星的灭亡……

她这样渺小又无知，目光所及之处，皆是琐碎的生活。

可眼前这个人，却已经将目光放到生活之外，放到她所完全无法追寻的领域，踏上了遥远又伟大的征途。

陆依有些小忧伤，外表的差距固然令人遗憾，智商的差距才让人绝望好吗？

正忧伤着，眼前的人突然睁开双眼，一双深邃的眼睛直勾勾地看着她。

陆依的脸色蓦地一僵，过了会儿才突然反应过来，脸上的红晕以肉眼可见的速度从耳根开始蔓延。

“那什么，你脸上有脏东西。”陆依随口想了个借口。

见乔以南没什么反应，她强作镇定道：“我帮你擦掉吧。”说着，她就伸出手去，用指腹在乔以南脸上擦了擦。

乔以南的眸光暗了暗。

陆依却毫无察觉，缩回手后一本正经地说：“乔以南，你用的什么护肤品？请务必推荐给我！”

“……”乔以南几乎要翻白眼，撇过头去不理她。

刚刚的小尴尬很快就无影无踪，陆依却来了精神，扯了扯乔以南的胳膊，好奇地问：“乔以南，你怎么成科学家了？我还以为你会接管公司呢。”

乔以南看了她一眼，撇了撇嘴：“无聊。”

见陆依一脸困惑，他补充道：“因为无聊，所以想要去探索未知的东西。”

“……”陆依摸了摸胸口，面色有些扭曲，她刚刚在心里幻想了半天，把他抬高到一个伟大的高度，结果他说他是因为无聊才当了科学家！

果然，偶像总是容易让人幻灭……

“如果我接管公司，我很清楚接下来的每一步该怎么做，甚至我人生的每一步我都能一眼看到，那太无趣了。但科学不一样，它给我提供了无限可能，去探索未知的领域，每一天，你都会期待今天会有新的发现。”乔以南看着陆依，很难得地开口解释，“看不见的东西才最吸引人，不是吗？”

就像她一样，他们从前天天生活在一起的时候，他并未觉得她有多么不可或缺，可有一天她离开了，他才发现，原来这世上除了浩瀚的宇宙，还有人能让他魂牵梦萦、不能释怀。

陆依听完，不觉有些惭愧，这么说来，她的人生好像太无趣了些，她已经很少去期待新的东西，她几乎能预见她的人生之路，那样平凡普通，不会有大的波澜起伏。

“那你到底是研究什么的啊？”陆依回过神来，继续问道。

“主研究是黑洞。”

陆依瞪大眼睛，一脸诧异：“你不是天体物理学家吗？我以为你是研究天体的！”

“黑洞也是一种天体。”乔以南抽了抽嘴角，他到底是为什么会喜欢上这个愚蠢的女人？

陆依恍然大悟，觉得自己长见识了，正要多问几句，乔以南的手机响了，他接起来听了会儿，眉心不由得蹙了起来。

“怎么了？”

“路上发生了连环车祸，维修人员被堵在路上了，起码还有两个小时才能开出来。”乔以南揉了揉眉心，甚为不爽。

“什么？两个小时？那不是天都要黑了！”陆依惊叫。

乔以南看了眼窗外，雨势已经变小了，他沉思了片刻，做了个决定：“这里离山顶也不算远，我们走路上去。”

陆依当下就同意了，要她和乔以南在一个封闭的空间待两个小时，她觉得自己会缺氧。

“你先坐着，我去拿雨衣。”乔以南说着就下了车，径直走到车后，打开了后备箱——里面躺了整整一车的香槟玫瑰和香薰蜡烛。

乔以南抬头看了看天，不过就是想要表白，需要这样考验吗？

他低下头，从角落里找出一套雨衣和一把雨伞，把后备箱关好后，这才走到车前，将雨衣递给陆依。

半小时后，仍然跋涉在路上的陆依搓了搓冻僵的双手，不甘心地问道：“你不是说离山顶不算远吗？为什么还没到？”

乔以南头也没抬，答道：“是啊，也就走一个小时吧，快点儿，还剩半小时。”

“……”一个小时还不算远吗？！

陆依往肚子里默默咽了把辛酸泪，这一路风大雨大，她都快冻僵了好吗！

乔以南你个大骗子！

陆依正在心里狂骂乔以南，突然脚底一滑，眼看就要扑倒在地，一只温暖的手蓦地抓住她，将她揽在了怀里。

免去了狼狈的摔跤，陆依狠狠松了口气，却听乔以南握着她的手疑惑地问道：“你的手怎么这么冷？”

陆依这才发现同样跟她在风雨中跋涉的乔以南，他的手暖和得跟个火炉似的，不由得叹了口气：“大概是因为我是折翼的天使吧。”

乔以南闷笑出声：“脸着地的吗？”

陆依抬头瞪了瞪眼：“你会不会说话啊？”

“好了，走吧。”乔以南敛住笑，牵着她的手继续往前走。

他没有放开她的手。

陆依看着他们握在一起的手，心里挣扎许久，最终也没有缩回手，只是在心里默念：只是一个暖炉而已，天使也是需要温暖的……就暖一下，嗯，就半小时……

/ 第四章 /

WOHEWODEMAO
DOUXIANGNILE

上帝知道我爱你

〔1. 陆依 17 号〕

终于走到了别墅，天已经黑了，陆依看到别墅就跟看到了天堂一样。

两人的衣服都有些被淋湿了，尤其是乔以南，他一路上都将雨伞往陆依那边倾斜，所以半截儿手臂都是湿的。

“先去洗个热水澡，换身衣服。”乔以南带着陆依往二楼走，给她指了个房间，“里面有女士的衣服，你先拿去穿。”

陆依点了点头，径直往房间走去，走到门口突然想起了什么，跺了跺脚，痛心疾首地惊叫道：“啊，我的零食还在车里！”

洗完澡后，陆依下了楼，看到乔以南已经在沙发上坐着了，他换了身衣服，头发还有些微湿，整个人看着干净清爽、赏心悦目。

“乔以南，我饿了。”陆依摸了摸咕噜咕噜叫的肚子。

乔以南起身走到厨房，好在他虽然给阿姨放了假，但没忘让她准备充足的食物和食材。

“想吃什么？现成的有三明治、寿司、吐司……”

陆依凑过去一看：“我想吃热乎的，有面条吗？我自己煮个面吃。”

“有。”

“太好了！你出去坐着，等我煮好再叫你！”陆依拿起挂在墙上的围裙，撸起袖子就开始忙活。

乔以南站在厨房门口，看着陆依有条有理地忙碌着，突然有些纳闷儿地问道：“你在国外都自己做饭？”

“对啊。”陆依下意识地点了点头。

乔以南蹙了蹙眉：“你不是跟你爸住一起吗？”

陆依正在切西红柿，她的手微微一顿，随即答道：“一开始住一起，不过上学后，我在大学城附近租了个公寓。”

“你爸没给你找个阿姨照顾你？”乔以南的眉心蹙得更深了。

“找什么阿姨啊？我哪有这么娇贵？”顿了顿，陆依突然意识到有些不对，改口道，“我爸本来是有给我请阿姨啦，不过我吃不惯她烧的菜，所以就把她赶走了……”

乔以南没有说话，也没有去拆穿她，只是心里有些不是滋味，被他乔家捧在手心里的公主，回到她自己家之后，竟然连个照顾的人都没有？

简直让人无法原谅。

面条很快就煮好了，乔以南吃了几口就觉得浑身都暖了起来，他看了眼吃得一脸满足的陆依，心里的暖意更甚。

这么多年，他大部分时间都一个人吃饭，多少次看着对面空落落的座位，他都会想，她怎么会不在呢？她怎么可以不在？

他的心那样空、那样寂寥，而如今，终于被填满了。

“你看着我做什么？”陆依后知后觉地发现了他的目光，纳闷儿地问道，“我看着能下饭吗？”

乔以南抿唇一笑，心想，是挺下饭的。

吃完饭后，乔以南看了眼外面淅淅沥沥的大雨，问道：“我在楼上弄了一个实验室，要不要上去看看？”

陆依一直想了解乔以南的工作，此刻来了机会，哪有放过的道理？连忙屁颠屁颠地跟在乔以南身后上了楼。

别墅的顶部一整层都被乔以南改造成了实验室，陆依一进门，就犹如进入一个奇幻的世界，目之所及皆是新奇的玩意儿：各式各样的天文望远镜、奇奇怪怪的专业器械、好多台闪着各种复杂数据和图表的苹果电脑……还有各种星体的照片，照片边上甚至标着密密麻麻的注解。

陆依选择了自己最容易理解的照片，凑上去一看，突然发现第一张照片的标题赫然标着“陆依 1 号”，她一惊，走到其他照片前看了看，然后就发现了陆依 2 号、陆依 3 号、陆依 4 号……一直到陆依 16 号。

“乔以南，这些照片为什么都用我的名字命名？”陆依瞪大了眼问道。

乔以南的脸色有一瞬的不自然，他假装看别处：“哦，都是一些不知名的小行星。”

陆依双眼一亮，兴奋地奔到乔以南面前，喜出望外：“你用我的名字给小行星命名？”

乔以南不自然地点了点头。

陆依激动得差点儿跳了起来，没等乔以南开口，就又跑回了那些照片前面，仔仔细细地把那些有些让人难懂的注解看了一遍。

十分钟后，陆依突然跳了起来，喊道："等等！为什么这些小行星都死了？"

乔以南假装没听到。

陆依突然跺了跺脚，一副愤愤不平的模样，然后乔以南就听到了惊天地泣鬼神的吼叫声："乔以南，你拿我的名字给灭亡的行星命名？"

乔以南感觉到实验室被陆依的吼叫声震得颤了颤，他转身就想逃走。陆依已经迅速地冲了上来，整个人跳到了他的背上，恶声恶气地道："你说，你到底什么居心？"

小猫咪突然化身大老虎，乔以南一时竟有些招架不住，他邀请她上来的时候根本没想到她能一眼看出那些行星的命名规律好吗？

谁让她不早点儿回来呢？他只能以这种幼稚的方式发泄对她的愤怒……可是小行星都灭亡了十六颗了，她在他心里播下的种子却越发茁壮成长，丝毫看不到灭亡的迹象。

"乔以南，你浑蛋！"陆依整个人趴在乔以南的背上摇晃，一边骂一边试图把他撂倒。

乔以南的面色憋得通红，终于妥协道："别晃了，再晃我可真驮不住你了。"

"我就晃我就晃！"陆依开始耍无赖。

"你再晃你就看不到陆依 17 号了！"

"还有 17 号？"陆依皱了皱眉，问出自己最关心的部分，"死的还是活的？"

"活的！"

陆依一听，立马从乔以南背上跳了下来，双眼亮晶晶地看着乔以南。

乔以南有些狼狈地整了整被她扯乱的衣服，走到边上按了下遥控器，巨大的电子屏幕上就出现了一颗小行星在轨迹上转动的画面。

“哇，真的还活着哎！”陆依已经完全忘掉刚刚的愤怒，双眼冒心地看着那颗小行星，以她的名字命名的行星，太浪漫了！

陆依着迷地看了好一阵，走到屏幕前小心地摸了摸陆依 17 号，郑重其事地嘱咐：“你可得活久一点儿啊！”

乔以南看着她的样子，突然很想上去拥抱她。他的女孩儿，怎么可以这么可爱？

实验室逛了一圈后，陆依看了眼窗外仍然不见停歇的大雨，有些哀怨地问：“今天晚上的流星雨是不是要泡汤了啊？”

“嗯。”乔以南昧着良心点头，没有告诉她即便不下雨，其实也没有流星雨可以看，那不过是勾引她一起来这里的借口，只不过，现在道具在车里，他没有机会布置完美的表白现场。

陆依的失望之情溢于言表，她继续哀怨道：“是狮子座流星雨吗？”

乔以南沉默了片刻，点了点头，这回不只是昧着良心，简直就是昧着智商在回答。

“好可惜啊……我怎么这么背啊？”陆依一边哀叹，一边拿出手机，在朋友圈发了条状态：兴致勃勃来敬蓝山看狮子座流星雨，结果下大雨啊啊啊……要不要这样残忍？我还没看过流星雨好吗……

过了会儿，陆依打了个哈欠：“没有流星雨，我要去睡觉了……”

看到陆依下了楼，乔以南拿出手机，看了下朋友圈，看到胡云在陆依的状态下评论了一条：狮子座流星雨在 11 月才出现，你确定没搞错？据我观测，今天绝对没有流星雨，你从哪里得来的错误情报？

乔以南沉思了片刻，给胡云发了条微信。

这厢的胡云正在打游戏，他听到微信一响，下意识地凑过去看了眼，这一看，差点儿把鼠标都给摔地上了。

乔教授竟然给他发微信？难道上次交的研究报告有问题？

该不会那颗恒星灭亡了吧？那他这一年的努力不是都白费了？

这么想着，胡云连忙中断游戏，手忙脚乱地拿起手机，点进去一看，他就惊呆了。

因为上面只有一句话：把你的评论删掉，立刻，马上。

胡云丈二摸不着头脑，想了半天才恍然想起自己刚刚给陆依评论过一条，脑子里电光石火地闪过一些思绪，陆老师的错误情报竟然是来自乔教授？

身为一个男人，胡云很快就理解了同为男人的乔以南，所以他立刻将评论删掉，然后给乔以南回了条微信：报告教授，评论已删，请君放心。

乔以南满意地放下了手机，他的目光瞄到桌上，陆依的手机还放在上面，他想了想，保不准还有别人提醒她，于是他淡定地拿过手机，打开陆依的微信。果然，还有不少人对她科普了狮子座流星雨的知识。

乔以南冷笑一声，将底下的某些评论一一删除。

第二天早上，乔以南刚起床，维修好的车子就被送了回来，他走下楼，第一时间不是去查看车子的状况，而是打开后备箱。

香槟玫瑰已经没有昨天那么新鲜了，他蹙了蹙眉，掏出手机打了个电话："给我准备最新鲜的香槟玫瑰，送到敬蓝山，嗯，还是999朵。"

他刚打完电话，陆依就从楼上火急火燎地跑了下来："乔以南，快，送我回去，动画出了点儿问题，我要回去处理。”

乔以南面色一僵，陆依已经径直坐上了车，等着他开车了。

他揉了揉眉心，将刚刚的号码重新拨了一遍：“暂时不需要了，别送了。”

送陆依去上班之后，乔以南回了乔家大宅。

“这是表白没成，回家找安慰吗？”乔以雅正在露台上看书，一看到他出现，就站起身探出头来笑着问道。

乔以南也不说话，他既然找了她的助理办事，就不指望能够瞒住她。

他走上楼，走到露台上，随手找了把椅子坐下：“我要王晋的资料。”

王晋是陆依的亲生父亲，是个华侨，在纽约定居。

乔以雅挑了挑眉：“哟，终于要开始关心我们依依了。”

乔以南的目光直视着乔以雅：“你给不给？”

“资料在公司，明天我让人给你送过去。”乔以雅喝了口咖啡，朝里面喊了一声，“吴妈，给少爷冲杯咖啡。”

“我没打算久坐。”乔以南蹙眉，这一坐，指不定乔以雅又要问什么刁钻的问题。

“所以我才请你喝咖啡啊。”乔以雅意味深长地笑了笑，话题一转，又回到了表白上，“表白这种事，真的不要姐姐我帮忙吗？”

“不用。”乔以南断然拒绝。

“你看，就是因为你不虚心求教，你才只能想到玫瑰和蜡烛的组合对不对？”乔以雅一副痛心疾首的模样，“你说以你的品位，怎么会选择这么俗的表白方式呢？”

“我百度的。”被乔以雅一说，乔以南的脸色有些不好看。

好吧，他对这种事是真的没有经验，也从来没有去关注过别人是如何表白的，所以，当他决心表白的时候，他只能上网查询，网上说，女人喜欢花和香薰，所以他才选了玫瑰和香薰蜡烛。

“百度哪能比得上你姐姐我才华横溢、创意无限？”乔以雅翻着白眼撩了撩刘海儿。

乔以南沉默了一会儿，最终还是妥协问道：“那你说要怎么做？”

见他终于妥协，乔以雅笑得花枝招展：“依依喜欢看韩剧，我给你列个清单，等你看完你就知道了。”

“……”乔以南黑着脸拂袖而去。

乔以雅笑得不可遏制，她双手撑在露台上，对着走出去的乔以南喊道：“热气球、游艇、直升机……想要什么道具跟姐姐说！”

乔以南停住脚步，抬起头看着乔以雅，面无表情道：“把清单发给我。”

半个月后，韩大开始放寒假，整个学校只有一号研究所的研究人员还在工作，陆依全身心投入到动画电影的制作中。

这天晚上，陆依难得不用加班，便早早地回了家，她一开门，就看到乔以南飞快地拿起了茶几上的遥控器，按下了退出键。

“你在看什么？”陆依随口一问。

“什么都没看。”乔以南强自镇定，脸上却不自觉得染上一抹红晕。

见乔以南这副反应，陆依的小脑袋突然转了转，眼神微妙地看着乔以南，奸笑着问：“乔以南，你该不会在看什么少儿不宜的片子吧？”

乔以南一愣，恼羞成怒：“你胡说些什么？”

“看吧！你这么激动，肯定是在看不该看的！”陆依觉得自己猜中了，得意地叉腰大笑。

乔以南的脸色黑了黑，却没有反驳，算了，让她以为自己在看岛国片，总比被她知道自己是在看韩剧好。

陆依扔下包蹭到了他的身边，笑道：“咱们都是成年人了，这种事很正常，我又不会取笑你，对不对？”

乔以南呵呵两声，也不知道谁刚刚笑得那么奸诈？

“我正好也没看过，不如我们一起看吧？也让我欣赏欣赏岛国人民的艺术表演。”陆依一边说着，一边去拿乔以南手中的遥控器。

乔以南听了这话，脸色顿时沉了沉，他拿着遥控器躲开陆依的魔爪，喝道：“陆依！”

“干吗？”陆依不甘示弱地瞪了瞪眼，“只许州官放火，不许百姓点灯吗？”

说着，她继续扑上去抢遥控器。

乔以南将遥控器放到身后，用身体挡着，然后伸手将陆依不安分的双手禁锢住。这么一来，陆依才发现两人的姿势超尴尬，她整个人扑在乔以南的身上，身体与他贴得严严实实的。

她的脸微微一红，挣扎着就要下来，乔以南却是不放，在她耳边沉声问道：“你知道撩拨一个男人的后果是什么吗？”

陆依的脸蓦地开始发烫，她下意识地不愿去回答，只扭动着身子要挣脱他的禁锢：“乔以南你个臭流氓，让我下去！”

只听“啪”的一声，也不知道是谁碰到了遥控器，电视屏幕骤然亮了起来，熟悉的声音在客厅里响起，陆依一呆，这不是仲基欧巴的声音吗？

她扭头一看，还真是《太阳的后裔》！

“哈哈哈哈……”陆依魔性的笑声在客厅里循环反复。

乔以南坐在沙发上黑着脸看着她。

“哈哈哈，乔以南，你竟然也会看韩剧哎……太阳打西边出来了吗？”陆依笑得前仰后合，一只手拍打着沙发，简直停不下来。

“笑够了吗？”过了好一会儿，乔以南咬牙问道。

终于感受到火药味的陆依立马敛住笑，佯装严肃地点了点头，但仍然有笑意从眉眼周边溢出来。

乔以南挫败地抚了抚额，什么话也没说，闪身进了房间。

他一进去，陆依的笑声就毫不留情地传了进来。

乔以南扶额，真是……一世英名毁于一旦！

〔2. 迟到的祝福是没有意义的〕

动画电影的制作已经到了后期，工作人员忙得脚不沾地，这天晚上，陆依还在仔细地核对每一帧的画面，沈林已经拎着几袋外卖走了进来。

“吃夜宵了，先吃完再忙！”

陆依拿了一盒香辣鸡翅，一边吃，一边看着电脑，突然，乔以雅的电话打了过来。

“姐姐，这么晚了，你给我打电话有事吗？”

“依依，你没跟以南在一起吗？”乔以雅试探的声音从电话那头响了起来。

“没有啊，我还在工作呢。”陆依话音刚落，突然想起了一件事，那就是早上出门的时候，乔以南曾经说过让她今晚七点去一号研究所找他。

但今天她忙得晕头转向，就完全把这件事忘了。

她连忙看了看时间，都快十一点了！

“依依，你还记得今天是什么日子吗？”乔以雅叹了口气。

什么日子？陆依歪着脑袋想了一圈，突然想起了什么，她脸色一变，猛地站了起来：“乔以南的生日！”

陆依挂掉电话，拿起包包就往外走：“沈林，我有事要先走一步。”

沈林上前两步，抓住她的手腕：“这么晚了，不好打车，我送你过去。”

陆依看了眼外面的天色，点了点头。

坐在车上，陆依有些怔忡地看着窗外的夜色，心里有一种难言的感觉，她是真的忘记了乔以南的生日，曾经这一天是她无比期待的日子，她会花长久的时间去为他挑选礼物，然后享受地看着他打开礼物的样子。

可她离开太久了，她连自己的生日都不再过了，又怎么还会记得给他过生日？

而此时此刻的乔以南，则站在研究所的天文台里，四面都是黑色的屏幕，但却流动着璀璨的星光，那些都是最真实的星体，他将遥远的银河映射在这个小小的天文台里。

他低头看了看手心里的黑色小石头，那是用流星化作的陨石打磨出来的，是一颗星星的模样。

今天，他本来想正式向她表白，在他最爱的宇宙星辰面前，以最朴实的形式，献上他的一片真心，可他布置了一切，从七点等到十二点，她却没有来。

乔以南走出天文台，自嘲地回头看了一眼，然后将手中的星星，往窗外狠狠一扔。

就在这个时候，他看到一辆车子疾驰到楼下，然后看到陆依从车上下来，跟她一起的还有沈林，他拉住她，体贴地给她围上了围巾。

乔以南无动于衷地看着，嘴角微扬。

沈林走了之后，陆依等在一号研究所门口，她给乔以南打电话，电话却无人接听。

她正在琢磨着要不要回家看看，就看到透明的玻璃大门后面，乔以南慢慢走出来的身影。

陆依眼睛一亮，朝乔以南挥了挥手。

乔以南刷卡打开门，走了出来，脸上并无特别的表情。

“对不起，我来晚了，今天太忙了，我忙忘了……”陆依凑上去，心虚地道歉。

乔以南没说话，径直往停车场走去。

“乔以南，生日快乐！”陆依跟在身后，忍不住说了一句。

乔以南冷笑一声，转身看她：“在你祝别人生日快乐之前，麻烦看看时间，我的生日已经过了，谢谢。”

陆依停在原地，不知道该说些什么，有一道无形的鸿沟横在他们面前，她无法越过。

他们又回到了最初她回来的时候，陆依的心像被针扎过一样，明明那样疼，却看不见伤口。

她在原地站了会儿，最终还是跟了上去。

她一坐上车，乔以南就一脚踩到油门上。车子飞驰出去，车速极快，陆依吓得抓住了车顶的扶手，却没敢吭声。

不过两分钟，车子就驶回到了小区里。

陆依惊魂未定，就听乔以南冷声道：“既然不用上课了，那么从明天开始，你搬回乔家大宅吧。”

陆依的呼吸有一瞬的停滞，也不知过了多久，她点了点头："好。"

这天晚上，陆依始终无法入眠，她坐在窗前，看着窗外的月亮，突然间觉得有些寂寞。她明明有亲人，明明有真心对她的人，她却生出一种无枝可依的错觉。

她这一生，好像是为了活着而活着，因为爷爷和姐姐的抚育，所以即便他们已经死去，她也要为他们活着。

可谁能告诉她？为什么她明明活着，却这样孤单？她不能让爱她的人为她忧心，也不能去依靠她爱的人。

她拿出手机，发了一条越洋短信：Claire，我觉得很孤单。

没过一会儿，短信就有了回应：亲爱的，看来我得去中国探望你了。

Claire 是言出必行的性子，陆依怕她真会来中国，连忙回复：我开玩笑呢，最近病情没复发，我很开心。

Claire：那就好，你是天使，上帝会保佑你的。

陆依抿了抿唇，放下了手机，她还真是折翼的天使啊……

Claire 是她的主治医生。是的，她生病了，生了一种罕见的疾病，它有一个美丽的名字，叫"睡美人症"，顾名思义，就是她会像睡美人一样，无端地陷入沉睡，而且不知道什么时候能醒过来。

Claire 说，这是一种极其罕见的神经系统异常，医学界至今也未研究出有效的治疗方法。简单地说，这个病是不能根治的，只能通过药物缓解，幸运的人可能会在八年到十二年之内完全自愈，但也有不幸的人可能终其一生都不能康复。

她在纽约的两千多个日子里，大概有三分之二的时间是在睡觉，这两年她的病情好转了很多，近一年也没再出现过昏睡的情况，所以她才敢回国。

她还记得第一次在纽约发病的时候，是在租住的公寓里，她一觉睡了五天，而正巧她在入睡前忘记了关门，邻居的奶奶看见了，还以为她遭到了入室盗窃，结果进来一看，发现她躺在床上，怎么叫也叫不醒，于是叫了警察和救护车。

后来大家发现是虚惊一场，她却开始警醒，从此一定记得锁门，除了上课，很少再出门。

多少次她从无边的沉睡中醒来，都会觉得怅然若失，竟不知自己是在庆幸还是遗憾。

陆依一夜无眠，晚上就将行李收拾好了。其实她的东西不多，最值钱的也不过是一台笔记本电脑，因为里面有她所有的作品。

早上六点，天还未亮，但环卫工已经在外面劳作，陆依拎着行李箱，悄无声息地离开了房间。

而另一间房里同样一夜未眠的乔以南，则在她走之后，站在窗户后面静静地看着她离开小区的背影，眸中的情绪隐忍而克制。

过了几日，乔以南在研究所接到了乔以雅的电话。

“看你这么久没给我打电话，看来是表白没成功。”

乔以南听了，面无表情地道：“没事我挂了。”

“急什么，我正事还没说呢！”乔以雅怒吼一声，然后缓和了下语气，“过几天小年夜，我准备办个 Party，记得带依依回来参加。”

乔以南一愣：“她不是在家吗？”

“什么意思？”乔以雅察觉到不对。

乔以南的神情有一瞬间的慌乱：“我让她搬回大宅了。”

“你说什么？她没回来啊！”

乔以南没再说话，直接挂了电话。他给陆依打电话，电话铃声响了许久也无人接听。

他猛地站了起来，直接驱车往她上班的地方而去。

他的双手紧紧地握着方向盘，手指有些僵硬，待轿车驶到陆依工作的别墅外，他看到一个熟悉的身影正在电脑前忙碌着，这才松了口气，有些疲惫地靠到椅背上。

他拿出手机给乔以雅回了电话:“她在沈林这儿，我把地址发你了，你把她接回家。”

乔以雅在电话那头破口大骂：“乔以南你发什么神经？又让我收拾你的烂摊子？”

“今天就把她接回家。”乔以南听而不闻，只是重复道。

乔以雅“啪”的一下就挂了电话，乔以南却并不担心，他知道乔以雅对陆依的关心，绝不会比他少。

〔3. 乔以南，你是不是喜欢我〕

小年夜很快就到了，乔以南犹豫了许久，终于还是驱车回了家。

这是乔家一年最热闹的一天，因为乔以雅会邀请志同道合的年轻朋友一起来玩。

Party 的主场是在别墅后的游泳池边，虽然是寒冬，但是原来露天的游泳池外面加了一层透明的玻璃遮罩，形成了一个巨大的阳光房，所以，玻璃外寒风瑟瑟，玻璃内却是夏意盎然，年轻男女穿着清凉的夏装，在泳池边上摇曳生姿。

泳池里的水是温暖的，此时此刻，陆依正兴致勃勃地泡在游泳池里，好久没游泳了，着实怀念。

Party 的好处是每个人都能找到属于自己的热闹，而她的热闹，就在泳池里。

泳池正对着舞台的方向，有摇滚歌手在上面尽情歌唱，全场像是一个重量级的演唱会，热闹得不得了。

陆依一边听着喧闹的音乐，一边在泳池里欢快地游泳，一直到她游累了，才游到池边，靠着池壁休息。

“原来你在这里,姐姐在找你。”一道熟悉的声音突然在头顶响起，陆依一抬头，就看到乔以南站在池边，居高临下地看着她。

陆依一愣，似是没想到他会突然出现，还会主动跟她说话，所以一时竟有些怔忡。过了会儿，她才问道：“姐姐找我做什么？”

“罗大哥来了。”

陆依眼睛一亮，起身就要从泳池里出来。

“罗大哥来了？那我去找他。”

乔以南在泳池边坐下，顺手在陆依肩膀上一按，将她压了回去。

“罗大哥来了你去凑什么热闹？给他和姐姐一点儿空间。”

陆依一想，觉得挺有道理，罗大哥苦追姐姐这么多年，也是时候把姐姐拿下了，她还是别去凑热闹了。

见陆依安静了,乔以南低下头看着她。她穿着泳衣,皮肤微微泛红，长发湿漉漉的，显然已经游了好一会儿，从他的角度看去，能看到她雪白的颈项和胸前隐约的春光。

这么多天过去了，他明明把她赶出了他的生活，却仿佛让她更深地进入了自己的心里，所有的研究他都无心去管，只要一闭眼，他的脑海里就会浮现她的身影。

他想，他一定是疯了，这样疯狂地想着一个不在意自己的女人。

可是，好像很久之前，他就已经疯了。

这么多年，他明知道她回来的希望渺茫，却拒绝了国外顶级研究所的无数次邀请，执着地等在这座城市，等着一个连自己也看不到的希望。

如今她回来了，他为什么还要把她推开？

陆依低着头，所以看不到乔以南眼中的情绪起伏，她正准备潜进水里，突然眼前一黑，周围响起此起彼伏的惊呼声。

她眨了眨眼，竟然停电了。

她听到旁边有水声响起，似乎有人下了水。她下意识地循声望去，就见一个高大的身影挡在了自己的面前。

那人朝她逼近，她下意识地往后一退，可身后已是池壁，退无可退，还未等她反应过来，她就被压在了池壁上，紧接着，微凉的唇瓣覆了上来。

有那么一刹，陆依仿佛听到了脑海里有烟花燃爆的声音。

那人伸手搂住她的腰，将她整个人圈进他的怀里，他含住她的唇瓣，辗转深入地蹂躏她的唇舌，他灼热的气息混杂着她紧张的呼吸声，那仿佛是这世上最后的声音。

陆依有些蒙，又异常清醒，她清醒地知道眼前这个人是谁，她所有的感官都集中在他给予的吻里，充满困惑，却又不能自拔。

眼前突然一亮，灯光有些刺眼，陆依睁了眼又眯了眯，她能感觉到乔以南的身体微微一僵。陆依的心有微微的刺痛，灯光一照，梦境只会化为泡沫。

她等着他发觉自己荒唐的行径，等着他露出嫌恶的神色，可他并没有放开她，而是将她拥得更紧。他在他耳边轻声说道："陆依，你还记得七年前，你趁着停电偷亲我吗？"

陆依的回忆蓦地回到七年前高三的教室里，想起那时她在黑暗里忐忑又激动的心情，想起他微凉的唇那柔软如果冻的触感，她的脸蓦地开始发烫，她张了张嘴，想要否认，却说不出话。

不等陆依回答，乔以南又继续道："既然你不准备跟沈林在一起，那么跟我在一起吧，陆依。"

那么跟我在一起吧，陆依。

灯光绚丽，陆依有一刹那的恍惚，仿佛进入了梦境。

乔以南却从未像这一刻这样轻松过，原来表白不需要精心准备、多方策划，只需要天时、地利、人和。

周围依旧喧嚣，两人却恍若未觉。

不远处，乔以雅端着酒杯静静看着，嘴角微微扬了扬。

见陆依许久不开口，乔以南低头看向她，见她整个人怔怔的，正要开口，就见她瞪大了眼看着他，见鬼似的道："乔以南，你在说梦话吧？"

乔以南脸色一僵，眸光微微一沉。

"你刚刚是不是被鬼上身了？现在天亮了，醒醒。"陆依敲了敲他的脑袋，一本正经地说道。

"……"乔以南的脸彻底黑了。

"别说胡话了，回去洗洗睡吧。"陆依说着，转身就要上岸。

乔以南一把拽住她，将她拉回自己的怀里，然后低头再次覆住了她的唇。

陆依蓦地瞪大了眼。

这一幕被岸边的宾客看到，四周顿时响起此起彼伏的口哨声和掌声。

陆依彻底傻了，整张脸涨得通红，像一只煮熟的虾。

那一晚陆依不知道自己是怎么走出泳池的，也不知道自己是怎么回到房间的，她只隐隐记得乔以南牵着她的手将她带回了房间，然后在她耳边说：“我没打算让你拒绝我，所以，我给你一晚上的时间消化。”

那天晚上陆依在床上辗转反复，如跌入了一个美丽的梦境，生怕自己一闭眼再睁眼的时候，梦境就会破灭。

她站在镜子前，看着自己微微红肿的双唇，那是他亲过她的证明，她的心里那样欢喜，又那样忐忑。

第二天，乔以南还未起床，就听有人“砰砰砰”地拍了拍门。

乔以南是有起床气的人，他刚想发脾气，就听到乔以雅在门外大喊：“乔以南，你媳妇儿跑路了，还不快起床！”

顿时，乔以南一个鲤鱼打挺，就从床上跳了起来。他一开门，就见乔以雅一副“心事重重”的模样：“依依去机场了，说是要回纽约散心。”

乔以南的眸光一沉：“什么时候的事？”

“就刚刚，刚上车，你要是现在追过去，还来得及。”乔以雅耸了耸肩。

乔以南沉默片刻，转身回了房间。

五分钟后，乔以南穿戴整齐地走了出来，手里还拎了一个行李箱。

“你带行李箱做什么？”乔以雅倚在门口，有些不解。

“去纽约散心。”乔以南甩下一句话，就头也不回地走了。

要是不能把人带回来，总要做好去纽约散心的准备。

乔以雅看着自己弟弟风一般的背影，扬了扬唇，嘟囔了一声：“哎，这有了媳妇儿忘了姐啊。”

上车之前，乔以南的心情都很不好，但坐上车后，他的心情反倒平静了。他看着窗外川流不息的车流，想起七年前，他的喜欢还未说出口，就被迫埋葬在心里，他心里烦闷，一个人去西藏自驾游，他不分白天黑夜地开着车，在那个广阔的天空下，受着天地的洗礼，从一开始的烦闷，到后面的茅塞顿开。

那时他想，她喜欢沈林又怎样？人生这么长，他们的青春才刚开始，他们之间，来日方长。

可等他回家的时候，姐姐却告诉他："依依走了。"

陆依离开了乔家，跟着她的亲生父亲去了大洋彼岸，从此以那里为家，也许再也不会回来。

那一刻，他在西北大地所做的心理建设轰然崩塌，他从未那样愤怒，仿佛他被人背叛，也从未那样茫然，好像突然之间，生活就被人抽走了一部分，空空荡荡的。

他想，他是恨她的，恨她就那样一走了之。

就算是此时此刻，他也恨她，因为她又一次一走了之。

可好在他不一样了，七年前他不肯低头，七年来从未过问过她一句，但七年后的今天，他知道什么对他来说最重要。

乔以南下了车之后，直奔国际航班出发处，可他找了一圈都没有找到人影，他给陆依打电话，电话却一直处于无人接听的状态。

乔以南有些心急，难道她已经过安检了？

这么一想，乔以南果断去买了一张飞到纽约的机票，只是航班时间比他预想的要晚，竟然要下午才起飞。

乔以南在原地想了会儿，他正在考虑要不要去用下机场的广播，突然就听到陆依惊奇的声音从身后响了起来：“乔以南，你在这里做什么？”

乔以南猛地转身，就看到她双手插兜，一脸震惊地看着他。她的身上只有一个斜挎的小包，行李箱也没带，看她那副优哉的模样，不知情的还以为她是来机场逛街的。

“你要出差吗？”陆依见乔以南不说话，指了指他的行李箱。

“你来机场做什么？”乔以南隐隐觉得有些不对，佯装镇定地问道。

“沈林要出差，他有资料在我这儿，我给他送来。”

这会儿乔以南已经确定以及肯定自己被那个专注坑弟一百年的不靠谱姐姐给摆了一道。他面色有些僵硬，但仍然镇定道：“哦，真巧，我朋友也要出差，忘记带行李箱，让我给他送过来。”

陆依狐疑地瞅了乔以南一眼，脑子里有两个问号：

乔以南竟然还有朋友？

乔以南竟然会为朋友送行李箱？

是哪个朋友这么有面子？她必须得见见。

“那你朋友一定在等着行李箱吧？我跟你一起过去吧。”陆依嘿嘿一笑，双眼都泛着好奇的光。

乔以南的脸色有些奇异，他点了点头，佯装若无其事地往安检口走去。

路上，陆依的手机振动了下。

她拿出来看了眼短信，突然停下不走了。

“怎么？”乔以南瞥了她一眼，见她双眸中似有五彩流光，她看着他，嘴角的弧度越扬越大，最后竟然露出一副“小样儿，你早就被姐看透了”的猥琐表情。

乔以南的心里“咯噔”一下，心中陡然升起一种不祥的预感。

乔以南转头就快步往前走，陆依突然大喊一声：“乔以南，你是不是喜欢我？”

〔4. 终于说出口的告白〕

乔以南的脚下突然踉跄了下，好不容易稳住身形，就看到周围的人竟然不约而同地放慢了脚步，大有要留下来看热闹的嫌疑。

乔以南转身看向陆依，向来沉静的面色此刻竟浮现出一抹诡异的红晕。

陆依站在原地不动，一双大眼睛此刻出奇的亮。她盯着他的眼睛，见他不开口，又重复问了一次：“你是不是喜欢我？”

周围的人索性停下来不走了，站在一旁饶有兴致地看着他们，不过一会儿，就围了一个圈，把他们围在了中间。

“你是来追我的吧？你以为我要回纽约，所以赶来机场找我，你还骗我说是给朋友送行李箱，那里面分明是你自己的东西吧？如果我真的要回纽约，你是准备跟我一起回去吗？”陆依忍住笑，毫不留情地拆穿了他刚刚的谎言。

“哇喔！”围观群众开始起哄。

有一男生大喊道：“兄弟，你就别装了，这年头高冷男都不受欢迎了，暖男才是流行 style！看我，你看我，就是我这样的！喜欢就上啊！”

乔以南看了眼那比他还要激动的男生，是个小胖子，背着个双肩包，只见他看了眼手表，然后跳着脚道：“快承认啊，我的航班快起飞了！”

乔以南的脸色有些绷不住了，他看向陆依，在一群极富八卦精神的不知名人士的见证下，终于说出了他藏在心底多年的秘密——

“是，我喜欢你。”

话音刚落，四周就响起了此起彼伏的口哨声和欢呼声。

乔以南的心里像是有一块石头落了地，原来告诉喜欢的人自己的心意，心情会是这样轻松和美妙。

这一刻，他真正打开了自己的心门，坦诚地欢迎她的正式入住。

陆依的心里如被雷电击中，有一瞬的酥麻。她在原地怔了一会儿，突然欢呼一声冲上前去，整个人跳到了乔以南的身上：“啊啊啊啊……乔以南，你真的喜欢我呀？！”

太不敢相信了，像是做梦一样！比他亲她还要梦幻！

乔以南被陆依冲击得往后一退，还好他及时稳住身形，这才没带着她一起倒在地上。

陆依还有些不敢置信，看向周围的群众，咋咋呼呼地问：“啊啊啊，你们快告诉我，我没做梦吧？这个人刚刚说了他喜欢我吗？”

“没做梦，他真的喜欢你！”围观群众异口同声地回答她。

“有人拍视频了吗？有的话发给我！”陆依欢呼一声，从乔以南身上跳了下来。

那厢热心群众正准备跟陆依互加微信，这厢的乔以南已经快速拉着陆依突出了重围。

“哎呀，你干吗？我还没拿到视频呢！”陆依有些不甘心。

“你想要什么样的视频？回家我拍给你。”乔以南只想立刻摆脱被人围观的状态。

“真的？不许反悔！”

“不反悔！”

一个多小时后，乔家大宅里，陆依拿着手机摄像头对准乔以南，道："说吧。"

乔以南看着手里的纸张，脸色有些僵硬："我真的要念？"

"那当然，快点儿！"

乔以南蹙了蹙眉："我念完你就答应做我女朋友？"

"你再磨叽我就反悔了。"陆依瞪了瞪眼。

乔以南轻咳了两声，硬着头皮看向摄像头，开始背诵陆依特意给他写的发言稿："如何让你遇见我 / 在我最美丽的时刻 / 为这 / 我已在佛前求了五百年……"

背到一半，乔以南实在是背不下去了，他看向陆依，目光里竟有一丝恳求的意味："能不能换一首？"

陆依想了想："要么换成《致橡树》？"

"不好。"

"那就《再别康桥》？"

"不要。"

"这也不要，那也不要，乔以南！你到底想干吗？"陆依怒了。

"我觉得念别人的情诗不够诚心，不足以表达我的感情。"

"那你有什么好主意？"陆依咬了咬牙，她的手举着手机都快举酸了好吗？

"我可以说一百遍我喜欢你。"乔以南看着她，一本正经地道。

陆依一愣，刚刚升起的怨念顿时消失得无影无踪，她的脸上似有热度升起，突然就有些不好意思了。她把手机塞到乔以南手里，道："那你自己拿着，录好再还给我。"

说完，陆依就溜回了自己的房间。

她扑倒在床上，双手揉了揉自己有些发烫的脸，嘴角有笑意不自觉地扩大，乔以南说他喜欢她呢，这真是她这辈子听到的最好的消息！

十分钟后，乔以南敲了敲她的房门。

陆依从床上弹跳而起，打开门惊喜地问："这么快就好了？"

"请验收。"乔以南把手机递给陆依，嘴角有笑意浮起。

陆依迫不及待地打开了视频，她喜滋滋地看了会儿，突然蹙了蹙眉："等等，你说的都什么语言？我怎么就听懂了'我喜欢你'和'I LOVE YOU'？"

"一百个国家的'我喜欢你'，怎么样，是不是足够证明我的诚意了？"

陆依目瞪口呆地看向乔以南："你什么时候会一百个国家的语言了？"

乔以南敲了敲陆依的脑袋："这世界上有一种便捷的工具叫网络。"

陆依恍然大悟，她继续看着视频，一个个奇怪的单词从他的嘴里蹦出来，她一想到他说的都是"我喜欢你"，突然觉得无比满足。

"所以，从这一刻起，我是你名正言顺的男朋友了？"

陆依含羞带怯地点了点头。

"把我的手机拿去，也录一百次'我喜欢你'，要一百个国家的语言。"乔以南抽走陆依手中的手机，把自己的手机放了进去。

"……"

这一年的新年，陆依在乔家度过，乔家二老从外面潇洒回来，他们俩天性喜爱自由，生了孩子之后也经常出去过二人世界，乔以雅长大了些之后，他们更加无所顾忌，直接把乔以南丢给她。

所以说乔以南是乔以雅拉扯大的，那还真不夸张。

两人一听到陆依和乔以南在一起了，当场就乐开了花。乔妈妈先将乔以南夸了一通，大意是：儿子你总算出息了一次，我和你爸一直担心你会孤独终老云云。

然后乔以雅接受了乔家二老的炮轰，大意是：连你弟弟这种看着会孤独终老的奇葩都找到了对象，你竟然还单着？

于是，这个新年变得格外热闹。

陆依已经很久没有过过这样的新年，她看着言笑晏晏的一家人，心里出奇的安定。原来过去的七年，她不是归人，是游子，因为她心里早已把乔家当作了自己的家。

手机铃声突然响起，是父亲王晋的电话。陆依愣了会儿，拿着手机走到了露台上。

两人寒暄了几句，王晋问道：“最近发过病吗？”

“没有。”

“过完年，我想我们一起和刘家的人见个面。”

陆依一愣：“什么？”

“刘君辰已经同意跟你的婚事，两家门当户对，爸爸也希望你的病还未发作前，能生下一儿半女。”顿了顿，王晋又说，“刘家也同意，你生下的第一个孩子，可以姓王。”

陆依的心凉了一半，她转过身，看向夜空中闪烁的群星，眼中蒙上了一层薄雾：“爸爸，在你心里，我只是一个为王家传宗接代的工具吗？”

电话那头沉默了片刻，回答道：“你知道你弟弟身体不好，还有你奶奶，希望早日抱孙子。”

“所以，就可以牺牲我的幸福？”陆依强忍住眼中的眼泪，轻声问道。

“刘家不会亏待你。”过了会儿，王晋又继续道，“我以为我们已经达成了共识。”

因为她之前不曾奢望过，会有爱情降临在她身上。陆依仰头，她看着头顶最亮的那颗星星，心想，那是姐姐，还是爷爷呢？

“依依，你不要让爸爸为难，你就当实现爸爸的心愿。”

“对不起，我想你忘了一件事，我姓陆，爸爸，我姓陆。”陆依吸了一口气，缓缓说道。

她姓陆，她是爷爷的孙女，是陆然的妹妹，所以，她不想要一个姓王的孩子，同样也不想要一个只为传宗接代的婚姻。

陆依挂断了电话，她倚着栏杆，迎着夜晚的冷风闭上眼，也许她会一睡不起，可她想趁着清醒的时间，去爱自己想爱的人。

身后传来熟悉的脚步声，一件温暖的大衣披到她的肩头。

“想什么呢？”

陆依回头，眸子里已经一片清澈，她伸手环住乔以南的腰，将脸埋进他的胸膛，只听她含笑道：“在想你。”

〔5. 年少时光不等我〕

沈林的动画片全面结束制作，是在这一年的三月，全组成员一起大吃了一顿后，沈林送陆依回家。

安静的车上，两人有一搭没一搭地聊着天，就算不说话，也丝毫不觉得尴尬。

“哎，沈林，你是不是开错路啦？”突然，陆依看了眼窗外。

“不认识这条路了？”沈林微微一笑。

陆依一听，又仔细看了看，过了会儿，她突然欢呼一声：“呀，这不是去英领中学的路吗？”

“对啊，这条路于我而言，可是印象深刻呢！”沈林笑道，“我一直想回来看看，今天难得有机会，便没经你同意，就直接开了过来。”

“我也很久没回来了！”陆依丝毫没有多想，能和沈林一起回一趟学校，对她而言也是一件开心的事。

沈林把车停在路边，两人一起走到校门口。教学楼里还亮着灯，晚自习还未结束，两人也没进去，就静静地站在大门外。

“陆依，你还记得高考前的那天晚上吗？我让你晚自习结束后，在校门口等我一下。”

“记得！你说有东西要送给我，但是我等了你好久你才出现，结果你说你忘了……”

听到陆依语气里的小幽怨，沈林忍不住抿唇一笑：“知道我为什么那么久才出现吗？”

陆依摇头。

“因为我想等大家都走光了，再把东西送给你。”

“可是你还是忘了……”亏她还期待了半天，以为会收到礼物呢，结果什么都没有。

“其实我没忘。”沈林突然从口袋里掏出一个精致的小盒子，他轻轻打开，递到她面前。里面躺着一条铂金的项链，吊坠是一个长着翅膀的小天使，小小的、圆咚咚的，非常可爱。

“抱歉，七年前就该送给你的东西，现在才有勇气送出来。”沈林的目光无比柔和，声音里却含了千丝万缕的遗憾。

陆依一怔，一时竟不知自己该不该接下这份礼物。

如果有人问她，她和沈林是什么关系？

她一定会毫不犹豫地告诉那个人：沈林是她最好的朋友。

他们从初中相识，至今已有十余年。这十余年，他们无话不谈，他们知道彼此的喜好，共享彼此的秘密，他知道她对乔以南的感情，知道她得了睡美人症，所有乔以南不知道的，他都知道。

她离开韩市七年，断了和乔以南的一切联系，却始终和他保持着邮件往来。

他对她的感情她并不是真的毫无所觉，可那太朦胧了，他从不曾说明，她便总以为是错觉，更何况，这么多年，他的身边，并不是没有过女朋友。

“陆依，我知道你喜欢乔以南，我并不打算横刀夺爱，只是这条项链一直没能送出去，反而让我多了些惦念，这对我而言，并非好事，你懂吗？”

他是从什么时候开始喜欢她的？

他不知道，也许是初遇的时候，她在半路慌慌张张地冲出来，拦下他的自行车，道：“同学，你也是英领中学的吧？能不能载我一程？”

她不等他同意就坐上了他的自行车后座，催促道：“谢谢啦，快骑快骑……我们还有五分钟。”

她就那样不经他允许，擅自闯进了他的生命里。

那时他们还未同班，但陆依是自来熟的性子，很快就和他成了朋友。

他的位子在走廊边上，靠窗，每每课间休息的时候，窗台上就会偷偷塞进来一包泡椒凤爪，然后他就会看到陆依探出一个小脑袋，笑嘻嘻地道：“沈林，请你吃的，感谢你的搭车之恩……”

每到那时，周围的同学都会拍着桌子羡慕嫉妒恨，然后他就会看到一个青涩帅气的男生揪住陆依的后领把她拖走，一边拖一边咬牙切齿："你用我的钱给别人买吃的，你是不是不想活了？"

"才不是你的钱，是姐姐的钱！"陆依一边反抗一边回头朝沈林眨了眨眼，一副苦大仇深的模样。

那时他已经知道陆依的身世，也知道她是被乔家收养的孩子。乔家是韩市数一数二的富豪，能被乔家收养，是多少人求之不得的幸运，但他知道，如果给陆依选择，她宁愿跟着陆然过贫苦的日子。

他从未见过像她这么乐观的女生，明明从小受尽苦楚，却仍能发自内心地快乐。

他想，爱情来临之前，原来会以怜惜的情绪出现。

可是，这世上有一个词叫作"先来后到"，在他到来之前，已经有人存在在她的生命里，所以他便只能默默地站在她身后，希冀她有一天会回头看他。

七年前的那天晚上，也是在这个校门口，他听到她兴奋地告诉他她将和乔以南一起去巴黎度假，他便突然丧失了送出去的勇气。他想，她把他当作最好的朋友，跟他分享一切秘密，他不应该去破坏这段关系。

可这么多年过去了，他发现自己仍未放下，这条项链，代表了他年少时最真诚的心意，是他整个青春最美好的憧憬，他理所应当将它交给它的主人。

"既然是送我的礼物，早就应该拿出来了嘛！我像是会拒收礼物的人吗？"陆依突然笑了笑，伸手拿过项链，直接戴到自己的脖颈上，摸着吊坠问道，"好看吗？"

"我选的，你觉得我会说不好看吗？"沈林笑了起来。他的眉眼很温柔，很容易就让人沉醉其中。

陆依想，如果没有乔以南，她一定会喜欢上这样温文尔雅的沈林，可惜人的心太小，只能装下一个人，所以，沈林，对不起，她终究要辜负他的心意。

“介意给我一个拥抱吗？”沈林忽然问道。

陆依一愣，还未说话，身体已经先做出了反应。她上前一步，张开双臂轻轻地拥抱了他：“沈林，谢谢你。”

谢谢你曾为我心动，谢谢你仍给予我温柔。

我将用我最诚挚的心，一生奉你为知己。

回到家的时候，乔以南已经穿着睡衣坐在客厅里看电视。陆依放下包就蹭了过去，她瞥了眼十年如一日的《哆啦 A 梦》，不由得纳闷儿道：“乔以南，你介不介意我问你一个问题？”

“你问。”乔以南揉了揉她的头发。

“为什么同一部动画片你能看无数次？不觉得无聊吗？”

“这是两个问题。”乔以南挑了挑眉。

“那你先回答第一个。”

“因为我觉得这部动画片的主角很像你。”所以百看不厌。

陆依一听，双眼顿时冒起了爱心：“你觉得我和静香很像吗？”

“不，我觉得你和大雄很像。”

“……”气氛凝滞了一分钟，然后传来陆依暴跳如雷的吼声，“乔以南，你再说一次！”

“我觉得你和大雄很像。”乔以南果然再说了一次。

陆依气得想要打人，她深吸了口气，咬牙问道：“那你是不是觉得你像静香？”

“开什么玩笑，大雄身边的英雄不是哆啦 A 梦吗？你是大雄，我当然是哆啦 A 梦。”乔以南不可思议地望着她，仿佛在说，你这都什么想象力？

“乔以南，我给你跪了！”陆依放弃挣扎。

乔以南忍不住轻笑出声，他将陆依搂进怀里，好心解释道：“傻瓜，我的意思是，你和大雄一样坚韧，虽然经常受欺负，但从不放在心上，浑身都是正能量。而且，我希望成为那个可以保护你陪伴你的哆啦 A 梦。”

乔以南充分论证了什么叫作说话的艺术，同样一个结论，换一种说法，当事人的心情可谓是天差地别。陆依刚刚还愤慨地想要宰了乔以南，这会儿心里冒出来的都是甜蜜的泡泡。

突然，乔以南放开她，目光落到她的脖颈上。他眯了眯眼，问道：“谁送的？”

“朋友。”陆依镇定地回答。

“沈林？”乔以南扬了扬唇，眼中却无笑意。

陆依这下装不了镇定了，有些心虚地点了点头。

乔以南靠近她，伸手拿起那枚吊坠，手指摩挲了下：“很好看。”

“是吧？你也这么觉得。”陆依松了口气，嘿嘿一笑。

哪知乔以南突然将那吊坠翻转了下，看着吊坠后面的刻字，冷笑着问道：“love？”

陆依一愣，连忙低头看了看，这才发现吊坠后面还刻着“love”的字样。

“我发誓这就是一条普通的项链。”陆依举起手做发誓状，“我和沈林是清白的。”

乔以南哼了一声：“你以为你们要是不清白，你还能好端端地站在我面前？”

“难不成你要将我人道毁灭？”陆依瞪了瞪眼。

“我来给你解释下人道毁灭是什么意思，人道毁灭是指以最低的受痛苦程度，把动物的生命进行人为结束。而你觉得你都红杏出墙了，我还会这么好心对你进行人道毁灭？”

“那要怎样？”

“当然是不人道地毁灭。”

“……”这么狠！

陆依还未开口，乔以南突然欺身上来，一口咬在她的唇上。

陆依吃痛地闷叫一声。

“陆依，我不管你以前喜欢谁，但现在你是我的，所以不管是你的身，还是你的心，都只能属于我。”乔以南放开陆依，指腹摩挲着陆依被他咬得有些红肿的唇瓣，声音不疾不徐，眼神却暗藏危险。

总而言之，这是一副警告的姿态。

但陆依却脸红了，没错，她想歪了，她满脑子都回荡着那句话：不管是你的身，还是你的心，都只能属于我。

啊啊啊，好害羞有没有？这宣言堪比霸道总裁啊！

见陆依捂住脸颊呈娇羞状，乔以南一脸莫名，刚刚的气势荡然无存，他有些无奈地敲了敲她的额头：“你听到没有？”

“听到了，听到了。”陆依含羞带怯地猛点头。

乔以南有些无力，他突然站起身：“你等我一下。”

过了会儿，乔以南走到陆依身后，将她脖子上的项链摘了。陆依还没反抗，就感觉到脖子上一凉，被戴上了另一条项链。

陆依连忙站起来，跑到镜子前一看，那是一条星星项链，吊坠是一颗精致的星星，闪闪发亮。

陆依看得一呆：“你什么时候买的项链？”

乔以南没有正面回答，只哼了一声："我负责买，你负责戴，哪有这么多问题？"

他怎么可能告诉她这条项链在他抽屉里搁了七年？

陆依吐了吐舌，将沈林送的项链妥帖地收了起来。

/ 第五章 /

WOHEWODEMAO
DOUXIANGNILE

现实版的睡美人

〔1. 猝然昏睡后的意外〕

陆依回归正常的讲师生活，每天的事情就是上课、和同事唠嗑、和乔以南腻歪。

托乔以南的福，她的知名度越来越高，连带着每天来听她课的人也翻了倍。

大部分人都是来围观陆依的，毕竟能把一号研究所的高岭之花拿下，那不是一般人能做得到的。

更何况，陆依的课是上午最后一节，也就是说，她上完课后，高岭之花会亲自来接她去吃午饭。

高岭之花常年守在研究所里，鲜在公众场合露面，唯一一节友情赞助的物理课，还会限制人数，所以一大群冲着乔以南的脸或者成就来的少男少女，只能“曲线救国”，从陆依这里来找突破口。

于是乎，每到周三这一天，陆依的课堂上就会爆满。

起初陆依并不知道这群人是为了乔以南来的，惊喜之余满怀感动，告诉自己一定要好好备课，让这些热爱动画的学生能够尽得她的真传。

但现实是残酷的，当乔以南提前到教室门口等她时，一大群学生都窜了出去，拍照的拍照，问问题的问问题……还有求签名求合影的，虽然乔以南一向以高冷和毒舌著称，但他对学生是难得的和蔼，尤其是对那些真正对天体物理感兴趣的学生。

当然，你要是想求签名求合影，他也会不客气地让你滚。

陆依看着课堂上剩下的为数不多的有贼心没贼胆的本专业学生，表示对这个看脸的世界绝望了。

这天又是周三的课，陆依看着挤满学生的教室，淡定地走了进去。

课上到一半，陆依正在给学生解析最新一部动画片的结构，一阵困意突然袭了上来，她的心猛地一跳，努力眨了眨眼睛，但不管她怎么努力保持清醒，瞌睡虫都在顷刻之间占据了她的大脑。

心里有无边的恐慌包围过来，大脑却不受控制地感觉到了疲惫和沉重。

仓促之间，原先还站着的陆依保持着仅剩的清醒坐到了椅子上，然后趴在桌上陷入了昏睡。

“陆老师！”

“陆老师你怎么了？”

“快叫救护车！”

“我们去找乔教授！”

课堂上喧闹起来，学生的声音在她耳边此起彼伏地响了起来，她隐约听到他们在说什么，却怎么都无法回应他们。

世界陷入一片黑暗，她在沉睡中无法自拔。

再次醒来，是在医院的病床上，很熟悉的一幕，很多次她在外面猝然陷入沉睡，最终都会在医院里醒过来。她该感谢自己运气好，每次遇到的都是好人，没有遇到趁火打劫的坏人。

但是这一次也有不同，因为她一睁眼，就看到了乔以南。

“你醒了？”乔以南一看到她睁开眼睛，就连忙握住她的手，眼中有不加掩饰的关切，“你觉得怎么样？哪里不舒服？”

“我昏睡了多久？”陆依问出了自己最关心的问题。

“一个小时。”

陆依一愣，这倒是少见的短暂。

“怎么了？”乔以南见她怔忡，问道。

她坐起身，道：“我没事，可能是前段时间太累了，所以不小心睡过去了。”

陆依的解释太过随意，乔以南蹙了蹙眉，显然并不认同，他在研究所接到消息的时候，第一时间赶到教室，看到一群学生围在她身边叽叽喳喳，她趴在桌上一动不动，像是昏死了一般。

那是他第一次那么真切地感受到什么叫害怕。

“等检查结果出来，我们就知道了。”乔以南拍了拍她的手。

陆依面色一白，几乎是下意识地，她抓住乔以南的手，道：“我真的没事，我们回去吧，我想回家了。”

就在这时，病房的门被推开，一个年轻的医生站在门口，对乔以南道：“以南，你出来一下。”

乔以南安抚地摸了摸陆依的头发，起身走了出去。

陆依紧张地跳下床，把耳朵贴在门上，想要听听他们在说什么，哪知听了半天，一点儿声音都没有。她有些气恼地打开门，才发现空旷的走廊里一个人影都没有。

陆依呆了一秒，老实地回到病床上坐着。

过了会儿，房门被推开，陆依连忙探头看去，乔以南的脸色很不好地走了进来，手里还拿着一张她的 CT 底片。

陆依琢磨了会儿，睡美人症照 CT 应该照不出来吧？

这么想着，她放心了些，露出一个笑容，问道："怎么样？医生是不是说我没事？"

乔以南将底片扔到她面前，声音里不经意间流露出一丝颤抖："怎么回事？"

陆依纳闷地拿起底片看了看，然后惊悚地想起了一件往事……

"为什么你会少了一个肾？"乔以南坐到陆依面前，竭力控制住自己的情绪，但平静的声音里仍然流露出了一丝激动。

刚刚医生跟他说陆依少了一个肾，他下意识地以为他在开玩笑，可当他看了底片之后，他就知道，医生没有开玩笑。

陆依抖了抖身子，小声道："那什么……买'肾 6'了……"

乔以南面色猛然一沉，他一把拽住她的手腕，咬牙道："这时候你跟我开玩笑？"

陆依瘪了瘪嘴，她只是想缓和下气氛嘛！

"你不说我也能查出来，等我查出来……"乔以南吸了口气，缓缓说道。

"好了，我说还不行吗？"陆依截住乔以南的话，开口道。

乔以南静静地看着她，等她坦白。

"我捐给我弟弟了。"陆依沉默了许久，才抬起头直视他，微笑着开口。

她的表情云淡风轻，乔以南的心里却掀起了滔天巨浪。

“你是不是疯了？”乔以南有些失控地握住陆依的肩膀，声色俱厉。

陆依从未见过乔以南如此表露在外的怒气，不由得缩了缩肩膀，有些委屈地道：“你抓痛我了……”

乔以南一愣，双手立刻松了松。他努力想要冷静下来，但一看到她事不关己的态度，气就不打一处来。

他的胸腔里充斥着难言的情绪，有震惊，有愤怒，但更多的是满满的心疼。他这一生顺风顺水，从未经历过什么苦痛，最痛苦的也不过是她当年不辞而别。

可是这一刻，他真真切切地感觉到了痛，为她隐秘无声的牺牲。

他几乎可以断定，若不是她这次昏睡送医，她永远也不会告诉他这件事。

“什么时候的事？”乔以南伸手抚上陆依的脸颊，轻声问道。

陆依犹豫了会儿，才开口道：“七年前。”

乔以南的心猛地一沉，不用片刻，他已经明白了所有的前因后果。他沉默了许久，才终于问道：“所以，当年你离开乔家，跟着你爸回纽约，是为了给你弟弟捐肾？”

陆依小心翼翼地看了眼乔以南的脸色，见他的表情没有之前那么可怕，这才点了点头。

有那么一瞬，乔以南不知道自己要做出什么反应，他想要骂她，想要看看她的脑子里到底装了什么，想要问她为什么她明明是被抛弃的那个，却要做出这样的牺牲？

可最后，他只是将她紧紧地拥进自己的怀里，轻斥了一声：“傻瓜！”

他也是傻瓜，明知道她从小就是被王晋抛弃的，竟然会以为他会那么好心想要补偿她！

还有一个人更是蠢货，竟然放任陆依离开乔家，而且她做的是什么见鬼的背景调查？连王晋为什么想要认回陆依都没有查清楚！

当天下午，送陆依回家之后，乔以南直奔乔氏集团，他通过乔以雅的专梯直达顶楼，刚一出电梯，秘书就迎了上来：“乔先生，总裁在办公室见客，请稍等片刻。”

乔以南无视她，径直往乔以雅的办公室快步走去，“砰”的一声，他重重地推开大门，然后就看到了一副少儿不宜的画面——乔以雅坐在她的总裁椅上，双手被人扣住动弹不得，唇瓣正被人狠狠吻着。

乔以南镇定地看着眼前的画面，面不改色地开口：“罗大哥，我借她五分钟。”

罗岚抬起头，亲热时被打扰的男人终归是不太开心的，但他一看到乔以雅被他亲得气急败坏的样子，心情就莫名地好了许多，所以他大方地放开乔以雅的手，站起身道：“就五分钟。”

罗岚一出去，乔以雅就强作镇定地理了理自己的头发，这才佯装淡定地问道：“你怎么来这儿了？找我什么事？”

乔以南将陆依的 CT 底片扔到乔以雅面前。

“这是什么？谁的？”乔以雅拿起底片瞅了瞅，不解地问，“怎么好像少了点儿什么？”

“你给我的资料里，说过王晋有一个患尿毒症的儿子，却没有说，陆依在这中间担任了一个什么角色。”

“什么角色？”乔以雅下意识地问道。

“器官捐献者。”乔以南的声音平静无波。

“什么？！”乔以雅拍桌而起，她拿起底片仔仔细细看了一遍，声音里有一丝丝颤抖，“你、你别告诉我，依依、依依她……”

“她捐了一个肾。”乔以南接下了她的话。

乔以雅的面色变幻莫测，最终，她将底片狠狠一扔：“该死的王晋，我饶不了你！”

〔2. 以爱的名义〕

乔以南回到家的时候，陆依正抱着抱枕窝在沙发上津津有味地看韩剧，她看到正精彩的部分，所以看到乔以南回来，也就只抬了抬眼，就收回了目光，嘴上漫不经心地问了句：“这么快就回来了？”

乔以南没有说话，径直走到陆依旁边，在沙发上坐下，然后伸手将陆依抱到自己的腿上。

陆依被抱得猝不及防，哈哈一笑，嗔道：“你干什么呀？”

笑闹的时候，陆依的眼睛还不忘往电视上瞄。

乔以南扣住她的后脑勺儿，不让她转头去看电视，不等她开口，他就吻住了她。

“唔……”陆依睁大眼睛，她的电视还没看完呢，正播到精彩的地方呢！

陆依只能竖着耳朵仔细听台词，但很快她就无法专心听了，因为乔以南吻得她喘不过气来。

他从未这样热切地吻过她，仿佛这一秒就是天荒地老。

刚刚还很不专心的陆依渐渐把电视剧抛到了脑后，她的热情被他勾了出来，主动环住他的脖子，去回应他的亲吻。

客厅里只余下两个年轻男女暧昧的喘息声，也不知亲了多久，陆依突然被乔以南腾空抱了起来。

等她回过神的时候，她已经被乔以南放到了他的床上。

陆依有一瞬间的清醒，她清醒地知道接下来会发生什么，可奇怪的是，尽管她很紧张，但她一点儿都不害怕，她甚至有那么一丝期待。

她伸手抚上他清俊的眉眼，眼中浮现出星星点点的光芒，这个人，是她这一生最喜欢的男人，她愿意将自己完完整整地交给他，以爱的名义。

乔以南俯下身，温柔而虔诚地亲吻她的眉眼，过了好一会儿，陆依听到他在自己耳边轻声问道：“可以吗？”

陆依捂脸，为什么要问这种问题？这让她怎么回答？答“不可以”好像违心了些，但是答“可以”会不会显得她太不矜持了？

乔以南拿开她遮挡脸的双手，灼热的目光紧盯着她：“嗯？”

陆依的脸顿时红透了，这一声“嗯”很销魂啊！

完了，她完全无法招架了！

陆依脸上的温度节节攀升，她的目光四处游移，就是不去看乔以南。

过了会儿，她听到乔以南一本正经地道：“我明白了。”

陆依一愣，满脸疑惑，他明白什么了？

“这种时候，男人应该直接做，不应该废话。”乔以南觉悟道。

陆依一愣，就听他一本正经地问道：“你爱我吗？”

“……”陆依抓狂，这种时候他还问这种问题？！难道她表现得还不够明显吗？

“……”陆依一口咬上乔以南的肩膀，脸色有些狰狞，好想咬死他！

身下突然传来一阵陌生的痛楚，陆依的牙一紧，咬得更重了。乔以南闷哼一声，低头亲吻她的耳垂，边亲边蹙眉：“你属狗的？”

“乔以南。”陆依搂住乔以南的脖颈，嘴里含混不清地喊道。

“嗯？”

“我爱你。”陆依移开唇，左脸贴着他的脸颊，在他耳边轻声说道。她的声音软软的，这三个字却咬得特别清晰。

乔以南紧紧地盯着她的脸，试图从她的表情里辨别出这话的真假。

但很快，就有笑意从他眼中弥漫开来，他低下头，和她抵死缠绵。

他想，他这一生，从未这般愉悦过。

身心俱愉悦。

陆依是被乔以南吵醒的，他一会儿亲她的脸，一会儿挠她的背，一会儿拽她的头发，总之，吵得她睡不着觉。

她有些不爽地睁开眼睛，发现房间里一片黑暗，应该还是半夜。她翻了个身，背对着乔以南，正要闭眼再次睡过去，乔以南又将她翻了过去。

“乔以南你干吗？”陆依轻轻地朝乔以南的胸膛上捶了一拳，嘟囔着。

“再说一次。”乔以南搂着她，声音清醒中带着丝愉悦。

“说什么？”陆依的脑子还很迷糊。

“说你爱我。”

“我爱你。”陆依的大脑已经暂停运转，只是下意识地接乔以南的话。

乔以南蹙了蹙眉：“没有诚意，重说。”

“……”陆依终于清醒了些，她无语了片刻，重复道，“我爱你。”

乔以南这才满意了些，在她额头上亲了一口：“继续说。”

“你还让不让我睡了？”陆依翻了翻白眼，忍无可忍。

“不让，快说！”乔以南捏了捏她的脸颊，厚颜无耻地道。

“再说几次？三次？”陆依垂死挣扎。

“说到我睡着的时候。”

“……”

第二天陆依是顶着两只黑眼圈从床上爬起来的，没错，她一宿没睡！乔以南这个变态让她说了一晚的“我爱你”，每每她说得睡着了，他就毫不怜惜地把她摇醒，让她继续。

陆依觉得自己的喉咙都干得快着火了。

而同样一宿没睡的乔以南，则是神清气爽、精神焕发。

陆依默默地看了他一眼，表示这辈子都不想跟他说话了。

“我去给你买早饭，今天我帮你请假了，吃完你补个觉。”陆依在浴室刷牙的时候，乔以南在门口说了一声。

陆依正要开口，乔以南已经走了出去。

十五分钟后，乔以南拎着丰富的早餐回来。陆依凑上去一看，有三明治、豆浆油条、鸡蛋饼、烧饼，还有馄饨、面包……

“你怎么买这么多？”陆依摸了摸喉咙，声音沙哑。

“我觉得你可能都喜欢吃。”乔以南的面色有些不自然。

陆依抬起头，目光如炬：“明明是你不知道我喜欢吃什么，还要污蔑我是吃货。”

乔以南轻咳了两声，硬着头皮问道："那你喜欢吃什么早餐？"

陆依嘿嘿一笑，把早餐的袋子往自己这边一揽："我都喜欢。"

乔以南忍不住一笑："那还不坐下来吃？"

"为什么今天要帮我请假？"吃饭的时候，陆依想到乔以南之前说的话，忍不住疑惑地问道。

"你这嗓子还想去上课？"乔以南挑了挑眉。

陆依顿时瞪了瞪眼，也不知道是谁害的！

"昨天的检查结果虽然没什么问题，但你前段时间确实比较辛苦，是应该多休息。"

陆依继续瞪眼，知道她应该多休息为什么还要折腾她？！

乔以南自然是选择性地忽略陆依的愤慨，他很快就吃完了早餐，然后快步走到陆依面前，在她额头落下一吻，道了声"好好休息"，就拿着车钥匙出了门。

陆依摸了摸额头，乔以南好像变温柔了不少，该不会吃错药了吧？

还是说，解禁后的高岭之花，终于变成一个正常的男人了？

好吧，不管怎样，都是她的功劳。

陆依想及此，嘿嘿笑了两声，左手拿过鸡蛋饼，右手拿起烧饼，一边啃了一口。过了会儿，她的目光在众多早餐上转了转，放下手里的饼，又拿起了三明治和油条……一个小时之后，她终于把所有的早餐都解决掉，腆着肚子倒在了床上。

〔3. 梦见小半生〕

陆依做了一个梦，她梦到了小时候，爷爷还在世，拿着报纸朝她招手："乖丫头，来，告诉爷爷这是什么字？"

她看着"朋"字信心满满地道："这是'月'啦，两个月亮。"

爷爷便大笑：“对，两个月亮。”

正在做作业的陆然听见了，凑过来看了眼，笑得乐不可支：“原来这是两个月亮啊，小妹真厉害。”

一转眼，她被乔以雅领进家门，乔以雅牵着她的手，声音无比温柔：“依依，以后我就是你姐姐，这里就是你的家。”

她一抬头，却看到王晋站在她面前，他说：“你弟弟现在病危，当我求你，救救他。”

她想回头去找乔以雅，王晋却拉着她的手：“不要说，乔家不会同意这件事，爸爸带你回家好不好？只要你肯救你弟弟，爸爸一辈子对你好。”

爸爸？他是爸爸，那当然好，跟着爸爸回家，爸爸会一辈子对她好。

梦里场景更换，眨眼之间，她已经躺在医院里，身体里的肾被摘掉了一个，可她看了眼周围，冷冷清清、空空荡荡的，没有一个人来看望她。

爸爸、奶奶、新妈妈，都陪在弟弟身边。

她望着天花板，眼泪在眼眶里打转，却没有流下来，因为她清楚地知道，爷爷已走，陆然已逝，乔以雅远在韩市，没有人能为她拭去眼角的泪水。

后悔吗？伤心的时候有过，但她知道，她总不能一直在乔家生活下去，乔家已经给予她太多，她不能索求无度，总要独立生活。

更何况，那时她曾以为世上有一种感情叫血浓于水，可她当时不知道，她不过是王晋在外面一夜风流的产物。她的生母生下了她，却因为无力抚养将她扔在街头，而她的生父，明知她的存在却放任不管。

新家里一家三口其乐融融，她孤单又尴尬地被排除在外。她想，她想象中的家不是这样的，那个家里应该有爷爷，有姐姐陆然，还有疼爱她的爸爸妈妈……

可她深知，她这一生都不会再见到爷爷和陆然，也深知，她没有能疼她爱她的父母。

“乖丫头，爷爷钓了一条鱼，今晚你有鱼汤喝咯！”爷爷的声音忽近忽远。

“小妹，姐姐对不起你……”重症室里，陆然无声地张了张唇，以眼泪作为最后的遗言。

陆依是听到自己的哭声才醒过来的，她睡了一天，醒来的时候脑子昏昏沉沉的，思绪还沉浸在梦境里，她只觉得有些茫然，一时不知今夕何夕，而自己又身在何方。

枕头上已经泪湿一片，陆依怔怔的，她已经很久没做梦了，没想到一梦便是小半生。

乔以南回来的时候，陆依还在发呆，他一推开门，就看到陆依的脸上泪痕未干的模样，他的心微微一沉，快步走到她面前，柔声问道：“怎么哭了？”

陆依突然扑进他的怀里，带着哭腔道：“我梦到爷爷和姐姐了……我很想他们。”

乔以南默然，他对陆爷爷并没有印象，但他记得陆然。那时陆然和乔以雅一般年纪，身材纤瘦，但脸上总是挂着笑容，有时候他真的觉得陆依和陆然很像，也许她们上辈子真的是姐妹，所以这辈子才会有这样短暂的缘分。

乔以南安静地抱着陆依，过了许久才道：“不要担心，我们总会和他们再见的。”

“乔以南,你知道吗？我很羡慕你,你有一个完整的家,叔叔阿姨、姐姐都对你很好。”陆依吸了吸鼻子，她还没从梦魇中缓过神来，声音里有一丝哀伤，“我也想要一个家，想要有人疼我爱我，可我知道，我没有这样的好运。”

乔以南的心狠狠一揪，这是她第一次在他面前袒露心声，他从前不曾去关心过她的过去，他总以为只要乔家对她好，她就不会伤心，可他忘了，乔家再好，始终也不是她的家，她是个孤儿，一直都是。

乔以南觉得自己的心痛得喘不过气来,他只能抱紧她,告诉她:“没关系，我会给你一个家，我会疼你爱你，给你很多很多的爱。”

陆依这会儿的情绪已经缓和了很多,她抹了抹眼泪,闷声问道:“有多多？”

“多到塞满你的心房，让你没有地方去容纳悲伤。”

陆依扯了扯嘴角：“乔以南，听你说甜言蜜语好不习惯。”

“那就慢慢习惯。”乔以南低头吻了吻她的眼睛。

陆依的心情慢慢被安抚,她摸了摸肚子:“我饿了,我去做晚饭。”

乔以南拉住她：“以后都不用你做饭，琴婶在外面烧了。”

琴婶是乔家的厨师，已经在乔家烧了十几年的菜，手艺一流，味道一绝。

陆依惊讶地看向乔以南：“琴婶怎么来了？她不用给姐姐烧饭吗？”

“家里还有厨师，不用管她。”乔以南是“有了媳妇儿忘了姐”的典型例子。

“你这样不太好吧？”

“有什么不好？你以为你没来的时候我的三餐是谁准备的？”乔

以南撇了撇嘴。

陆依在脑子里琢磨了片刻，突然觉得有些不对："那为什么我一来琴婶就没再来了？"

乔以南没想到陆依竟然问到了点子上，有些不自然地答道："因为我更喜欢吃你做的饭菜。"

每次看到她为他洗手做羹汤，他就会有一种莫名的愉悦感。

"那为什么以后我不用烧饭了？"陆依更加纳闷儿了。

"当然是我良心发现，不想你再辛苦……"乔以南刮了刮陆依的鼻子，实话实说。

陆依斜着眼看乔以南，这人的良心反射弧是有多长？她都来了半年多了，他的良心才发现？

吃完晚饭，琴婶在洗碗，陆依突然看到一个小型的机器人在房间里四处转悠。她愣了一秒，就差点儿从沙发上跳起来，质问道："我们有扫地机？"

乔以南的身子一僵，假装没有听见，起身往房间走去。

陆依扑了上去："乔以南你奴役我！"

难怪一开始的扫把会是崭新的，敢情根本就没人用过！

乔以南僵着身子，耳根微红，却没有否认这个事实，那时他心里对她有诸多埋怨，这才想要折腾折腾她，可现在他只想把她捧在手心里，哪里还舍得她受一点点劳累？

陆依很生气，后果很严重。这天晚上，不管乔以南如何软磨硬泡，陆依都坚定地回了自己的房间。

乔以南一个人躺在自己的大床上，辗转难眠，思考一个人生问题：不过才经历了一晚，为什么他就不习惯自己一个人睡了？

莫非这就是传说中的“食髓知味”？

〔4. 十八岁的遗憾〕

“哎哎哎，你们有没有觉得最近乔教授好像变了一个人？”这天中午，童年年和几个同事一起在校门口吃火锅，突然八卦兮兮地问道。

“说说看。”成灵灵抓了一把瓜子，做好洗耳恭听的准备。

“我知道！乔教授每天早上都把陆老师送到办公室门口。”张亮亮举手抢答。

“那算什么？以前乔教授一天有十二个小时都泡在研究所，现在能待八小时就不错了！”胡云插嘴。

“唉，英雄难过美人关，乔教授一世英名，就这么没了……”研究所的小助理惋惜地叹了口气。小助理是个娃娃脸的男生，对乔以南有天然的崇敬和敬爱。

成灵灵做诧异状：“乔教授还有英名呢？”

被他拒绝过的女人都想在他脸上踩几脚好吗？

小助理噘了噘嘴：“乔教授是一号研究所里最聪明的男人好吗？！”

童年年捅了捅胡云：“有人在侮辱你。”

胡云和小助理对视一眼，心虚地“哦”了一声，说实话也不算侮辱吧……

“昨天我还看到乔教授在电脑上搜‘女人喜欢什么礼物’呢……”小助理一副痛心疾首的模样。

“那有什么？那天在食堂，我看到乔教授给依依夹菜吃……哎哟喂，我还以为乔教授被鬼上身了呢！”童年年撇了撇嘴。

成灵灵呵呵了两声。

童年年立马做严肃状，握住成灵灵的手："灵灵，你这幼小的心灵还能承受住吗？你要是承受不住，我们可以换个地儿说。"

成灵灵冷笑，幽幽地陈述了一个事实："昨天下午我看到他们在车里接吻了。"

"什么？这么有伤风化的事他们也做得出来？"童年年拍桌。

成灵灵瞥了她一眼："我也看到过你跟胡云在……"

"那什么，其实这事也挺浪漫的，你们说是吧？"童年年连忙转移话题，改变态度。

成灵灵哼了一声。

"以前希望我自己是黑洞，现在希望我是陆老师了……"小助理幽幽地开口。

"去……"一群人翻了翻白眼。

而正被八卦的陆依则刚跟乔以南吃完午饭，在校园里散步，走近研究所的时候，陆依突然看到脚下有块五角星的石头。她捡起来一看，欢快地扯了扯乔以南的胳膊："乔以南，你看这块石头好特别啊，竟然是个五角星哎！"

乔以南一愣，那竟然是他从天文台扔下来的那块石头。

他看着陆依欢喜的样子，突然觉得世事果真奇妙，该相遇的，兜兜转转，总会相遇。

"你既然喜欢，就留着好了。"乔以南微笑。

"我才不喜欢呢，又不是爱心。"陆依撇了撇嘴。

"……"乔以南觉得自己受到了五千点的伤害。

"不过呢，我可以把它送给你啊。你看，你是研究星辰大海的，这是一颗星星，很适合你的。"陆依笑眯眯地把五角星放进了乔以南的掌心。

“我研究的是黑洞。”

“那又怎么样？难道你不喜欢星星？”

“喜欢。”

“那就送给你了，你可要收好了啊！以后这就是我送给你的定情信物。”陆依嘿嘿一笑。

乔以南僵着身子接过了五角星，谁能告诉他为什么他亲手打磨的石头最终会变成她送给他的定情信物？

这个世道好乱。

陆依心情颇好地回了办公室，其他三人还没回来。

陆依拿出U形枕，准备小眯一会儿再准备下午的课。

可她没想到，她这一睡，就睡进了医院。

她醒过来的时候，床前围着一堆人，乔以南、童年年、成灵灵，还有张亮亮。

陆依只迷茫了一瞬，就立刻意识到发生了什么。

“依依，你可算醒了！你快把我们吓死了，怎么叫你你都没反应！”童年年站在床边心有余悸。

成灵灵面露忧色：“你还好吗？”

“我没事。”陆依坐起身，有些疲惫地道。

几人寒暄了几句就很有眼力见儿地离开了房间，把空间让给了乔以南。

乔以南坐在床边，目光如炬地看着她，平静地陈述道：“这是第二次了。”

陆依的心微微一颤，她抬头直视他：“我真的没事……我就是太困了。”

“有没有事，医生会给我答案。”

陆依垂下头不吭声，心里却在腹诽：医生才给不出答案呢！她这病都是经过不少波折才被确诊的！

检查结果果然没有异常。

乔以南狐疑地将检查结果看了好几遍，抬头问医生：“你确定你没搞错？”

医生是个很年轻的帅哥，似乎与乔以南认识，听到乔以南的话也没有生气，只是耸了耸肩：“暂时是看不出什么问题。”

顿了顿，医生又道：“如果再有第三次，你再来找我。”

陆依听了这话，心里有些虚，她想，她应该回一趟纽约，找Claire看看，她为什么会突然复发？

这次昏睡的时间超过了半天，连乔以雅也惊动了，当天晚上，陆依就被乔以雅接回了乔家大宅。

乔以雅让厨师给陆依做了一堆滋补的养生餐，不停地督促陆依多吃点儿。

陆依很感动，然而实在是心有余而力不足，只能求助地看向乔以南，希望他能帮忙吃一点儿。

哪知乔以雅直接道：“你放心，他有别的补品吃。”

“什么补品？”陆依疑惑地问。乔以南也有些纳闷儿。

“爆炒牛鞭。”

“……”气氛凝滞了一秒。

“乔以雅！”乔以南咬牙，一张俊脸黑成了锅底。

乔以雅淡淡地瞥了他一眼:“哦？火气这么旺盛,看来是不需要了，那我让厨房给你炖点儿降火的。”

乔以南选择无视她，目光落到陆依身上：“吃饱了吗？”

陆依点头如捣蒜。

“那我们回房。”乔以南牵过陆依的手，带着她就往楼上走。

乔以雅几步走上前来，伸手揽过陆依的肩膀，将她带到自己的身边，笑得一脸奸诈：“今晚依依跟我睡。”

乔以南的脸色顿时黑了黑，坚定地拒绝：“不行。”

乔以雅挑了挑眉：“你说不行有用吗？”

乔以南伸手拉住陆依的手，就要把她带走。

乔以雅立马拉住陆依的另一只手，然后就变成某姐弟僵持不下、而陆依一脸茫然的局面。

“放手！”乔以南不悦地喝道。

“你放手！”乔以雅不甘示弱。

陆依呆呆地看着他俩火星四射的交锋，弱弱地抽回自己的手，宣布了结果：“今晚我一个人睡。”

说完，她也没去看两人的反应，自己回了房。

陆依从醒来开始，其实脑子就一直浑浑噩噩的，旧病复发的信号让她的一颗心沉甸甸的，满脑子都在纠结要不要告诉乔以南实情。

他会难过吗？他能接受吗？

她的病情一旦反复，他们会失去很多相处的时间，她会错过太多东西，他生命里很多时刻，她也许都无法参与。

陆依抱着抱枕，恍惚间想起自己第一次发病的时候。

那天是乔以南的十八岁生日，那天早上，她偷偷塞了一封情书到他的抽屉，情书并没有署名，因为她想在晚上给他庆祝生日的时候再当面告白。

那天放学后，她特意一个人偷偷溜走，她拿着乔以雅的卡去美容院做了一个发型和妆容，告白的日子，怎么能不打扮打扮呢？打扮漂亮了，成功概率应该也会大一些吧？

可她没想到的是，那一天，乔以南没有打开他的抽屉，而她，也没能及时回到家给他庆祝生日。

乔以南的生日 Party 在十点就结束了，而她在十一点才回到家。

那天出了美容院后，她想起给乔以南准备的礼物落在了教室，便返回去拿，哪知到了教室后，便突然觉得困得不行，眼睛也睁不开，她就那样趴在桌上睡了一觉，一觉睡醒，已是深夜，吓得她差点儿昏厥过去。

“你醒了？”就在她不知所措的时候，沈林的声音在后面温柔地响起。

她回头一看，才发现沈林也在教室。

“你怎么还在这里？”她惊呆了。

彼时的沈林还是个青涩的少年，他微微笑起来，有些许腼腆：“你一个人睡在教室不安全。”

“那你为什么不叫醒我？”陆依感动之余又有些纳闷儿。

“你睡得很沉，我想你是太累了，就不想吵醒你。”沈林微笑。

后来沈林送她回家，家里的宾客都已经散了，乔以南赌气先睡了，陆依站在镜子前，看着自己精心装扮的模样，气馁地卸了妆。

那时，她还不知道自己得了睡美人症，就已经错过了自己最期待的时刻。

〔5. 陆美人的秘密〕

陆依醒来的时候，觉得格外疲惫，她睁开眼之前，心里“咯噔”了一下，难道第三次这么快就来了？

这么一想，她马上睁开眼，拿过手机看了眼时间，一看，才早上八点，她这才吁了口气，慢悠悠地从床上爬起来。

刚穿好衣服，房门就被推开了。乔以南走进来，看到她已经起床，眼神有些微妙，他怔了一会儿，才问道：“醒了？”

“对啊，我今天是不是起得很早？”陆依嘿嘿一笑，凑过去问，“今天是周六，我们去看电影吧。”

乔以南没有说话。

陆依没在意，只摸了摸“咕噜咕噜”叫的肚子，道：“哎，我怎么这么饿？先下去吃早饭咯！”

“今天是周一。”

陆依刚走到门口，就听到乔以南的声音在身后响起，很平静的一句话，却像一道惊雷，在陆依的脑海里轰然炸裂。

她的脚步一滞，身子微僵。有那么一刻，她觉得这个世界的声音都消失了，她什么也听不见，什么也想不了。

“陆美人？原来是这个意思。”乔以南的声音由远及近，隐隐约约地传入陆依的耳朵里。

她的脸色煞白，什么也说不出来。

“你还有多少事瞒着我？”

陆依僵着身子转过身，她看到乔以南的脸上浮现沉痛之色，两天的时间，已经足够他消化震惊和愤怒。

陆依垂了垂头，用低低的声音说了三个字：“对不起。”

“我要的是你跟我说对不起吗？”乔以南的音量骤然提高了些，“在你心里，我这么不值得信任吗？就算我不能让你信任，那么姐姐呢？她把你宠到了心尖上，可你三番五次发病都瞒着我们，想必你觉得根本不需要让我们知道，就像你随随便便捐献器官一样，都是你自己的事，完全不需要和我们商量！”

“不是的……”陆依被乔以南训斥得红了眼，她想要解释，却发现自己什么话都说不出来。

“陆依，你太自私了。”乔以南的脸上难掩失望之色，他说完就越过陆依，大步走了出去。

陆依站在原地，眼泪突然从眼眶中滑落。乔以南说得没错，她很自私，她并没有把整颗心都完完整整地捧出来，捧在乔家人的面前。

可她有选择吗？说出自己的病情，让他们对自己更加怜惜吗？她这一生已经赚了太多同情分，不想要再新增一个，谁想要自己的爱情里掺杂太多同情的因素呢？她是可以告诉姐姐，可是姐姐已经为陆然的死背负了太久的枷锁，为什么还要再让她为自己伤神？

他说她随随便便捐献器官，殊不知她当时的挣扎和逃避。她也是普通人，没有那么伟大的情操，下意识的反应也是不想捐，可她的选择在哪里？那个名义上的弟弟危在旦夕，她是他唯一的希望，她能怎么办？

陆依蹲在地上泣不成声，乔以雅走进来，将她揽进自己的怀里，安慰道：“依依，不要难过，也不要生以南的气，他只是在气自己没能好好保护你，并不是真的生你的气。”

陆依抱住乔以雅，哽咽道：“姐姐，对不起，不是我不想告诉你们，而是……”

“好了，别说了，我都明白。”乔以雅安抚地拍了拍她的背。

陆依知道自己已经不能再进行正常教学，索性向学校请了长假。

连着一个星期，乔以南都没有出现，陆依给他发短信，他不回，给他打电话，他也不接。

他像是彻底消失了，也像是彻底不想理她了。

陆依突然感觉到了一种名为“失去”的恐慌，这是她从小到大最害怕的情绪。这天下午，她终于坐不住了，她不想去打扰他的工作，所以她去公寓等他。

但是她从下午等到晚上，从晚上等到凌晨，他都没有回来。

这个晚上，陆依全无睡意，她想了很多，把所有不好的结果都设想了一遍，其实最差的无非是乔以南跟她分手，可明明已经做了很多心理建设，一想到这个结果，她就觉得心都在发抖。

陆依等到第二天早上九点，终于确定他应该是不会回来了，这个充满了他们两人生活气息的地方。

陆依突然有些想哭，她深吸了口气，站起身出门离开。

她一开门，就看到乔以南刚好拿着钥匙准备开门。

两人看到对方均是一怔。

陆依终于没能忍住眼泪，“哇”的一声就哭了出来。

乔以南一愣，无奈地摸了摸陆依的头：“你哭什么？”

“对不起，我错了，你别生气了。”陆依扑进乔以南的怀里，哽咽道。

“那就不要乱跑，好好待在乔家，那里有人能照顾你。”乔以南的声音有些疲惫。

陆依的心微凉，她慢慢松开手，垂着头道：“嗯，我这就回去。”

“陆依……”乔以南突然开口唤她，“等等，我让司机来接你。”

“不用了，我自己可以回去。”陆依说着，就快步走到电梯口。

乔以南走过去，伸手牵住她的手，不容分说地将她带回公寓里：“你先在这里等会儿，我给司机打个电话。”

“我都说了不用了！”陆依突然甩开乔以南的手，有些生气，“我不是废物，我能自己回去。”

“我不是这个意思。”乔以南揉了揉眉心。

陆依红着眼瞪着乔以南：“要走你走，我不回乔家。”说完，她就回了自己的房间，“砰”的一声关上了门。

乔以南有些不明白她的火气从哪里来，但也没追上去，只是给司机打了个电话，让他先不用来了。

放下手机后，他打开刚刚拎进门的行李箱，里面除了几件换洗衣服，还有厚厚一袋的资料和一瓶药。

那是睡美人症的资料和缓和病症的药，他刚从纽约带回来的，这一周他都在纽约，先是让王晋带他去见了陆依的主治医生 Claire，又拜访了几个专门研究罕见病的医疗组织，充分了解过睡美人症的情况后，他才回国。

他在纽约几乎没睡过一个好觉，又坐了整整一夜的飞机，此刻已经精疲力竭，他将资料和药放到了书房，去浴室冲了个澡，这才走到陆依的房间门口，开门进去。

厚重的窗帘拉着，只露出隐约的光，陆依背对着他躺在床上。

乔以南叹了口气。他走过去躺到床上，伸手搂住她的腰，宽阔的胸膛贴着纤瘦的背部，眼一闭就要睡过去。

陆依却掰开他的手，将他的胳膊推了回来。

乔以南蹙了蹙眉，终于明白她还在闹别扭。

他伸手强行让陆依转过身来，借着隐约的光仔细看着她的脸，这才发现她满脸泪痕。

乔以南的心微微一揪，声音有些沙哑地道：“怎么了？”

“呜呜……”陆依忍不住哭出声音来，“你是不是想跟我分手？”

乔以南一愣，伸手拭去她脸上的泪水，严肃地道：“不要胡说。”

“那你为什么不回我的短信不接我的电话不回乔家看我？昨晚你还夜不归宿！”陆依连珠炮似的把心里的问题一股脑儿问了出来。

乔以南哑然，一开始几天他确实在生气，想让她自己反省一下，后来就忙忘了，想着回国再说。

顿了顿，他捕捉到了什么，问道：“你昨天就在这里了？”

“我从昨天下午等到今天上午，我以为你不会回来了……”陆依瘪了瘪唇，继续道，“你不要转移话题。”

“你昨晚一夜没睡？”

“对啊。”陆依下意识地回答，突然反应过来自己又被他带着走了，忍不住伸手推了推他，“都说了不要转移话题。”

“哦，我去纽约了，今天刚回来。”

陆依猛地坐了起来：“你去纽约做什么？”

乔以南伸手将她拉回床上，言简意赅地道：“我见了 Claire。”

陆依一愣，随即明白了他是去做什么的。这一刻，她突然觉得自己这么多天的忧虑根本就没有意义，面前的这个男人，从未想过离开她，他甚至在为她四处奔走。

陆依顿时觉得自惭形秽，羞愧地将脸埋进了乔以南的怀里：“对不起，我想多了……”

乔以南扯了扯嘴角，还算有觉悟。

他拍了拍她的背，轻声道：“睡一觉吧。”

陆依却还没有睡意，她伸手环住乔以南的腰，低声问道：“乔以南，你原谅我了吗？”

“嗯，原谅了。”乔以南的声音很轻，但足以让她心安。

他花了一周的时间了解她的过去，他想，原不原谅其实已经不重要了，因为不管她怀揣了怎样的秘密，都不能阻止他爱她。

第二天一早，两人一起回到乔家。陆依一进门，就看到一个熟悉的身影，她一愣，快步走了上去，看着坐在沙发上跟乔以雅聊天的金发美女问道：“Claire，你怎么在这儿？”

金发美女抬起头看到她，连忙起身给了她一个拥抱。

“亲爱的，你还好吗？”

陆依愣愣地点了点头，再次问道：“你还没告诉我怎么会在这儿呢？”

“当然是你的王子把我请来的啊！”Claire 朝陆依眨了眨眼睛。

陆依回头看向乔以南，就见他微笑道：“我想她是最了解你病情的人，应该还是由她来为你治疗。”

陆依没想到乔以南体贴起来会这样让人招架不住，一想到昨天之前她还在胡思乱想，她就觉得特别心虚。

她看了眼时间，带着“弥补”的心态催促乔以南：“不早了，你快去上班吧。”

哪知乔以南气定神闲地走到旁边冲了杯咖啡，道：“女朋友生病在家，身为男朋友，怎么可能去上班？”

陆依瞪了瞪眼，不敢置信地问：“你也请假了？”

“当然。”乔以南答得理直气壮。

“我又不是什么大病，又没有伤着痛着，顶多就是睡得久一点儿，你不用请假在家陪我吧？”

乔以南放下咖啡杯，把陆依带到餐桌前，按着她的肩膀强迫她坐下，道：“先吃早饭。”

陆依的目光一下子被早饭吸引住了，她乖乖地吃了口铜锣烧，又喝了口牛奶，复又抬起头，边吃边道：“你真的不用在家陪我啦，你去上班吧。”

乔以南拉开一张椅子在她旁边坐下，屈指敲了敲她的脑门儿：“我在家陪你不好吗？”

“好是好，但你是搞科研的人，我可不想占用国家资源。”陆依翘了翘唇。

“现在是你的。”

“嗯？”

“现在是你的资源，所以你可以随便占用。”乔以南凑近她的耳边，压低声音道。

陆依的脸蓦地一红，这话怎么听起来这么怪呢？

另一边和乔以雅聊天的Claire看见了，不由得展颜一笑：“哇喔，她陷入爱河了。”

/ 第六章 /

WOHEWODEMAO
DOUXIANGNILE

青春怀旧正当时

〔1. 米虫生活〕

陆依正式在乔家开始了米虫生活。

春天已经到了尾声，空气里都是鲜花的味道，陆依通过药物治疗，病情稍微缓和了些，从几天昏睡一次，慢慢变成一周昏睡一次。

这天，陆依收到一个快递，快递上的发件人写得很模糊，她捧着快递纳闷儿地看了一会儿，她最近没网购啊，哪儿来的快递？

但是，收到快递毕竟是件让人喜悦的事，所以她二话不说就拆了包装。里面是一个精美的盒子，她一打开，就看到了苏南和顾冉的婚纱照，婚纱照下是一张奢华精致的请帖，还有两盒泡芙。

陆依只愣了一会儿，就兴奋得跳了起来。正好乔以南从楼上下来，陆依连忙得意扬扬地扬了扬手中的请帖，哈哈大笑：“乔以南，你看我收到了谁的请帖？是苏南的哎！哈哈哈，我要去参加苏南的婚礼了！”

这简直是她做梦也想不到的事，她竟然能去参加偶像的婚礼！

这要是被童年年知道了，她不得羡慕嫉妒死？

有个学姐就是好哇！自己嫁不了偶像，学姐嫁给偶像也是一样的嘛！

乔以南见她兴奋得一蹦三尺高，心里有些不是滋味，这兴奋劲简直比她自己结婚还要更胜一筹啊！

陆依也不看乔以南的脸色，低头拆开喜盒里的泡芙，拿出来尝了一口。这一尝，她再次跳了起来："这泡芙好好吃啊！"

"乔以南你快尝尝。"陆依拿起一个泡芙，递到乔以南嘴边。

"我不要吃这个。"乔以南撇开嘴。

"那你要吃哪个？"陆依纳闷儿。

乔以南看着她嘴角的奶油，扬了扬唇："我要吃这个。"

说着，他就俯身亲了亲她。

陆依一愣，脸蓦地红了起来。

乔以南深邃的双眸中浮现星星点点的火苗，音线不由得低沉了些："嗯，是挺好吃。"

陆依的脸烧得更厉害了，乔以南这家伙最近真的是不得了了，简直就从一个不开窍的榆木疙瘩变成情场高手，有事没事就调戏她一下，每次都害得她脸红心跳。

"你别这样，会被人看到的……"陆依红着脸道。虽然乔以雅不在家、Claire也暂时回了纽约，但是家里还有阿姨保姆啊……

"那又怎样？"乔以南挑了挑眉，"我在自己家里还不能做点儿开心的事吗？"

陆依捂脸，这个臭不要脸的流氓！

陆依哼了一声，坐回到沙发上，再次拿起请帖里里外外地研究了一番，心情美滋滋的：“乔以南，看在你最近一直陪着我的分上，我就大发慈悲地让你陪我去参加苏南的婚礼吧！”

乔以南在她身旁坐下，哼笑了一声：“我本来还想大发慈悲地请你去呢。”

陆依翻了翻白眼，鄙视之情显而易见：“你又没有请帖。”

说完之后，陆依又觉得有些不对，她的脑子转了转，狐疑地看向乔以南，试探性地问道：“你该不会也有请帖吧？”

乔以南耸了耸肩：“我的昨天就到了。”

“你为什么会有请帖？你也认识顾冉学姐？”陆依不敢相信地问。

“不认识，但我认识苏南。”

陆依蒙了蒙，随即跳起来道：“骗人，那天在超市遇见苏南，你们俩都没讲过话！”

乔以南哼笑：“谁告诉你熟人见面一定要讲话？”

陆依还在满脑子琢磨乔以南说的话的真假，乔以南已经伸手将她拉到了自己的腿上，好心解释：“男人之间一个眼神就够了，哪里像你们女人话这么多？”

陆依琢磨了会儿，瞪着眼看他：“所以你现在是嫌弃我话多吗？”

乔以南实在无法理解她的焦点为什么会突然转移到这上面，只能摇头道：“当然不是。”

“那你是什么意思？”陆依继续瞪眼，过了会儿，她露出一副恍然大悟的表情，“喔，我知道了，你是在向我炫耀你和苏南有默契！”

“……”

“说，你是不是这意思……唔……”陆依的声音戛然而止，她瞪着眼看着乔以南骤然逼近的脸，所有的声音都被他堵在了嘴里。

某科学家觉得，当解释无法解决问题的时候，直接用行动会比较有效。

在乔家的日子如在天堂，陆依觉得自己这辈子大概都没这么享受过，不用上学、不用上班，更重要的是，自己喜欢的人天天陪在身边。

为了显得自己并没有那么无所事事，这天一早起床，陆依就开始收拾房间。她把柜子里、抽屉里还有其他各个角落的东西都翻了出来，准备来一次彻底的整理。

翻到衣柜最底层的收纳盒时，她看到了自己高中的校服，白色的衬衫、深蓝色的短裙，还有同色系的领带，虽然有点儿泛黄，但仍然很干净整洁，一下就勾起了她的青春回忆。

陆依和乔以南的高中是在韩市的贵族学校英领中学上的，校服不同于一般中学，都是特别请英国的设计师专门设计定做的。当时陆依最喜欢的就是这套校服，因为同样都是校服，他们的可比隔壁的雅青中学的好看太多了！

但也是因为这套校服，陆依被调戏了。

那时还是高一，刚刚入夏，雅青中学的女生还穿着长校裤，英领中学的女生已经穿起了短裙，每天上学和放学的时候，英领中学门口就会出现一道道靓丽的身影。

陆依还记得那天是周五，中午休息的时间，她一个人偷跑出学校买泡椒凤爪吃，回来的时候，路过雅青中学，正好遇到几个逃学的男生，便被拦了下来。

那几个男生是雅青远近闻名的一霸，平时不爱学习，但对逃课打架、抽烟喝酒都很擅长。

陆依平时远远见了他们都是绕道走的，但偏偏就因为嘴馋，不小心碰到了那群瘟神。

“美女，走这么快做什么？哎，手上拿的什么？给哥几个看看。”陆依被领头的男生按住肩膀，那人痞痞一笑，自觉很是帅气。

陆依的胆子是遇弱则强，遇强则弱，所以她一下子就缩了缩脖子，战战兢兢地把一大袋凤爪往怀里拢了拢：“没什么……就零食。”

“零食好哇！正好我们没吃饭，不如你拿出来我们一起吃？”那人笑得更开心了。

陆依简直要哭了，那可是她最爱的一个牌子的凤爪，经常断货，她跑了很多店才买到的，一想到要把那些凤爪贡献出来，她就觉得肉疼。

“哎哟，还舍不得？”见陆依磨蹭着不肯拿出来，男生哈哈大笑，“那这样好了，你让我亲一口，零食就你自己留着好不好？”

陆依吓得脸色发白，她想凤爪没了还能再买，初吻要是没了那就得重新投胎了，所以她连忙把袋子递了出去，弱弱地道：“你们要就拿走……我要回去上课了。”

“我们现在又不想吃了，想上课可以啊，让我亲一口就让你去。”

几个男生将陆依围在身边，陆依后退不能，前进不行。她第一次遇到这种情况，羞窘万分，整张脸变得红彤彤的，像诱人的水蜜桃。

那群男生见陆依这种反应，更是饶有兴致地要调戏她。其中一个男生甚至直接抓住她的手腕，笑道：“别上课了，跟我们一起去玩吧。”

陆依吓得慌忙挣扎，连声音也带了哭腔：“你们不要这样，我又不认识你们……”

几个男生推推搡搡的，陆依不管往哪边跑都会被堵住，好在英领中学的保安一向比较尽责，远远看到陆依的校服，就连忙过来解围。

几个男生怏怏地走了，陆依飞一般奔回了教室。

回到教室的时候，不少同学都还在午睡，那时乔以南就坐在她的后座，他正趴在桌上闭目养神，听到她跑回来的声音，抬起头懒懒地瞥了她一眼，见她手中拎着零食，嘴角一撇，又趴了回去。

陆依刚刚受了惊吓，抚着胸口直喘气，她左右看了一圈，大家都在休息，想要跟人诉苦的念头就收了起来。

这件事被乔以南发现，是在周一的早上。

雅青中学有个女生在教室拍到了陆依被那群男生骚扰的视频，然后放到了雅青中学的贴吧上，调侃陆依是因为穿裙子才会被骚扰，自作自受。

这个帖子被英领中学的学生发现，气愤地转到了英领中学的贴吧，然后两个中学的学生在贴吧里沸沸扬扬地对骂了两天。

而当事人却在家里开心地度过了一个周末，丝毫不知道自己成了网上这场骂战的导火索。

至于乔以南，他就算上网也不会无聊地去看学校的贴吧，所以一直到周一早上，他才知道那件事。

〔2. 少年热血〕

那天两人一到教室，就感觉到了诡异的氛围，陆依接收到一屋子怜惜的眼神，她的鸡皮疙瘩掉了一地。正茫然着，已经有男生拍桌而起，豪情万丈地道：“陆依，你不要怕，我们都会保护你的！”

陆依更茫然了：“你们在说什么？保护谁啊？”

“陆依，你被欺负了，怎么也不告诉我们？”同桌跑上前给了她一个安慰的拥抱，双眼水汪汪地看着她。

陆依转了转眼珠子，在脑海里搜索了一圈被欺负的事，最后定位在周五的中午。

她顿时瞪大了眼：“你们怎么知道的？”

乔以南在一旁听得莫名其妙，但直觉陆依有事隐瞒了他，他蹙了蹙眉，问道：“怎么回事？”

“乔以南你还不知道吗？陆依被雅青的混混骚扰了。”同桌大惊小怪地看着乔以南，拿出手机就搜出了视频给乔以南看。

乔以南越看脸色越阴沉，陆依则在一旁摸了摸鼻子，有些忐忑和羞窘。

好在上课铃声很快就响了，乔以南只是看了她一眼，也没有说什么，就回到了座位。

那天晚上，乔以南破天荒没和她一起回家。陆依虽然不知道为什么，但乔以南做事向来有些随心所欲，也不会跟她交代什么，所以就自己一个人先回了家。

乔以南回家的时候，她已经准备入睡，突然听到乔以雅平地一声吼，她连忙穿着睡衣就跑了出去，然后就听到乔以雅气急败坏地在骂：“乔以南你翅膀硬了是不是？你都出去干吗了？”

陆依听得有些莫名其妙，一抬头，就看到乔以南一身狼狈地站在一楼客厅里，他的脸上挂了彩，好好的一张脸左青一块右青一块，嘴角也被打破了，连校服都脏兮兮不成样子，还沾了血迹。

陆依吓了一跳，匆匆忙忙就从楼梯上跑了下去，凑到乔以南面前，担心地问：“乔以南，你怎么了？你被谁打了？”

乔以南不自在地推开她：“不关你的事。”

“给我一个打架的理由，要不然我今天跟你没完！”乔以雅怒气冲冲地道。

乔以南压根儿不理她，越过她就往前走。

乔以雅一把拉住他，两人大眼瞪小眼，一个都不肯服软。

最后还是乔以雅先松了口：“那把揍你的人给我报上来，我乔以雅的弟弟，我看谁敢动！”

“不用你管，我都解决了！”乔以南不肯松口。

乔以雅知道从他嘴里是撬不出什么了，将信将疑地问：“真解决了？对方被揍得比你惨？”

“惨十倍。”乔以南镇定地陈述。

乔以雅这才放过他，她拍了拍他的肩膀，笑得有些凶神恶煞：“没给我丢脸就好！”

乔以南就这样回了房。

陆依站在原地想了会儿，跟着跑了上去，拿出备用药箱就闯进了他的房间。乔以南刚把校服脱下来，一看她直接进来，又把衣服套了回去，皱着眉问：“你不会敲门吗？”

陆依捧着药箱，犹豫了一会儿，走过去试探性地问：“乔以南，你该不会是为了我去打架吧？”

乔以南听了，见鬼似的看了她一眼：“你想多了。”

陆依一脸疑惑地盯着他：“那你跟谁打架去了？”

“要你管。”乔以南横了她一眼，把她往门外推，“总之不是为了你。”

陆依被推到门口，她抵住门不动，连忙道：“不是为了我也要擦药啊！”

“我自己会擦。”乔以南把药箱夺了过去，继续下逐客令，“你快出去，我要洗澡了。”

陆依瘪了瘪嘴，心不甘情不愿地出了门，还以为他是去给自己出气了呢，她果然还是想太多！

陆依再见到那群男生，是在一周后的周末，她去书店买书，出来的时候看到他们在一旁的网吧门口抽烟，个个脸上都有残余未消退的瘀青，一看就是打架留下来的。

当时她的心里“咯噔”了一下，下意识想要拔腿就跑，那群男生已经抢先一步，把烟头往地上一扔，就飞快地作鸟兽散。

那时她纳闷儿许久，不知道为什么，后来也没再去想，但是很多年后的现在，她重新回想这件事，突然就明白，当初那个面对她的疑问死不承认的少年，看似对她漠不关心又充满不耐，但私下里，在她不知道的地方，为她做过青春期的少年最热血的蠢事。

陆依一想到此，心里又甜蜜又懊恼，她当时怎么就看不出来呢？而终于看出来了的陆依，回想起从前的往事，顿时发现了很多可疑的细节。

有一回她和乔以南闹了矛盾，两人相看两相厌，以至于放学回家，乔以南也不等她就一个人先回去了。

陆依一个人气呼呼地骑着车，心里把乔以南骂了一千遍一万遍，不知道她怕黑吗？竟然让她一个人回家，太过分了！

她的心里既生气又害怕，所以骑车骑得飞快，以至于没注意到地上不知名的障碍物，车子一歪，她就从车上摔了下来。

幸好那时是冬天，衣服穿得多，所以她倒是没有受伤，只是委屈的心情更甚了。她看了眼空空荡荡的小巷子，突然发觉巷尾似有一个人影。她心里一害怕，立马把车扶起来，上车歪歪扭扭地骑了起来，一边骑还一边唱歌给自己壮胆：“手里呀捧着窝窝头，菜里没有一滴油……”

抢劫的可千万别抢我！

陆依的歌声本来就属于魔音，此刻在黑乎乎的小巷里响起，简直像是恶鬼的哭号，陆依本人却浑然不觉，继续幽幽地唱着苦兮兮的歌，以此来表明自己是个穷成狗的可怜人……

“扑哧”一声，身后传来笑声，但一下就没了。

陆依猛地回头，却一个人影都没见到。

陆依的身子一僵，该不会撞鬼了吧？

这么想着，她便把自行车的速度调到最快，使出了吃奶的劲儿，拼命地踩着踏板。

只听“砰”的一声，她撞到了墙上。

陆依四仰八叉地倒在地上，心底把自己骂了一万遍，怎么可以这么倒霉啊这么倒霉！

身后突然有脚步声响起，陆依的身子顿时僵住了，想要逃跑却觉得自己一点儿力气都没有。她紧紧闭上双眼，碎碎念道：“南无阿弥陀佛……嘛咪嘛咪轰……”

念得正流畅，一双手突然抓住她的胳膊把她拎了起来。

陆依吓得屁滚尿流，闭着眼睛大声疾呼：“啊啊啊啊，不要抓我不要抓我……我没做过坏事……”

“你闭嘴。”她正吓得想要晕倒，就听到乔以南不耐烦的声音突然响起。

她浑身打了个激灵，猛地睁开眼睛，就看到乔以南臭着一张脸站在她面前。

陆依一见到乔以南，顿时感动得热泪盈眶。她飞快地扑进乔以南的怀里，心有余悸地道：“呜呜……乔以南，我以后再也不跟你吵架了……你千万别再丢下我一个人回家了！”

彼时的乔以南知道陆依压根儿没想过他是那个跟着她一路、把她吓破胆的人影，他也乐得没被拆穿自己在担心她，只僵着身子拍了拍她的背，淡淡地应了一声：“知道了。”

终于在很多年后看破当年真相的陆依，不由得对着镜子跺了跺脚，陆依你真是太愚蠢了啊太愚蠢了！

〔3. 情窦初开〕

乔以南进来的时候，陆依刚好换上那套校服，在穿衣镜前臭美地摇摆。

“看，我像不像高中生？”她在镜子里看到乔以南打量的眼神，蹦蹦跳跳地转过身去，充满期待地问。

“不像。”乔以南毫不犹豫地摇头。

“哪里不像了？我还是这么瘦！这身校服对于我还是很合身啊！”陆依不开心地噘嘴。

乔以南的目光落到她胸前，做沉思状：“嗯，你高中发育得没这么好。”

陆依愣了一秒钟就反应过来，她的脸蓦地烧了起来，她往后一跳，双手交叉环胸，瞪着眼骂道：“臭流氓！”

乔以南好整以暇地看着她，也不辩驳。

陆依转了转眼珠子，转移话题：“你的校服还在吗？”

“怎么？”

“我们穿校服回学校逛逛吧？重返青春！”陆依一想到这个，就兴奋地蹦到乔以南面前，挽着他的胳膊。

“我的青春还在，不需要重返。”乔以南不给面子地道。

“那就重返十五岁嘛！”陆依摇了摇乔以南的胳膊。

“我不觉得十五岁有什么好的。”乔以南继续不给面子。

“哪里不好了？”陆依瞪眼。

乔以南低头看她，灼灼目光如日光照耀，他突然伸手抬起她的下巴，在她唇上亲了一口，道：“不能这样。”

陆依的脸以迅雷不及掩耳之势再次红了起来，但这次她没有害羞地低下头，她就这样仰头看着乔以南，红着脸鼓足勇气问：“乔以南，你这意思是不是说你十五岁的时候就喜欢我了？”

乔以南没想到陆依这会儿竟然还能理清这个逻辑，一时语塞，脸色变得有些不自然。

其实他并不知道自己是什么时候喜欢上她的，从一开始把她当作外来者，到后来把她当作家人，好像只是一个自然而然的过程，他们每天一起吃饭、上课、朝夕相处，本质上其实很像兄妹，尤其是乔以雅天天对他耳提面命，要他好好照顾保护陆依。

于是他便充当了不怎么喜欢妹妹的兄长的角色。

第一次意识到他们其实并非兄妹，是在初三那年的寒假，那是寒冬里的晚上，乔以雅出差不在家，刚好碰到陆依发了高烧，老徐给她打了针后，叮嘱乔以南好好照顾她。

他第一次照顾人，显得有些手忙脚乱。陆依缩在被窝里一直喊冷，他便不停地给她加被子，最后陆依被被子压得要哭了，伸脚把被子踢了，他抓住她的脚想阻止她，这才发现她的脚冰冷得没有温度。

他连忙端来一盆热水，把她从床上拉起来，给她泡脚。

那应该是他这辈子第一次也是唯一一次给别人洗脚，实在是很印象深刻的一次体验。

陆依的脚一直发抖，泡完脚后就匆匆缩进了被窝里，她泪眼汪汪地看着他，问："姐姐呢？我想姐姐陪我睡觉。"

陆依和乔以雅的关系很好，她刚来时，乔以雅怕她一个人睡觉会害怕，所以经常陪她一起睡，所以生病的时候，她就格外想要乔以雅陪她睡觉。

"她出差了，今天回不来。"乔以南耐着性子解释。

发烧是一个很让人难受的病，人的意志会变得虚弱，脾气会变差，忍耐力也会变得很低，所以陆依一听到解释，顿时就哭得稀里哗啦的，一边哭一边继续道："我要姐姐，我要姐姐……"

最后乔以南忍无可忍，冷着脸道："别哭了，你再哭姐姐也赶不回来，快睡觉。"

陆依听了不但不睡，反而哭得更厉害了："呜呜……我都这么难受了你还凶我……"

彼时的乔以南并没有太多的耐心，被陆依几番折腾之后，耐心已到极限，咬着牙问："那你到底要怎么样才肯睡？"

陆依在被子里自顾自地抽噎了一会儿，才睁了睁哭得红肿的眼睛，道："姐姐不在，要不你陪我睡？"

乔以南在原地愣了一会儿，陆依见他一副抗拒的模样，瘪着嘴就要继续哭，乔以南已经掀开被子躺了进来，硬邦邦地道："好了，快睡！"

陆依这才消停，她窝到乔以南身边，把头靠在他的肩膀上，双手抱住他的胳膊，嘟囔道：“你身上好硬，靠得好不舒服，一点儿都不像姐姐，香香软软的。”

乔以南浑身僵硬地任她靠着，明明都牺牲自己陪她睡觉了，还要被嫌弃！

过了许久，陆依才昏昏沉沉地睡了过去，她的身体因为发烧热得像个火炉，呼吸也是烫的。乔以南也不敢睡，时不时地伸手去探她的额头，一直到后半夜，她的温度才降下来。

乔以南这才放心，闭眼就要睡过去，陆依却突然一个翻身，半个身子都挂在他身上，她将脸埋在他的胸膛上，还自己找了个舒服的姿势，浑然不觉他的僵硬。

那天晚上，乔以南一夜未眠，心底深处有隐秘的情愫悄然波动，连他自己都未曾察觉。

很多时候乔以南都会想，也许一切就是在那时候发生了变化，他终于意识到他们不是兄妹，他们是正值花季的少年男女，而男女——有别。

那晚之后，乔以南每次看到陆依，都会觉得有些不自在，他不能再坦然地把她当成一个普通人，他年轻的双眸里，第一次映入了女生的身影。

“你就承认吧，都被我看穿了！”见乔以南许久不说话，陆依哼了一声。

乔以南回过神来，莞尔：“嗯，我承认。”

陆依其实只是虚张声势，没想到乔以南还真大方承认了，她的心里顿时涌出一阵惊喜：“啊，你真的喜欢我？那你为什么表现得很不待见我一样？”

"有吗？"乔以南皱眉深思。

陆依点头如捣蒜，语气里充满抱怨："你各种不爱搭理我，各种不待见我！"

咳，乔以南的目光移到一边，那时年少气盛，不愿意承认自己会喜欢她，所以表现在外的和心里想的截然不同。

陆依见他别扭的模样，忍不住扑哧一笑："好啦，好啦，只要你今天穿上校服陪我回英领，我就原谅你。"

乔以南瞥了陆依一眼，不作声。

"你要是不穿，我就一个人回去。"陆依强调。

"……"乔以南沉默许久，终于开了口，"你先去楼下等我。"

"噢耶！"陆依欢呼一声，欢快地下了楼。

乔以南回了房，翻出英领中学的校服，他皱着眉挣扎了一会儿，最终认命地穿上，衣服和裤子稍微有些小了，但也能将就，只是，他一个大学教授，却穿着高中生的校服，终归有些不忍直视。

乔以南没再看镜子，直接下了楼。

他一下楼，就听到了陆依忍俊不禁的笑声："哈哈，乔以南，你的衣服好像有些小哎。"

"你以为谁都跟你一样不长高吗？"乔以南哼了一声。

陆依噘了噘嘴，深觉自尊心受损，上前就拽住乔以南的领带，拉着他往外走。

"哼，把你自行车找出来，今天你载我去！"

英领中学的学生大部分都非富即贵，所以每天早上和傍晚，都能看到各式豪华轿车停在门口接送他们。

乔家二老是环保人士，乔以雅又是个喜欢健康生活的人，所以基本不会专门让司机送他们上学，而是每人配备一辆顶配的自行车，让他们骑车上学。

好在乔以南的自行车虽然多年不用，但仍然保养良好。

管家帮乔以南把自行车推出来后，看到乔以南和陆依的造型，有些憋笑地转过了头去。

乔以南全程做镇定状，心里却早已有一万头神兽奔腾而过。他到底是哪根筋不对，竟然会答应陆依这个荒唐的要求？

〔4. 原是一场误会〕

这天是周六，学生都放假在家，只有值班保安守在门口，那保安已经在英领中学待了十几年，正是当年给陆依解围的那个，所以陆依几乎一眼就认出了他。她激动地跑上去，和保安闲扯了一顿，最终畅通无阻地进了校门。

乔以南骑着自行车载着陆依在校园里闲逛，陆依兴奋得像是回到了十几岁的时候。

"哎，以前让你载我一趟，那真是比登天还难。"

"是吗？"乔以南有些心虚。

"那是！为了让你载我，我可是放过大招呢！"

"哦？"

"你还记得高一的时候，有段时间我的车胎经常爆掉吗？其实那是我自己扎破的，哈哈！"

"……"

乔以南的记忆一下就回到了那时候，那段时间陆依经常可怜兮兮地拉住他的车子，重复同一句台词——"乔以南，我的车胎爆了，你载我好不好？"

那时他只是觉得陆依倒霉，再好的车子到了她手上都能爆胎，此时一听到她亲口说出“真相”，他突然明白了什么。

“吱”的一声，自行车紧急刹住。

“你怎么停下来了？”陆依纳闷儿。

乔以南侧过身看她，目光沉静掩住了里面的波光，只听他轻声问：“你扎破轮胎是为了让我载你，为什么？”

陆依一愣，这还用说吗？当然是因为她喜欢他咯！

当女孩子喜欢上一个人的时候，总是可以为他做很多疯狂的事，只不过后来她良心发现，觉得破坏轮胎非常浪费钱，所以才作罢了。

陆依跳下车，站到乔以南面前，歪着头一笑：“你猜？”

“所以其实你早就喜欢我了。”乔以南从善如流地开口，只是用的不是疑问句，而是陈述句。

陆依还未回答，就听他继续道：“所以你喜欢的人一直都是我，不是沈林。”

陆依的脸蛋微微泛红，她看着乔以南，点了点头。

乔以南眼中的光芒逐渐放大，恍若是半生阴霾、突然散尽，云破日出的感觉莫过于此。

他突然伸手捧住陆依的脸，低头就吻了下去。

枉他眼高于顶，自诩聪明过人，却偏偏栽在了她手里，竟然分不清真假和虚实，白白痛苦纠结了这么多年。

“你们哪个班的？”两人正吻得难舍难分，突然听到平地一声吼。陆依吓了一跳，抬头一看，就见办公楼里走出一个熟悉的人影，正凶神恶煞地往他们这边飞奔过来。

“快走，教务处主任来啦！”陆依连忙跳上后座，大笑着催促。

乔以南调快车速，一踩踏板，自行车就飞驰了出去，不过一会儿教务处主任就被甩在了后面，连人影也看不见了。

“啊哈哈哈……”陆依清脆的笑声在校园里回荡不息。

想当年她溜出去买零食的时候，多少次都被教务处主任抓了个正着，检讨书都写了好几封，这一次终于可以甩掉他了，实在是大快人心。

两人骑着车绕到教学楼，把自行车藏好后，上了教学楼的顶楼，那里有一个空旷的天台，平时没什么人，由于教室里不能吃零食，所以以前陆依经常会偷偷跑到这里来吃。

她记得有一次午休的时候，她一个人坐在天台上啃凤爪，乔以南突然拿着一本科幻小说走了上来，两人大眼瞪小眼看了会儿，最终一个继续啃凤爪，一个默默地坐在一旁看科幻小说。

“为什么骗我？”两人一上天台，乔以南就将陆依壁咚在墙上。

“什么呀？”陆依撇过头，假装听不懂乔以南的话。

乔以南伸手将她的脸摆正，陆依不得不跟他四目相对，只听他再次问道：“为什么骗我你喜欢的是沈林？那封情书是给我的吧？为什么要说成是给沈林的？”

陆依咬唇不语。

“说话。”乔以南捏了捏陆依的下巴。

“因为你说你不喜欢我。”陆依瘪了瘪嘴。

“我什么时候说过？”这回轮到乔以南愕然了。

“去巴黎的前一天，你亲口对姐姐说的。”陆依满目哀怨地看着乔以南。

乔以南一愣，骤然想起当时的情况。那时他在房间收拾东西，乔以雅坐在一旁絮絮叨叨，听得他心烦意乱，她问什么他都随口一答，后来她好像问了句：“你到底喜不喜欢我们依依？”

当时他根本没专心听，就随口答了一句“不喜欢”。

等答完之后，他才意识到乔以雅的问题是什么，不过他向来不喜欢解释，就让那个问题过去了。

他不知道，那时陆依就在门口，她听到那句不喜欢之后，整颗心都沉入了谷底。

她本来想趁和乔以南一起去巴黎旅游的时候向他表白，可她还没表白，就已经被拒绝了，简直不能更惨了好吗？

所以那一年的暑假，陆依临时反悔，没有和乔以南姐弟一起去巴黎旅行，而是在家里度过了枯燥无聊的两个月。

就是那两个月，她昏睡的情况一次比一次严重，后来她意识到事情的严重性，特意找了专家问诊，经过一段时间的反复诊断，才确诊为“睡美人症”。

那时她整个人都是蒙的，这个病虽然没有痛感，却会剥夺她大量的时间，这意味着她不能正常上大学，不能正常生活，她会随时随地陷入昏睡，且毫无自保能力。

彼时王晋正好找到她，他知道了她的病情，告诉她纽约有专门研究罕见病的专家，他愿意带她到纽约治疗，并为她安排纽约的学校，让她能够正常上课。

她挣扎许久，终究还是同意了。她不愿意让乔以雅为她的病忧心，也不想和不喜欢她的乔以南再生活在同一个屋檐下，她需要一片远方的净土，用来治愈她的病症，并且遗忘对乔以南的感情。

所以，当乔以南拿出那封情书的时候，她第一时间否认了自己的真心。

既然她早已知道结局，何必让他看到她的真心？

可他们都不知道，因为自己无心的话，会让两颗原本互相喜欢的真心渐行渐远。

“对不起。”乔以南突然开口说道。

陆依一愣，就听到他继续道：“是我的错，我该早点儿让你知道我的心。”

乔以南竟然向她道歉！对她认错！

陆依觉得自己的耳朵出了问题。

“你这什么表情？”乔以南敏感地察觉到了陆依的心理活动，有些郁闷地问道。

“那你准备怎么赔偿我？”陆依假装没听到，转移话题。

“把我的心捧到你面前，任你蹂躏。”乔以南伸手抚了抚陆依的脸颊，脸上难得露出深情款款的表情。

“你摸摸我的胳膊。”陆依突然镇定地开口。

乔以南有些疑惑，但还是伸手摸了摸。

“是不是起了鸡皮疙瘩？”

“陆依！”乔以南顿时变了脸色，咬牙道。

陆依突然伸手在乔以南胸膛上捏了一把。

乔以南一呆：“你干什么？”

陆依无辜地抬了抬头：“你不是说任我蹂躏吗？”

“……”乔以南觉得交流有些困难，“算了。”

突然，乔以南的鼻尖飘过一股泡椒味，他低头一看，陆依不知从哪里掏出一小包泡椒凤爪，正啃得起劲。

“你还带了泡椒凤爪？”乔以南觉得自己低估了陆依对泡椒凤爪

的痴迷。

陆依眯眼一笑，从包包里掏出一本书，塞到乔以南手里：“我还给你带了你以前常看的科幻书呢，都说是来怀旧的，当然要场景还原啦！”陆依指了指边上的阶梯，“你快去那里看书。”

“……”乔以南拿着不知道看了多少遍的科幻书坐到台阶上，然后在陆依炽热的眼神下心不甘情不愿地打开书本。

和煦的暖风吹过，空旷的天台上，年轻的情侣一个假装静坐看书，一个欢快地啃着鸡爪，画面出奇地和谐。

回到家已经是傍晚，乔以雅正巧回家，看到乔以南载着陆依驶进家门，顿时笑得前仰后合：“你们俩玩过家家呢？”

陆依跳下车，跑到乔以雅面前，解释道：“姐姐，我们去英领怀念青春呢！”

乔以雅的目光不自觉地落到陆依略有些红的唇上，意味深长地道：“你们的青春挺激情啊！”

陆依一听，脑子里突然联想到某些缠绵悱恻的画面，她的脸一红，心虚地跑回了房。

乔以南正要跟上去，乔以雅突然伸手拦住她，笑得相当微妙：“我说弟弟，口味挺重啊，还玩制服诱惑！”

乔以南翻了翻白眼，越过她走了进去。

“哎呀，还学会翻白眼了，有长进！”乔以雅在后面摸着下巴笑得很是愉悦。

陆依前脚刚进房，乔以南后脚就跟了上来。陆依正要把校服换下，看到他进来，顿时就放弃了这个念头。

“姐姐说我们在玩制服诱惑。”乔以南倚在门口。

陆依一听，笑得不可遏制，她索性扭了扭腰，拗了个造型，向乔以南抛了个媚眼："那有诱惑到你吗？"

乔以南眼神一暗。

陆依性感了一瞬，就恢复了正常，嘿嘿一笑："如果这也算制服诱惑，那你高中三年怎么没被我诱惑？"

"大概是……你还没这么会撩人吧……"乔以南喃喃道，声音轻得只有自己能听见。

好在以前她还不懂撩人，否则，他真的很难克制……

〔5. 为她活过的青春〕

乔以南把校服脱下的时候，觉得深深地松了口气。他想，陆依一定是乔以雅特意给他找的克星。

他这辈子做过的所有蠢事，都是因她而起；他这辈子所有的克制力，也都被她瓦解。

他记得高中的时候，男生都喜欢陆依那样软萌的女生，所以经常会有男生找陆依搭讪。

陆依是对这方面特别迟钝的人，又是个喜欢跟乔以南分享自己一天生活的话痨，所以每当有人找陆依搭讪，她就会跟乔以南事无巨细地说一遍。每当这时，乔以南都会认真严肃地告诉她："他不是个好人，你少跟他来往。"

陆依虽然有疑惑，但她一向很信任乔以南，连带着也把他的话当作金科玉律，所以当那男生第二次来找她搭讪的时候，她就会带着一副令人费解的严肃表情不动声色地躲开。

总而言之，乔以南的一句话，帮他处理了不少情敌。

但在所有的人当中，沈林是一个例外。

沈林是陆依意外结识的人，也在乔以南的意料之外。

乔以南第一次看到陆依和沈林在一起玩，是在高一的一个周末，当时他去市中心的体育专卖店买最新款的网球拍，刚一出来，就看到陆依和沈林一人拿着一杯饮料，高高兴兴地一起进了对面的电影院。

当时他的心情简直能用晴天霹雳来形容，他是认识沈林的，同样是学校数一数二的资优生，他们两个时常会被放在一起比较，可他怎么也想不到，陆依竟然会和沈林那般熟稔，超出了他的预估范围。

当时他做了一件打死自己也想不到的事——他回到体育专卖店买了顶帽子，然后跟着他们进了电影院。

一拿到电影票，乔以南就差点儿气青了脸，明明有那么多科幻片他们不看，竟然一起看本世纪最经典的爱情片——《泰坦尼克号》！

乔以南坐在放映厅里时心情是相当微妙的，那部电影他几乎没怎么看，一直注意着坐在他前面两排的陆依和沈林的动静，每一次他们两个凑在一起嘀嘀咕咕的时候，他都想把手里的可乐倒在他们头上。

后来沈林成了他们的同班同学，还好死不死地成了他的同桌。

乔以南的心里简直就成了神兽奔腾的草原，尤其是陆依变本加厉，动不动就跑到他们的座位上，可她不是来找他的，而是找沈林的。

她时不时地找沈林问问题，跟他讨论最新看到的动画片，每每都把乔以南气得快要吐血。

陆依一直不知道，乔以南和沈林曾经打过一架，那是高二的暑假，两人都知道彼此对她的感觉，所以进行了一次男人之间的对决。

当时他和沈林都把对方打得鼻青脸肿。乔以南为了不被陆依和乔以雅发现自己的荒唐行径，假装出去旅游，在离家不远的酒店里住了三个星期，等到脸上的伤痕都褪了才回家。

很多年后，当他终于知晓陆依的心意，回想起曾经的荒唐，不由得觉得老脸燥热，这么多架，都白打了！

但他想，也许，那就是他为她活过的青春吧。谁的青春，没有一段荒唐的往事呢？

可耻吗？当然不。

只是遗憾没有早点儿让她知道他的心意，白白蹉跎了那么多年。

乔以南换回休闲服走出房门的时候，就听到泳池里传来陆依的声音，他走到露台上一看，就看到她像一条美人鱼一样，在游泳池里欢快地扑腾。

陆依游了一会儿，翻身仰泳，一抬头，就看到乔以南站在露台上看着她。她连忙朝他招了招手，喊了一声："乔以南，你下来一起游啊！"

那一刻，时光仿佛倒流了，他们回到了十五岁那一年，他们也是如现在这般，他在露台，她在下面喊他一起游泳。

多么让人怀念。

虽然那时他拒绝了，而她还为此对他耿耿于怀了许久。

可那时的她怎么会知道，年轻的她对他的吸引力呢？

乔以南翘了翘唇，回房换上泳裤，直接去了游泳池。

陆依游得正欢，就听"扑通"一声，回头一看，乔以南已经跳下泳池，正朝她游过来。

"乔以南，我们比试一下吧，从这头到那头，看看谁游得快！"陆依已经太久没跟乔以南一起游泳了，兴奋地提议道。

"好。"

比试开始，认真的陆依发挥了十分专业的比赛精神，拼了十二分的力往前游，可惜没过多久，边上的人已经追赶上来。

陆依呼出一口气，正要再接再厉，一只手突然伸过来搂住了她的腰。

陆依的身子一歪，差点儿栽进水里。

“喂，比赛要讲究公平，实力决定输赢，你怎么可以扯我后腿？”陆依有些愤慨，瞪了乔以南一眼。

“输赢有什么重要？”乔以南不以为然地笑了笑，神情很是欠扁。

“请你尊重比赛精神。”陆依做严肃状。

“当然尊重，你一直都是赢家。”乔以南忍不住笑，眼神里却含着认真。

从头到尾，自始至终，她都是赢家。很早很早以前，他就已经把自己的心输给她了。

陆依突然安静下来，她认真地研究了一番乔以南的表情，发现无果后，继续严肃道：“你不要以为你这样说我就会原谅你。”

乔以南被她一说，扑哧笑出了声。他搂住她，在她耳边问道：“不如我告诉你一个秘密？”

陆依一听，眼睛立马发亮了。

乔以南的笑容更大了，他在她耳边轻声道：“我以前不跟你一起游泳，是怕自己忍不住这样……”

“怎样？”陆依撇头看他，满眼都是好奇。

乔以南轻笑，俯身覆上了她的唇。

陆依的脑子当机了一秒，就立刻明白了他的意思。

啊，臭不要脸！

小小年纪竟然就想亲她！

她还是个纯情的小女孩儿呢！

陆依把脸扑进了水里，高岭之花的秘密，真是让她的脸分分钟溢出血来啊！

乔以南见状，忍不住哈哈大笑。

时间如白驹过隙，眨眼就到了苏南和顾冉的婚礼日期。

那是这一年的夏末，正是暑假，地点是韩市最知名、历史最悠久的一座城堡。

这场婚礼异常奢华，整座城堡如梦似幻。新郎发言的时候，陆依听到苏南对顾冉说："我这一生，从未试过这样爱一个人，顾冉，我以我的余生向你起誓，终其一生，爱你如初……"

台上的顾冉感动得泪流满面，台下的陆依也不遑多让，眼泪哗哗地流，到后面，她已经整个人靠在乔以南的怀里，哽咽道："好感人哪，有没有？"

乔以南一边帮她擦眼泪，一边配合地"嗯"了一声。

"等我们结婚的时候，你也会对我说这种深情感人的话吗？"陆依抽泣着问。

"你还记得我上次对你说这种话的时候你对我做了什么吗？"乔以南呵呵了两声。

"什么？"

"你让我摸你的鸡皮疙瘩。"

陆依心虚地顿了两秒，继续道："可是你没说你爱我啊，你只说任我蹂躏……"

坐在旁边的一个年轻帅哥听了他们俩的对话，"扑哧"一声笑了出来。

乔以南一个眼神扫了过去，那帅哥连忙憋住笑，假装没听见。

婚宴结束后，两人开车回家，一辆骚包的跑车从他们旁边呼啸而过，陆依瞪了瞪眼：“我好像看到姐姐和罗大哥了！”

乔以南看了眼跑车的车牌，没有说话。

“姐姐好厉害！你要是开车开这么快，我早就吓死了！”陆依满脸崇拜，殊不知此时坐在罗岚车上的乔以雅，其实并没有比她好多少，早已吓得脸色发白。

该死的罗岚！她就不应该一起来参加婚礼，这厮绝对是被新人的真情告白给刺激了。

“乔以南，我觉得我们很快就能吃到姐姐和罗大哥的喜糖了。”陆依突然嘿嘿一笑，一副信心满满的样子。

“哦？你哪儿来的信心？”毕竟罗岚追求乔以雅已经不是一年两年了，而且看乔以雅的样子，好像是打定主意孤独终老了。

“嘿嘿，女人的直觉呀！”陆依晃着脑袋看向车外，感觉她马上就要当美美的伴娘了呢！

/ 第七章 /

WOHEWODEMAO
DOUXIANGNILE

他的荣誉，我的骄傲

〔 1. 谁是过敏源 〕

暑假结束前的最后一周，陆依和童年年等人相约去敬蓝山露营。

敬蓝山山脚有一个大型水库，周围山清水秀，风光秀美，所以经常会有人来这里游玩，有人钓鱼，有人玩水，还有人烧烤露营。

陆依和乔以南到山脚的时候，其他人已经搭好帐篷，在草坪上玩起了炸金花。

童年年一看到陆依就立刻冲她挥了挥手：“依依，快来玩！我都输惨了，急需有人输给我！”

陆依一头扎了过去，二话不说就加入了战局。

五分钟后，陆依翻了翻衣服前后的口袋，可怜巴巴地看向乔以南：“我忘带钱包了。”

乔以南从钱包里拿出一张百元大钞递给她。

陆依一拿过来就豪气地拍到了童年年面前："找钱！"

童年年笑得像只偷了腥的猫："哈哈，我就说你一来我就得赢吧！"

陆依看了看乔以南，小声问道："要是把你的钱输光了怎么办？"

乔以南呵呵了两声："你觉得可能吗？"

陆依立刻有了底气，挺了挺胸脯："放马过来，乔以南有的是钱！"

"唉，炸金花都能秀出恩爱来，我们这种单身狗是没有活路了……"张亮亮推了推眼镜，叹了口气。

"叹什么气啊？乔教授有的是钱，此时不宰，更待何时？"成灵灵嗤了一声，虎视眈眈地盯着陆依手里的牌。

"就是！"童年年给成灵灵点赞。

众人幡然醒悟，纷纷贼笑着看着陆依。

陆依挺直的胸膛又缩了回去，心虚地摸了摸鼻子，看来今天要当乔以南的散财童子了。

半个小时后，陆依开心地看向乔以南："乔以南，我把输出去的都赢回来啦！"

乔以南赞许地摸了摸陆依的头。

成灵灵看着自己刚刚拿出去的百元大钞，抚了抚额。

一个小时后，陆依把钱包还给乔以南，顺带还给乔以南打赏了一百元："哈哈，乔以南，我太厉害了，一个人大杀四方啊！"

乔以南嘴角噙着笑，再次摸了摸陆依的头，笑道："嗯，真给我长脸。"

"运气要不要这么好！"童年年捧着心口做心碎状。

张亮亮咬了咬唇，幽怨地瞅了成灵灵一眼："早知道去钓鱼了……"

成灵灵拍下一张十元大钞："最后十块钱了，输完姐就要去抢劫了！”

胡云拉了拉童年年的袖子，劝道：“年年，小赌怡情，大赌伤身，咱别玩了……”

“我们这算大赌吗？”陆依好奇地问。

“输多了就算。”童年年沉痛地点了点头。

终于，炸金花小团队在陆依的爆棚运气下选择了解散，童年年躺在草坪上丝毫不想动弹：“怎么办？吃晚饭的心情都没了……”

“我有，我来吃！”陆依捧着一沓大大小小的钱，喜滋滋地道。

“想得美！”童年年从草坪上一跃而起，飞快奔到了烧烤架前。

晚饭就是烧烤了，一群人围在几个烧烤架前，开始了让人食指大动的自助烧烤。

“乔以南，我要吃这个！”乔以南正在专心致志地给陆依烤鸡中翅和鸡尖，她又扔了两串鱿鱼过来。

“还有这个！”过了会儿，陆依又扔了一串玉米过来。

等她把好吃的食材搬运得差不多了，这才老老实实地坐在乔以南边上，看着他烧烤。

乔以南认真做一件事的时候向来是很专心的，而他专心的样子向来帅到爆表，陆依看着他英俊的侧脸，不自觉地咽了口口水。

“饿了？鸡尖可以吃了，你先吃着。”乔以南耳尖地听到她咽口水的声音，以为她是饿了，忙将一串鸡尖塞到了她的手里。

陆依艰难地把视线从他脸上移到鸡尖上，醉翁之意不在酒这种事还是别跟他说了。

陆依默默地啃着鸡尖，一边啃一边看着他，感觉他的颜比什么调料都要可口！

小助理坐在张亮亮边上，时不时往乔以南的方向瞅上一眼，幽幽地道：“你觉不觉得乔教授专心的样子真的堪称是颜值爆表？”

张亮亮推了推眼镜：“我对同性不感兴趣。”

小助理仿佛没听到张亮亮的话，幽幽地叹了口气：“陆老师真是命好……我也好想有人给我烤肉吃……”

小助理话音刚落，张亮亮就递了一串羊肉到他手里：“吃吧。”

小助理顿时感动得泪眼汪汪，正想道谢，张亮亮已经转过身，拿起更大的一串羊肉递给了成灵灵。

小助理又看向乔以南，只见他转头和陆依说话，陆依把烤肉递到他嘴边，他张嘴咬了一口，眉眼之间欢喜之色溢于言表。

小助理默默地收回视线，老老实实地吃羊肉串。

吃完烧烤后，乔以南从后备箱拿出一顶双人帐篷，动手搭了起来。

陆依连忙凑上去帮忙，她从未住过帐篷，更是第一次在外面露营，觉得什么都很好玩。

“乔以南，晚上就睡帐篷里不会冷吗？”

“不会，有睡袋。”

陆依看乔以南搭帐篷的样子非常熟练，忍不住好奇地问道：“你以前有露营过吗？”

乔以南点了点头。

陆依凑过去，小声问道：“那你都跟谁睡一个帐篷啊？”

乔以南瞅了她一眼，立刻就明白了她的小心思，他似笑非笑地看着她：“你希望我跟谁睡一个帐篷？”

“当然是……”谁都不可以！

陆依转了转眼珠子，违心道：“当然是随你喜欢啊！”

乔以南听了，忍不住笑出声，他摸了摸她的头发：“放心，在你之前，我都喜欢一个人睡。”

陆依偷偷地松了口气。那副表情落在乔以南眼里，让他不由自主地翘了翘唇。

乔以南搭完帐篷后，在里面垫了一层防潮垫，又垫了一层软垫，这才放上睡袋。

张亮亮和小助理本来想过来帮忙，一看他们弄好了，便在旁边围观了下。

张亮亮看到他们的双人睡袋，有些羡慕嫉妒恨：“单身狗睡单人睡袋，情侣睡双人睡袋，为什么连睡袋都要差别对待？”

“亮亮，我理解你。”小助理感同身受，他伸手就要去摸张亮亮的头，被张亮亮嫌弃地躲开了。

陆依脱掉鞋子钻进帐篷，掀开睡袋睡了进去，开心地道：“乔以南，好好玩啊！”

乔以南见她乐不可支的模样，情绪不由得被她感染，也跟着她进了睡袋。

“呀，两个人好像有一点点挤哎！”陆依试着翻滚了一下，发现空间还是比较小的。

“挤点儿暖和。”乔以南翘了翘唇，他可是特意带了这个小一号的双人睡袋，以前他都是一个人睡这个睡袋的。

“你以前都跟谁去露营啊？”陆依和乔以南面对面侧卧着，忍不住好奇地问。

“一个人，或者和研究所的同事，也不算去露营，只是为了观测天文现象。”

“比如说流星吗？”陆依眨了眨眼，问道。

“也算其中一种。”

“那不是很有意思吗？我还没看过流星呢！”

“还行。”乔以南中肯地回答。

“依依，我这里有好吃的，要不要过来吃？”陆依还想再问两句，另一个帐篷里传来了童年年的呼叫声。

陆依一听这话，立马从睡袋里钻了出来，把乔以南留在了身后：“我去看看有什么好吃的。”

童年年此时正坐在帐篷里，看见陆依出来，连忙朝她招了招手，然后拿出一大包干虾。陆依尝了一个后发现好吃得不得了，一口气吃了十几个，这才心满意足地回了自己的帐篷。

天色渐暗，乔以南在帐篷顶部挂了一盏灯，陆依钻进帐篷，然后放下帐帘，顿时觉得自己进了一个与世隔绝的世界，温馨、温暖，只有她和乔以南。

陆依第一次体验这种感觉，觉得分外有意思，她爬到乔以南身边，在他脸上偷偷亲了一口，然后在他耳边笑道：“为什么我觉得在帐篷里很适合干坏事啊？”

乔以南扬了扬唇，有些不同意，亲脸算什么坏事？

这么想着，他伸手将她揽进怀里，低头就吻了下去。

陆依一想到外面都是人，顿时觉得有一种莫名的刺激，她的头微仰，沉浸在乔以南给予的柔情里，慢慢把外面的一切都抛到了脑后。

突然，乔以南倏地放开了她，他的呼吸有些急促，脸上泛起不正常的红晕：“你刚刚吃了什么？”

陆依一愣，脑子里回想了下，突然意识到了什么，磕磕巴巴道：

“虾……刚刚在年年那里吃了很多干虾……”

乔以南抚着胸口急促地喘息了一会儿，他伸手抓住陆依的手，尽量保持冷静：“送我去医院，现在。”

纵然如此，陆依还是被乔以南吓到了，她连忙扶着他走出帐篷，朝众人急切地喊了一声：“乔以南过敏了，要马上去医院！谁帮我把车开过来！”

胡云率先反应过来，连忙去把车开了过来。

这时候的乔以南已经有些站不住，尽管他竭力控制住自己，但他的大部分重量还是压在了陆依身上。

张亮亮见状，立刻跑过来帮她把乔以南扶上了车。

“快快快，快开车！”陆依急得像热锅上的蚂蚁。

乔以南的脸色发红得很快，他的呼吸越来越困难，但他仍然握住陆依的手，声音有些嘶哑地安慰：“不要怕，我没事。”

陆依控制住自己的眼泪，狠狠地点了点头，心里默默地给自己催眠：他没事，他没事，他没事……

可她的脑子里却想起初三那年的暑假，她在家学习烹饪，做了一道酱烧排骨，那时乔以雅不在家，她只能找乔以南来品尝。

彼时的乔以南看了眼那道菜，嫌弃地拒绝了。她的自尊心受到了伤害，当下就放下那盘菜回了房，可她想了想，不能浪费那道菜，所以噔噔噔又下了楼。

她一下楼就看见乔以南呼吸急促地跪倒在地上，而盘子里的酱烧排骨少了一块。

那时他也是像今天这般问她，他问：你在排骨里放了什么？

她立刻想到了自己在里面加了海鲜酱。乔家上下都知道乔以南对海鲜过敏，从来不碰海鲜，她也知道，可她没想到她只加了一点儿海鲜酱，他就会有那么剧烈的反应。

那是她第一次见到乔以南过敏，吓得动弹不得，丝毫不知道该做什么反应。

后来是管家发现了情况，立刻让司机把乔以南送到了医院。

那时医生说，如果晚一步，乔以南性命堪忧。

时至今日，陆依仍能记得自己当时的害怕，她无法想象，如果乔以南这一次没能像上次那样幸运，她该怎么办？

小助理和张亮亮跟着一起上了车，胡云一边开车一边念叨：“没事，没事，马上就能到医院。”

乔以南的意识渐渐模糊，他的额头渗出了冷汗，嘴唇更是苍白得无一丝血色，他的身体有些控制不住地颤了起来，他紧紧地握住陆依的手，想要安抚一下她，心口却猛地一缩。

“乔以南，乔以南你怎么了？你不要吓我……”见乔以南呼吸越来越急促，陆依抓住乔以南的手，惊慌地喊道。

乔以南想要开口，眼前却骤然一黑，他的意识尚存，身体却仿佛停止了运转，耳边隐隐响起陆依惊恐的叫声：“怎么办？他昏过去了！医院到了没？快点儿！”

“乔教授应该是过敏性休克，陆老师，你快给他人工呼吸，他需要氧气！”小助理在一旁心急地指导道。

陆依听了，连忙点了点头，她刚伸手打开乔以南的嘴巴，突然想起自己才是过敏的源头，于是，连忙摆了摆手：“不行，不行，我吃了虾，不能给他做人工呼吸。”

“那怎么办？”

陆依左右望了一圈儿，发现没一个合适的人，于是她一把拽过小助理，狠了狠心，道：“你来！”

“我？”小助理目瞪口呆。

“对，就是你！还不赶紧的？”陆依吼了一声。

小助理被陆依吼得心神一震，连忙颤颤巍巍地打开乔以南的嘴唇，深吸了一口气，就把嘴唇凑了上去。

呜呜……乔教授，等你醒了可千万别怪我，我可是被逼的！

陆依一边紧张地看着，一边哽咽着给乔以雅打电话：“怎么办，姐姐？乔以南会不会出事啊？”

“依依，你不要怕，你先冷静下来，敬蓝山离医院很近，你不要慌，我这就给医院打电话，让他们做好准备。”

陆依抹了把泪，在乔以雅的安抚下挂了电话。

车子急遽地停在了急诊门口，乔以南的一口气缓了过来，医生和护士已经等在了门口，车门一开就将乔以南扶下了车，迅速地抬到了推车上，一个面色严肃的医生眼疾手快地给他注射了一剂药水。

乔以南很快就被推到了急诊室，陆依站在门外，整个人都出了一身冷汗。她瘫坐在椅子上，觉得被乔以南这么一折腾，自己也半条命没了。

“陆老师，你别担心了，乔教授一定会没事的。”小助理挪到陆依面前，小声安慰。

陆依的身体微微发抖，她无法想象没有他们，她一个人该怎么把乔以南送到医院。她伸手握住小助理的手，泪眼汪汪地道：“谢谢。”

小助理看了眼被陆依握住的手，犹豫了片刻，还是小心地抽了出来，给乔教授做人工呼吸已经够可怕的，但要是被乔教授看到这一幕，他觉得自己的下场一定会更惨。

〔2. 真相的杀伤力〕

“依依！”乔以雅的声音突然响了起来。

陆依抬头一看，就看到乔以雅和罗岚快步朝她走了过来，她连忙从椅子上跳了起来，直接扑到了乔以雅的怀里，眼泪不停地往外涌。

“姐姐，对不起，都是我的错。”

“这跟你有什么关系？要怪也怪他自己，明知道自己对海鲜过敏，就应该小心点儿。”

陆依抹了把泪，抽抽噎噎：“都是我不好，不应该吃那么多干虾……”

“你吃干虾跟他过敏有什么关系？”乔以雅疑惑地问道。

陆依的脸腾地红了红，支支吾吾地说不出话。

罗岚已经听懂了陆依的意思，忍不住抽了抽嘴角，附在乔以雅耳边说了两句。

“什么？”乔以雅当场被震惊了，过了片刻，她幽幽地说了一句，“没想到我那高冷禁欲的弟弟，还能有这么风流的死法……”

“姐姐！”陆依红着脸瞪了乔以雅一眼，乔以南还在抢救呢！能不能不要说什么死不死的？

乔以雅扑哧一笑，她摸了摸陆依的脸，笑道：“好啦，好啦，别紧张嘛，乔以南那家伙命这么大，死不了的。”

陆依的情绪这才慢慢平复下来，也不知过了多久，急诊室的门终于打开，乔以南被推了出来，他仍然昏迷着，但脸上的潮红已经褪了下去，他的手上挂着点滴，唇色仍然有些苍白。

“医生，他没事吧？”陆依担心地问道。

“还好命大，再晚一分钟，大罗神仙也救不了他。”医生也是惊出了一身虚汗，心有余悸地道，“以后你们家属一定得看着点儿，病人有这么严重的过敏反应，怎么能让他接触过敏源呢？”

一群人被医生训了一顿，陆依愧疚得快要把头埋到胸口了。

把乔以南推到 VIP 病房后，陆依拉着医生的白大褂，泪眼汪汪地问道：“他真的没事了吗？他要什么时候才能醒啊？”

“过会儿应该就醒了，你们好好陪着吧，千万记住，绝对不能让他吃海鲜！”医生说完就走了出去。

“你们先回去吧，这里有我们在就可以了，今天谢谢你们了，改天让乔以南亲自上门道谢。”乔以雅对着胡云等人说道。

“不用，不用，乔教授没事就好。”三人连忙摆了摆手，一溜烟儿地出了医院。

回去的路上，小助理心事重重地问道：“你们说乔教授知道是我给他做的人工呼吸吗？”

胡云和张亮亮一想到这事，就不厚道地笑了出来。

胡云拍了拍小助理的肩膀，笑道：“没关系，我们一定会把情况如实地告诉乔教授的。”

小助理幽怨地瞅了他一眼。

“话说有没有觉得刚刚那个女人很眼熟？”张亮亮突然问道。

胡云一拍脑袋：“我知道！她是乔氏集团的总裁！前几天我还看过她的专访呢，好像是叫乔以雅！”

“乔以雅？乔以南？”张亮亮一琢磨，顿时瞪大了眼，喃喃道，“早知道乔教授是个高富帅，可没想到是这么土豪的高富帅……”

小助理仿佛没听到他们的对话，用手摸了摸嘴唇，面色相当纠结，也不知道到底是高兴还是郁闷。

这边的小助理还沉浸在人工呼吸的阴影中不能自拔，那厢的乔以南已经醒了过来。

他一睁眼，就看到陆依扑到了他的床边，泪眼汪汪地看着他。

乔以雅从她身后走过来，嘴角噙着意味深长的笑意："我说乔以南，你可真是牡丹花下死，做鬼也风流啊！"

罗岚抽了抽嘴角，不厚道地笑了出来。

乔以南沉默了片刻，目光落到陆依身上。陆依心虚地把脸埋了起来，用蚊子叫般细小的声音讷讷道："不是我说的……"

"哈哈，爸妈明天就回来了，你的风流事迹，我会一五一十如实转告的。"乔以雅笑得一点儿都不矜持，"他们要是知道这一出，指不定还给你颁个奖呢！"

乔以南无力地闭了闭眼，真希望自己没有醒过来……也不对，要是真的没醒过来，那才是真的丢脸吧……

这么一想，他又睁开眼，冷冰冰地看着乔以雅："笑够了吗？"

乔以雅耸了耸肩，拽过罗岚的胳膊，道："哎哎哎，我们还是走吧，再笑下去，某人要恼羞成怒了。"

"放心，有我在呢，还怕他跳起来打你不成？"罗岚拍了拍乔以雅的手，一本正经地安抚。

"那也得走，我可不想被人说我欺负病号。"

两人说完就干脆利落地走了出去，一点儿都不拖泥带水，留下一脸黑线的乔以南和心虚的陆依。

过了会儿，陆依终于克服了心虚，抬起头看着乔以南，可怜兮兮地问道：“乔以南，你真的没事了吗？”

乔以南一看到陆依那跟小鹿一样水汪汪的眼睛，立刻就心软了，他伸手握住她的手：“我没事，不用担心。”

陆依自动自发地爬上病床，窝到乔以南的怀里，嗓音里还带着鼻音：“还好你没事，刚刚吓死我了。”

乔以南自然知道她的害怕，他在她额头轻轻地亲了亲：“别怕，我没事。”

陆依突然坐了起来，捂住嘴一惊一乍道：“你现在可不能亲我的嘴，亲完又得过敏了。”

“……”他什么时候说过要亲她的嘴了？

“你想亲我吗？”陆依突然眨巴着眼睛。

乔以南静默了一瞬，摇了摇头，毕竟刚从鬼门关回来，他还不想这么快又回去一趟。

“你不想亲我呀？”陆依的语气莫名地带了丝失落。

“怎么？”乔以南失笑。

“我还在想，你要是非得亲我，我就去刷个牙。”陆依重新窝到乔以南的怀里，老实交代了自己的想法。

乔以南静默片刻，他在她心里有这么饥渴吗？

乔以南决定给自己的形象正名，他拍了拍她的手：“我还没有这么饥渴。”

“是吗？”陆依蹙眉问道。

“你这副不信任的表情是几个意思？”乔以南眯了眯眼。

“你都因为接吻进了医院了，还不饥渴呢？”陆依捂住嘴，偷笑出声。

“陆依，你信不信我把你从床上踹下去？”乔以南的脸上泛起一抹红晕，咬牙威胁。

陆依伸手抱住乔以南的腰，嘿嘿一笑：“你才舍不得呢！”

乔以南默默地闭了眼，算了，还是睡觉吧。

“乔以南，以后我不吃海鲜了。”过了会儿，陆依扯了扯乔以南的袖子，小声道。

乔以南还未开口，就听她继续道：“要是我们接吻的时候你死在我身上，我会有一辈子的心理阴影的。”

“……”

“乔以南，你看我都为你做出了这么大的牺牲，你有没有很感动？”陆依继续扯乔以南的袖子。

“感动。”乔以南沉默了片刻，没什么情绪地开口。

陆依没听出乔以南的语气，突然抬头看着他，一本正经地问道：“乔以南，你有没有觉得你变了很多？”

“请举例说明。”

“上次你吃了我的酱烧排骨进了医院，你醒过来后对我说的第一句话是‘我还没死呢，你哭什么丧？’，这次你对我说的话变成‘我没事，不用担心’，你看你以前这么冷冰冰的，现在好像变温柔了。”陆依果真举了个例子，她有些赞许地看了乔以南一眼，“说起来，乔以南你真的长大了很多呢。”

“……”

“你真的长大了很多呢”这句话从陆依嘴里说出来，怎么听着这么怪呢？

乔以南默默地闭回眼，决定不予理会。

“话说我们要好好感谢胡云他们，没有他们帮我把你送过来，我都不知道该怎么办了。”陆依换了个话题，“尤其是小助理，医生说了，幸亏他及时给你做了下人工呼吸，要不然你可能就撑不到医院了。”

听到前半句的时候，乔以南认同地点了点头，但听到后半句的时候，他的身体明显地僵了僵。

“你说谁给我做了人工呼吸？”陆依正在琢磨着该怎么感谢他们，突然听到乔以南语气危险地开了口。

她抬了抬头，有些不解地看着他：“你的小助理呀，我是过敏源，总不能让我给你做人工呼吸吧？人家小助理可是牺牲了自己救了你呢！”

“他牺牲？”乔以南差点儿没跳起来。

“你宁愿死，也不愿意被他做人工呼吸吗？”陆依眨了眨眼，更加不解了。

乔以南一窒，竟被陆依给问倒了。

“嗯？”陆依歪着头盯着他，想听他给一个答案。

乔以南撇过头，闷闷地说了一句：“那倒不是。”

“那不就行了嘛！到时候我们一起去跟他们道谢。”陆依笑眯眯地把乔以南的头给掰了过来。

乔以南有些无力，一想到自己的嘴唇被另一个男人碰过，他就有一种想要一头撞死的冲动。

他纳闷儿地瞅了陆依一眼，这女人难道都不吃醋吗？

此时此刻的陆依已经心满意足地在他怀里进入了梦乡，他又怎会知道，女人都是宁愿对象出柜而不是出轨的人，所以，被男人亲一口，丝毫不能调动起她的嫉妒心好嘛……

〔3. 毕不了业的倒霉孩子〕

暑假结束后，陆依又回学校工作了。这天早上，陆依一进办公室，就看到童年年趴在桌上唉声叹气，一副心事重重的模样。

“怎么了？”身为好同事，陆依例行问候。

童年年一见到陆依，就扑了上来，抱住她的腰，撒娇道：“依依，你可得帮帮胡云，他要毕不了业啦！”

胡云是一号研究所的助理研究员，也是韩大的在读研究生，研究方向就是天体物理专业。

陆依眨了眨眼，有些不明所以，就听坐在后面嗑瓜子的成灵灵慢悠悠地开口解释：“胡云研究的那颗恒星爆炸了，所以他的研究结果也作废了，现在没有研究成果，按照学校的规定，是毕不了业的。”

“扑哧”一声，张亮亮不厚道地笑出了声。

“张亮亮！”童年年倏地转过头，恶狠狠地瞪了张亮亮一眼。

张亮亮连忙敛住笑，正襟危坐，用充满惋惜的语气道：“这真是一件令人遗憾的事。”

“你可以再假一点儿！”童年年顺手拿过一支记号笔，扔了过去。

张亮亮一边抱头鼠窜，一边道：“其实没什么啦，一号研究所有很多人都被留级过啊，之前有个学长，本来是研究学校后面的那片向日葵的，但是每年向日葵一开，他研究的那几株就被人采走了，他可是延迟了三年才毕业呢！”

“就算他再研究一颗恒星，谁知道那颗恒星会不会在他毕业前爆炸呢？”张亮亮的话非但没有安慰到童年年，还引发了她更长远的忧虑。

这回轮到成灵灵笑场了：“那就只能说是，冥冥之中，自有天定了。”

“啊呸！呸呸呸！不要乌鸦嘴！”童年年跺着脚。

陆依在一旁忍俊不禁，刚坐到座位上，童年年又凑了上来：“依依，不如你帮胡云去乔教授那里求求情，想个办法让他顺利毕业，好不好？”

陆依坚定地摇了摇头：“不好。”

童年年哭丧着脸：“依依你怎么这么狠心？”

“你忘了之前你让我去乔以南那里偷看他对底下研究生打的分数，发生了什么惨无人道的事吗？”

“什么事？”童年年下意识地问。

“他剥夺了我所有的泡椒凤爪！”陆依握了握拳，每次想起这件事，她都义愤填膺。

“……”

“乔以南说了，工作上的事不许我干涉，要不然就不准我吃泡椒凤爪。”陆依补了一句。

“我给你买一麻袋的泡椒凤爪！”

陆依幽幽瞥了她一眼：“买了吃不了，只能干看着，还不如不买呢！”

陆依没有告诉她的是，其实除了不给吃泡椒凤爪，乔以南还有别的手段对付她。

那次是周日，一号研究所没有人，乔以南要回去拿东西，陆依为了完成童年年的嘱托，死乞白赖地缠着乔以南，最终以家属的身份进入了他们的研究室。

然后她就趁着乔以南出去倒水的时候，偷偷地翻看他桌上的文档，她一眼就看到了胡云的，好像是一份研究报告，但她还没来得及往下看，就听到乔以南的声音在她头顶淡淡地响了起来：“想看研究生的分数？”

“是啊，是啊。”她下意识地答了话，一答完她就傻了。

过了好一会儿，她才硬着头皮抬起头，挤出一副懵懂无知的笑容：“你都给他们打了几分呀？”

“想知道？”乔以南扬了扬嘴角。

陆依点头如捣蒜。

乔以南倏地逼近她，也不知有意还是无意，他一只手撑到桌上，顺手压住了那份文档，他的身子往前倾，将她困在了椅子上。

“为什么？”

“因为年年……”陆依一说完就捂住了嘴，眨了眨眼睛，试图改口，“因为我想知道谁最让你满意啊！”

“这里面有你男朋友？”乔以南又问。

“我男朋友不是你吗？”陆依不明所以。

“那谁最让我满意，跟你有关系吗？”

陆依被堵得说不出话，又听乔以南问道：“童年年拿了多少泡椒凤爪贿赂你？”

“不多，就十包……”陆依答得很是顺口，然后一抬头，就看到乔以南似笑非笑的眼神。

陆依心虚地垂了垂头。

乔以南伸手捏住她的下巴，表情严肃，真正是一个大学教授的姿态。

“以后不要帮别人打听这种事，我的态度都摆在他们面前，不需要你再来探听。”

陆依更加心虚了。

“更何况，你只需要关心一件事。”乔以南翘了翘嘴角。

“什么事？”

“就是——你要怎么做，才能让我满意。”

陆依听了，蓦地瞪了瞪眼：“难道你对我不满意吗？”

“不够满意。”乔以南煞有其事地点了点头。

“你凭什么对我不满意？”陆依从椅子上一跃而起，可她才站起来，就被乔以南按了回去。

陆依的行动受到限制，只能气呼呼地瞪着他。

乔以南丝毫没把她的愤怒放在眼里，只伸手捏了捏她的脸：“你怎么不问问我怎么做才能让我满意。”

“怎么做？”陆依心里很不甘心，嘴上却老老实实地问了出来。

乔以南轻轻一笑，那笑容如雨后初晴的天边，光风霁月，仿佛能颠倒众生。陆依的心不由得小鹿乱撞，然后就看到他薄唇微启，用极富磁性的嗓音道：“亲我的时候不要点到即止。”

“轰”的一声，刚刚还光风霁月的美男顿时跌落凡尘，变成一个有了七情六欲的凡夫俗子。

陆依捂住发烫的脸，鼓着腮帮子瞪了乔以南一眼，傲娇地哼了一声。

陆依脸红的样子格外软萌，乔以南眼中的神色微微深了些，他突然伸手扣住陆依纤细的腰，一个用力，就将她抱到了桌上。

“你干什么呀？”陆依被抱得措手不及，嘟囔道。

乔以南没有说话，他只是低头看着陆依微红的脸，他的目光落在她红润的唇瓣上，正要低头亲上去，开门声倏地响起，乔以南的身子微微一僵。

陆依吓得不能动弹，将整张脸埋在乔以南的怀里，打定主意死也不能暴露自己。

乔以南一回头，就看到了站在门口目瞪口呆的娃娃脸小助理，他显然是受到了惊吓，站在原地动弹不得。

乔以南作为教授，脸皮显然是比一般人要厚的，面对如此令一般人（比如说陆依）恨不能羞窘而死的局面，他的脸上愣是没露出一丝尴尬的表情，而是端着一副不能再正经的脸，平静地问道：“有事？”

小助理简直要哭了，他本来是想回来做个勤奋的劳模的，没想到会看到如此激情四射的一幕。乔教授虽然跟平时一样没什么表情，可是个人都能感受到他的不爽好吗？

“没、没事……”小助理结结巴巴地说了一声，最终泫然欲泣地飞奔而去！

呜呜，乔教授为什么要做一个喜欢女人的科学家？当个不近女色的禁欲系男神不好吗？

小助理心中的高山就这么崩塌了……

至于陆依，她觉得在小助理面前，自己这辈子是抬不起头做人了……

但是，作为当事人之一的乔以南，大概会觉得小助理在他面前抬不起头做人。

人与人的差距，就是这样明显有没有？

〔4. 他的荣誉〕

胡云的悲惨事迹一夜之间就传遍了一号研究所，上门送安慰的人络绎不绝，当然，大部分人是带着幸灾乐祸的心情来的，其中不乏因为各种不可抗力被迫留校继续研究的同道中人。

大家一起吃饭的时候，陆依看着胡云无精打采的样子，试图活跃一下气氛，于是对胡云说：“听说大家送了你好多礼物呢，冲着礼物也要开心点儿啊！”

胡云一听这个，顿时从无精打采变得义愤填膺：“那都什么礼物啊？陈学长给我送了一个平安符，结果我打开一看，上面写着‘平安符要是有用，我早就毕业了’！还有汪学姐，她送了我一颗地球仪，她说‘恒星没了就研究地球吧’，我要是要研究地球，我还去研究恒星干吗？”

胡云这么一说，在场的几个人都忍不住低下了头，憋住了笑，连童年年都有些不忍直视地抽了抽嘴角。

陆依看着胡云一副生无可恋的模样，想说她深表同情，但不知道为什么，总觉得这事喜感十足，实在很难装出感同身受的样子来，于是她咳了两声，问道：“乔以南没骂你吧？”

胡云一听，表情更加萧瑟了，只见他微微仰头，呈忧伤状：“骂倒是没骂。”

“那你忧伤什么？”童年年忍不住戳了戳他的头。

“但他对我说了一句话。”胡云深吸了口气，把表情调整到凝重的状态。

“什么话？”

“他说习惯就好。”胡云趴到桌上，欲哭无泪地捶了捶桌子。

“……”

陆依抽了抽嘴角，这真不是人说的话。

晚上回家的时候，陆依和乔以南说起此事，不由得为胡云打抱不平：“你说他都这么伤心了，你就不会好好安慰他两句吗？”

乔以南正坐在沙发上看《哆啦 A 梦》，听到这话连眼睛都没抬，只呵呵了两声。

陆依坐到他边上，扯了扯他的胳膊：“跟你说话呢。”

“我大四的时候，研究了三颗恒星，最后都爆炸了。”乔以南目不斜视地看着电视，只淡定陈述。

陆依惊得目瞪口呆：“那你是怎么毕业的？”

“因为我拍到了恒星爆炸的画面。”

“这有什么特别的？”

“特别之处在于，在我之前没人拍到过。”乔以南回过头看了她一眼，表情很淡然，说出来的话却丝毫不谦虚。

“那跟你能不能毕业有什么关系？恒星还是爆炸了啊，你的研究都白费了！”陆依琢磨了半天，也没能琢磨出两者之间的关系。

乔以南暂停了电视画面，看着陆依陷入了沉默，按理说一般人问出这种蠢问题，他都是直接无视的，但这个人的属性有些不同，这是他的女人，所以，他决定容忍她的愚蠢。

“因为那是天文界的一个里程碑，还有，我同时研究了七颗恒星，而其他四颗都没有爆炸。”乔以南耐心解释道。

“啊，你好鸡贼啊！竟然同时研究七颗！”陆依听完，沉默了会儿，突然指着乔以南惊呼一声。

“……”这跟鸡贼有什么关系？还有，“鸡贼”这种奇怪的词汇她到底是哪里学来的？

乔以南最终决定好好看电视，他转过头面向电视，重新按了下播放，还是《哆啦 A 梦》看得比较顺眼。

陆依丝毫没有体会到乔以南的心境转变，见他又开始看电视，不由得好奇地问道：“你是不是小时候看《哆啦 A 梦》看多了，所以才会去做科学家啊？”

“你看得不比我少，你当科学家了吗？”乔以南翘了翘唇。

“什么意思？”

“意思是这是智商决定的，跟行为没有关系。”乔以南伸手揽住陆依的脖子，把她搂进怀里。

“智商高了不起啊？”陆依气哼哼地推开他，“都一把年纪了还看《哆啦 A 梦》，幼稚！”

“要么我看科学频道？”乔以南挑了挑眉。

陆依转了转眼珠子，咳了两声，一本正经道：“《哆啦 A 梦》就适合我们这种有童心的人看。”

她才不要看科学频道！根本看不懂好吗？

乔以南扬了扬嘴角，再次将她搂进了怀里。

这一年的时间过得很快，陆依仍然会时不时地陷入沉睡，但终归没有影响太多的正常生活。

而公历的第一个月，整个韩大因为一个消息沸腾了——乔以南得了沃尔夫物理学奖。

陆依得知这个消息的时候，还在上课，她的手机一直响个不停，她抽空看了眼，就看到童年年他们的微信一条条地蹦出来。

童年年：啊啊啊！依依，乔教授得了沃尔夫物理学奖了！

胡云：天哪！别上课了！快出来庆祝！

张亮亮：乔教授太给我们学校争光了！好长脸啊！

成灵灵：怎么办？我好像又要爱上这个男人了。

小助理：陆老师你别怪我，我要改变性取向了……

陆依的心情很微妙，她没有震惊，也没有狂喜，因为她压根儿没听过什么沃尔夫奖，不过看在群里的人这么激动的分上，她迅速地百度了下这奖项。

百度完后，陆依整个人呆立当场。

怎么办？乔以南好像得了个了不得的奖项呢……

“陆老师！”坐在第一排的同学疑惑地叫了她一声。

陆依猛地回神，一拍桌子，中气十足地吼了一声：“你们乔教授拿了个大奖，今天的课上到这里！”说完，她就不管教室里突然涌起的喧嚣，飞奔了出去。

陆依几乎要喜极而泣，这一刻，她觉得自己仿佛身在云端，无比快乐，比任何时候都要快乐。

她的男人，得到了一个无上的荣誉，这是她终其一生都不能企及的荣誉，但并不妨碍她为他感到由衷的开心。

沃尔夫物理学奖是以色列沃尔夫基金会每年一次授予杰出物理人士的一个奖项，从 1978 年开始颁发。

沃尔夫物理学奖经常被认为是诺贝尔物理学奖以外，物理学界最重要的奖项之一。

沃尔夫奖具有终身成就性质，是世界最高成就奖之一。

百度百科里的介绍一段段地在陆依的脑海里跳跃着，陆依的心猛烈地跳动，几乎要抑制不住心中的狂喜。

等她跑到一号研究所的时候，已经有不少媒体记者堵在门口，还有不少围观的师生。有人竟然还拉起了横幅，陆依仔细看了看，有三条横幅，分别印着：

乔以南教授，韩大的智商担当！

乔以南教授，韩大的颜值担当！

乔以南教授，韩大的成就担当！

陆依看得满心欢喜，仿佛上面夸的人是自己。

研究所门口被挤得水泄不通，陆依娇小的身材表示完全无法突破人肉围墙，正要找胡云把自己带进去，就看到研究所的大门突然打开，乔以南和几个研究员一起走了出来，身边好像还跟着韩大的校长和几个院长。

乔以南一出来，人群顿时沸腾了，师生们激动地喊着乔以南的名字，有那么一瞬，陆依觉得乔以南身上有一种巨星光环。

他只是往人群中一站，就瞬间成为焦点。陆依被淹没在人群里，她仰着头喜滋滋地看着他，有些骄傲地想，这个男人可是她的呢！

韩市知名的几个媒体挡在前面，连珠炮似的问了一堆问题。乔以南挑了几个没那么蠢的回答了几句，韩大人人都知道乔以南的脾气，所以校长和几个院长把他不愿意回答的都接了下来。

过了会儿，记者还没有散开的意思，乔以南抬起手腕看了看时间，蹙眉道："我女朋友的用餐时间到了，麻烦让让。"

乔以南话一出口，记者们的八卦之心顿时沸腾了：

"乔教授，你女朋友也是韩大的老师吗？"

"不知道乔教授喜欢的是哪一类型的女生？"

"她今天出现在现场吗？"

乔以南听到这最后一句问话，目光突然在人群中逡巡了下，然后一眼就捕捉到了那个在人群里双眼冒心地看着他的姑娘。

他的嘴角不由得流露出一抹笑，大步往人群中走去。

师生们纷纷识趣地让路，陆依终于从拥挤的人群中解放出来。乔以南伸手握住她的手，将她带到自己身边，揶揄道："你来得倒是快，连课都不上了？"

“课哪有你重要？”陆依还维持着花痴的状态，软萌萌地答道。

乔以南难得听到陆依这么直接，眼中浮现一层暖色，身后的记者已经眼疾手快地冲了上来，冲着他们就“咔咔咔”地拍了几张照片。

乔以南正要阻止，陆依已经伸手环住他的腰，一张笑盈盈的脸蛋对着摄像机，那意思仿佛在说：没错，我就是他女朋友，拍吧拍吧，让你们拍。

乔以南先是一愣，再一看她嘚瑟的模样，顿时忍俊不禁。

〔5. 香薰蜡烛的来源〕

两人终于摆脱记者，是在十分钟之后，校长见乔以南的眉宇间开始积聚不耐烦的神色，在他忍无可忍之前，明智地提议请记者们先去吃饭。

乔以南自然是不会跟他们一起吃的，所以果断地拉着陆依走人。

“乔以南，我决定了，今天我要好好给你庆祝。”陆依活蹦乱跳的，心情好得不得了。

“哦，怎么庆祝？”乔以南低头看她，她的双眼亮晶晶的，那一瞬的光芒让他不由得想起恒星爆炸时的亮光。

陆依“呃”了一下，陷入了思考，她刚刚只是心血来潮产生一个想法，却没有想到实际的步骤。她琢磨了会儿，试探性地问了一句：“我请你吃饭？”

“……”这还真是个庆祝的“好”主意，俗得不能再俗。

见乔以南一副嫌弃的样子，陆依一拍脑袋，增加了诚意：“我请你吃烛光晚餐！”

“现在才中午。”乔以南提醒她。

“所以我下午就会回去准备呀！”陆依答得理直气壮。

乔以南失笑，揉了揉她的头发：“那你一定要好好准备，别让我失望。”

“我都给你准备烛光晚餐了，你还会失望啊？”陆依顿时瞪了瞪眼。

乔以南想了会儿，低头在她耳边低声道：“唔，你要是把你自己打包送上餐桌，我应该是不会失望的。”

陆依的脸顿时烧了起来。

乔以南这个臭流氓，再也不能跟他好好说话了！

两人最终决定中午去吃火锅，刚一踏进火锅店，身后就跟来了一群不速之客。

“依依，我们也要吃火锅，一起呀！”童年年笑眯眯地说道。

“乔教授，让我们一起给你庆祝吧！”小助理奔到乔以南跟前，双眼冒心。

乔以南刚要拒绝，陆依已经一口答应下来，向老板吼了一声：“老板，来个包厢！”

“乔教授，你一定早就知道你得了这个奖项了吧，沃尔夫基金会是什么时候通知你的？”席上，小助理崇拜地看着乔以南，好奇地问道。

陆依一听，顿时转头看向乔以南，瞪大了眼问道：“你早就知道了？”

“那当然，获奖名单公布之前，沃尔夫基金会都会先通知得奖者的。”乔以南还没开口，就被胡云抢白了。

陆依的眼睛瞪得更大了：“那为什么我不知道？”

“啊，原来陆老师也不知道啊，乔教授的保密工作做得很好嘛！”小助理一听，眼睛顿时亮了亮，一副心满意足的样子。

乔以南淡淡地瞥了小助理一眼，小助理顿时噤了声。

“陆老师，那一定是基金会要求乔教授保密的。”胡云开口安慰。

“对我也要保密吗？”陆依泫然欲泣地看着乔以南。

乔以南看着她一副“伤心欲绝”的模样，无奈道：“我跟你说过。”

“什么时候？”陆依惊呆了，她怎么一点儿印象都没有？

等等，好像有那么一点儿印象！

好像是上周，那天晚上她比乔以南先回家，她中午没有午睡，所以很早就犯困了，就先去睡了。

睡得迷迷糊糊的时候，她感觉到被窝里多了一个人，她整个人缩进那人的怀里，听到他轻声说：“陆依，醒醒。”

她艰难地睁了睁眼，一脸迷茫地看着他。

“听过沃尔夫奖吗？”

当时陆依的整个脑子都是混沌的，哪里还记得这个奖项的名称，只下意识地摇了摇头，问道：“你得奖了？”

“嗯。”

“哇，乔以南你好厉害。”陆依噘着嘴在乔以南唇上亲了一口，然后又昏昏欲睡地闭了眼。

“你是不是该表现得有诚意一点儿？”乔以南伸手捏了捏她肉乎乎的脸颊，有些不爽地问道。

陆依吃痛地哼了一声，整个人爬到乔以南身上，在他脸上胡乱亲了一通，虽然脑子混沌，但仍然嘻嘻笑道：“我很有诚意啊。”

“是吗？在哪里？”乔以南不动声色地看着她。

陆依糊涂地想了想，突然把睡衣的领口往边上一扯，露出一截儿裸露的香肩。乔以南的眼神一暗，等着她继续。

她的动作却又停顿了，她从他身上滚下来，呢喃了一声：“好困……”就要闭眼睡去。

乔以南哪里能容忍她就这样睡过去，直接翻身覆到她的身上，化被动为主动，将身下的人从睡梦里拖出来，进入了另一个瑰丽的世界。

所以第二天醒来后，陆依只隐约记得乔以南这个臭流氓不让她好好睡觉，害她一觉起来浑身酸痛，至于不让她睡觉的源头是什么，她则一点儿印象都没了。

陆依猛然想起那一天的事，顿时心虚地转过了头，伸出筷子夹起一片牛肉，放到乔以南的碗里，露出一副谄媚的表情，试图转移话题：“来，乔以南，吃点儿牛肉，这个可好吃了！”

乔以南似笑非笑地看着她，并不戳穿她。

当天下午，陆依上完两节课后就出了学校，她先去超市买了两块牛排，这才喜滋滋地回了家。

她第一次做烛光晚餐，心情很是激动，等牛排煎好后，陆依突然发现一个问题——她忘记买蜡烛了！

就在这时，她听到有人开门的声音，她连忙冲了过去堵住门口，叫道：“啊，先别进来！我还没准备好！”

乔以南在门外无语了片刻，问道：“还要多久？”

陆依挣扎了会儿，弱弱地道：“我忘记买蜡烛了……要不你帮我去买一下？”

乔以南沉默片刻，最终开口道：“电视机下面的抽屉里有。”

陆依一听，连忙奔了过去，奔之前还不忘嘱咐一声：“你先别进来，等我好了我再叫你。”

陆依奔到电视机前，蹲下身打开抽屉一看，整整一抽屉的香薰蜡烛，一打开就散发出淡淡的香味，她拿出一个看了看，嗬，还是法国顶级的香薰品牌。

乔以南为什么会买这么多香薰蜡烛？

陆依皱着眉头想了想，真是百思不得其解。

她飞快地将蜡烛搬到了桌上，点燃之后，她关了灯，这才冲到门口，把门打开。

“请进，大科学家！”陆依嘿嘿一笑，做了个“请”的姿势。

乔以南挑了挑眉，走进房里，暖黄的房间里烛火摇曳，一室幽香，古典音乐悄然流泻，为这个美丽的房间又增添了一抹风情。

陆依从后面探头过来，声音里充满骄傲:“怎么样？是不是很惊喜？”

“不错。”乔以南给了个中肯的评价。

“我能问一个问题吗？”陆依眨了眨眼。

“嗯？”

“你为什么会有这么多香薰蜡烛？你买蜡烛做什么？”

乔以南沉默片刻，走到餐桌前，顾左右而言他：“牛排煎得不错，吃饭吧。”

陆依这回没那么容易让他忽悠过去，她走到乔以南面前，紧紧盯着他的眼睛，有些不确定地问道：“你以前该不会交过女朋友吧？”

“……”

见乔以南没说话，陆依以为自己猜中了，不敢置信地捂住自己的嘴，泫然欲泣地道：“天哪，乔以南你骗得我好苦！”

乔以南无语。

“你说，那个女人是谁？”陆依瞪着眼恶狠狠地问。

“你的想象力能不能不要这么丰富？”乔以南捏了捏陆依的脸，哭笑不得。

“那你一个大男人买什么香薰蜡烛？”陆依翻了翻白眼。突然，她领悟了什么，以一种微妙的眼神看着乔以南，“难道你有什么怪癖？”

乔以南忍无可忍地戳了戳陆依的脑袋，试图能够唤醒她其他的脑细胞：“就算我用香薰蜡烛，也只能说明我是一个有品位的男人，跟怪癖有什么关系？”

“那你到底是一个有品位的男人，还是一个有前女友的男人？”陆依歪着头，不解地问道。

“当然是有品位的男人！”

“那为什么我在这里住了这么久，从来没见你拿出来用过？”陆依眯了眯眼，“你为什么要藏藏掖掖的？”

乔以南被问得一窒，他第一次发现女人是一种多么难伺候的生物，他抚了抚额：“陆依你确定今天是为我庆祝吗？”

为什么感觉是在审讯他？

被乔以南这么一提醒，陆依才惊觉自己偏题了，她转了转眼珠子，算了，等庆祝完再审问他！

这么一想，陆依立马殷勤地给乔以南挪了挪位子：“来来来，我们伟大的科学家，快来吃牛排！”

乔以南看着陆依瞬间变化的表情和态度，突然觉得女人真是一种能屈能伸的生物，好像有些问题不解释清楚，怎么都躲不过去……

他低下头，拿出手机发了条短信。

/ 第八章 /

WOHEWODEMAO
DOUXIANGNILE

有你陪我作战

〔1. 玫瑰、香薰和告白〕

这顿烛光晚餐，是在一个诡异的气氛中吃完的，两人都“各怀鬼胎”，一个在琢磨着等会儿要怎么审讯，另一个则在琢磨着怎么开口。

吃完后，陆依立刻起来收拾，乔以南制止了她：“你先去洗澡，我来收拾。”

乔以南难得主动要求做家务，陆依求之不得的同时更加觉得乔以南很可疑，不过她还是老老实实地去了浴室，毕竟她的脑袋瓜想要理清楚也是需要时间的。

陆依一进浴室，就有人按了门铃。乔以南打开门，乔以雅的助理领着几个人把 999 朵香槟玫瑰捧了进来。

半个小时后，陆依裹着浴巾走出浴室，然后就看到满地的玫瑰花，她一怔，抬头一看，不止地上，窗台、桌上、茶几上都摆了一束香槟玫瑰。香槟色的玫瑰，配上这一室的香薰蜡烛，整个房间就这样呈现出一种极致的浪漫。

陆依的心跳漏了一拍。

“乔以南？”她开口唤了一声。

没有回应。

陆依好奇地往房间走去，一开门，就看到乔以南的房间里也摆满了香薰蜡烛。乔以南逆光站着，手里捧着一大束玫瑰花，他的嘴角含笑，笑颜如冬日里最温暖的那束阳光，照耀得她睁不开眼睛。

“你、你这是做什么？”陆依一只手抓住浴巾，紧张得有些磕巴。

“你不是想知道香薰蜡烛的用处吗？它们的用处在于，帮助我向你表白。”乔以南上前一步，将玫瑰花递到陆依面前。

陆依却突然往后退了一步，跺脚道：“你早说要向我表白嘛！我、我去换身衣服！”

有谁是围着浴巾接受表白的？！

她要打扮得美美的好吗？

陆依正要跑出去，乔以南将手里的玫瑰花往边上一放，眼疾手快地伸手抓住她。

“啊！乔以南你放手，我的浴巾快掉下来了。”陆依吓得连忙抓紧了浴巾。

“掉了才好。”乔以南闷笑一声，将她拉进自己的怀里。

“你不是要表白吗？你还没说那句话呢。”陆依偎在乔以南的怀里，念念不忘表白一事。

乔以南的嘴角翘了翘，从善如流道：“我爱你。”

“可是我都已经是你女朋友了，为什么还要表白？”陆依的心里甜得都要冒泡了，但仍然有些不解。

“因为我的女朋友对香薰蜡烛的事耿耿于怀，我想只有行动才能让她明白。”

“那你怎么不早用啊？”陆依的嘴角不受控制地翘了起来。

“表白这种事，等不了天时地利人和，所以，没能用上。”这句话绝对是肺腑之言。

“我的手机呢？我要用手机拍个照，让全世界都知道，刚获得大奖的乔教授向我表白了！”陆依突然推开乔以南，左右张望了一番，满世界找手机。

“……”莫名被冷落的当事人沉默了片刻，有些不爽地伸出手去，恶作剧般地扯了扯她的浴巾。

陆依一时不防，浴巾倏地掉了下来。

“啊！”房间里传出一道尖叫声。

陆依刚捡起浴巾，乔以南突然打横将她抱起，吓得她又是一声尖叫。

乔以南直接把她放在柔软的大床上，欺身压了上去。

“不是说要给我庆祝吗？诚意呢？”

陆依突然想起那一晚的事，红着脸道：“那一晚给你庆祝了啊！”

“那一晚诚意不够。”乔以南俯身在她唇上咬了咬。

陆依的脸腾地红得更厉害了。

房间里烛光摇曳，美不胜收，陆依看进乔以南的眼里，突然觉得心里有一股莫名的躁动，她伸手环住他，微微抬头，去迎合他的吻。

这是她爱的男人，他这样出色，这样不凡，最终却为她所有，上天剥夺了她很多东西，但她知道，他是最好的补偿。

窗外寒月高照，窗内一室旖旎。

第二日，睡得相当沉的陆依突然惊醒：“几点了？”

乔以南将她搂进怀里，咕哝了一声：“还早。”

陆依艰难地从床头柜上把手机拿了过来，一看，已经十一点了！

她猛地坐了起来，正想跳下床，想了片刻，又放松地躺下了：“还好我上午没课。”

顿了顿，她又有些不可思议地看向乔以南：“你怎么还在家？你不去学校吗？”

“没听过一句话吗？”

“什么话？”

“春宵苦短日高起，从此君王不早朝。”乔以南将陆依搂得紧紧的，喃喃着，一副还没睡醒的样子，还真有那么点儿昏君的意思。

陆依的脸红了红，翘着唇道：“那你的意思是说我天生丽质难自弃咯？”

“不是，我爱的是钟无艳。”顿了顿，乔以南又补充，“少了点儿智商的钟无艳。”

“你为什么不直接说我是没有智商的丑女？”陆依板着脸气哼哼道。

乔以南睁开眼瞅了她一眼，又闭上了眼，低喃道：“那我的眼光还没有这么差。”

陆依翻了翻白眼，决定不在这种问题上给自己挖坑，于是换了个话题：“那个沃尔夫奖是要去以色列领的吗？”

“嗯。”

“那能带我去吗？”陆依眨了眨眼睛，一脸期待，“我想亲眼去看你领奖。”

“当然可以。”乔以南不假思索地道。

自己的荣誉能被她见证、与她共享，本身便是超越荣誉本身的一件事。

“那什么时候颁奖啊？”陆依的心情顿时激动了，迫不及待地问道。

“应该是四月，在耶路撒冷颁奖。”

“啊，要这么久哇！”陆依激动的心情就像是被泼了一盆冷水，瞬间冷却了。

“不想去了？”乔以南睁开眼睛，好笑地看了她一眼。

“那还是要去的！我还没去过耶路撒冷呢，不是说那里是朝圣之地吗？我要去朝圣！”

乔以南笑出声：“我怎么不知道你还是宗教徒？”

陆依做一本正经状：“忘了告诉你，其实我早已是佛门弟子，一直在带发修行。”

乔以南笑得更厉害了，刚刚的瞌睡虫一扫而光。

“那你应该去印度朝圣，而不是耶路撒冷。”

“没关系，天下教徒皆兄弟，我去串串门而已。”

乔以南获奖的消息很快也被乔家上下知道了，彼时乔家二老正在悉尼游山玩水，一听这消息，立马给乔以南打了个电话，大意是说：不要光顾着科研，科研是无止境的，好不容易有了女朋友，赶紧结婚才是正道，家里有两个大龄未婚青年，身为父母，还是很有压力的。

还有，以色列那边好像不是很太平，能别去还是别去了，咱不是看重荣誉的人，就算要去也别带上陆依，什么时候得诺贝尔奖了再去领奖吧……

乔以南听到一半就把手机开了扩音放在桌上，全程无视二老的喋喋不休。

陆依在旁边听得乐不可支：“姐姐还没告诉他们她和罗大哥的事吗？”

“说要把这个惊喜给他们留着，电话沟通太没意思了。”

“可他们都在一起了哎……不让叔叔阿姨知道真的好吗？”陆依摸了摸下巴。

乔以南呵呵了两声：“谁让他们一年到头都不着家呢？”

那就等着收乔以雅的婚礼请帖吧！

如果有可能，他也不介意给他们多寄一张！

陆依看着乔以南的表情，顿时觉得乔家二老也不容易，希望到时候他们不要被吓到吧。

不过，姐姐能够和这么优秀的罗大哥修成正果，他们应该会很惊喜吧……

〔2. 王子也会不自信〕

很快就到了四月，离乔以南领奖的日子越来越近了，陆依对这一趟耶路撒冷之行充满了憧憬，早早地就办好了一系列手续，但她没想到的是，她等待了这么久，最终的结果却是错过。

她始终记得出发的前一天晚上，她还兴致勃勃地在查耶路撒冷的游玩攻略，当时乔以南还哭笑不得地调侃她：“你都做了三份攻略了，一份美食攻略，一份景点攻略，一份交通攻略，还不够吗？”

“我突然想起来，我忘记查民俗了啦，那边应该有蛮多要注意的礼节民俗，我可不能犯他们的忌讳。”她抱着电脑这样回答他。

那天晚上她查到很晚，乔以南等她睡觉，等了许久仍不见她上床，最后忍无可忍地把她的电脑关了，直接把她抱上了床。

那晚她徜徉在一个奇妙的梦境里，满心欢喜地等着第二天的旅程，可等她醒过来的时候，却发现那已经是一个月之前的事了。

这是陆依昏睡时间最长的一次，她醒过来的时候，脑子还很混沌，温暖的阳光穿过窗户照耀进来，她几乎睁不开眼。

她看到乔以雅坐在床边看着她。

见她睁开眼，乔以雅连忙走到门口，朝外面问了一声："中饭准备好了吗？依依应该是要吃饭了。"

乔以南端着托盘走了进来，将饭菜放到餐桌上。

陆依看到乔以南的时候，心里突地一跳，因为她分明感觉到他瘦了，他的眉眼不像他平时那般冷冽，也不像面对她时那般温暖，而是有浓浓的疲惫之色。

乔以雅自然也知道乔以南的心情不好，开玩笑道："你看睡美人症其实还蛮有意思的，饿了会起来吃饭，还会自己上厕所，除了没意识，看着都很正常。"

乔以南不说话，只是坐到床边，目光温柔地看着她，见她自己坐起来，伸手给她披了一件薄外套。

这一刻，陆依已经明白自己又发病了，她感受到那件外套的温度，心中温暖又酸涩。

她没有下床，而是伸出手，抱住了乔以南。

她明显地感觉到乔以南的身子一震。

"对不起，让你担心了。"陆依轻声开口，嗓音有些干涩，那是长时间没有开口说话的结果。

乔以南怔了会儿才反应过来，猛地握住她的肩膀，目光在她的脸上逡巡了一会儿，确保她不是说梦话，才终于露出激动的神色。

“你醒了？”

陆依扯了扯嘴角，勉强露出一个笑容：“嗯，我醒了。”

乔以雅欢呼一声，陆依转过头看向她。

“姐姐，对不起，又让你担心了。”

乔以雅突然掩住唇，眼中泛起晶莹的泪花：“醒了就好，我不打扰你们了。”

乔以雅快步走了出去。

陆依怔了一会儿，突然被乔以南搂进怀里，他搂她搂得那样紧，仿佛只有以这样的方式才能确定她的真实存在。

他一直都没有说话，陆依便也安静地让他抱着，但她仍能感受到有一滴滚烫的液体落到她的颈上。

陆依没敢问乔以南自己昏睡了多久，她趁乔以南走出房间的时候，拿过手机看了看时间，然后陷入了长久的沉默。

一个月，珍贵又漫长的一个月，她就这样在沉睡中度过，错过了他的颁奖礼，错过了为他见证荣誉的时刻，错过了她期待了几个月的日子。

没有什么，比这更让她无力。

无能为力。

不能控制自己的身体，不能抵抗睡魔的召唤，猝不及防地发病，她几乎能想象乔以南发现她又昏睡时那一刻的心情。

这天晚上，陆依终于能和大家一起坐到餐桌前，真正一起吃一顿饭。

席上乔以雅很开心，不断地为陆依夹菜："依依，你这一醒来，我们餐桌上立刻就有人气了，你不知道，这段时间只有我一个人吃饭，别提多安静了。"

"乔以南呢？"陆依一愣，下意识问道。

"他哪里会跟我一起吃饭啊？天天跟你一起吃呢！"乔以雅话一说完，就看到陆依愣了一下。她的声音一窒，转头看向乔以南，试图转移话题，"那什么，乔以南，还不快给依依盛点儿鸡汤？让她补补身体！"

乔以南难得没有跟她对着干，从善如流地拿过碗给陆依盛了一碗热腾腾的鸡汤。

陆依接过鸡汤，一口气喝了一大碗，她没有抬头，她感觉自己的眼眶热热的。她几乎能想象到乔以南陪着毫无意识的她吃饭的画面，也许他还会像今天一样，会体贴地给她盛一碗鸡汤，可她一无所觉，像个机器人一样机械地吃饭、睡觉，无法给他一个简单的回应。

陆依突然觉得心脏微微地发疼。

乔以南看着陆依的模样，想起这一个月她在床上安静沉睡的样子，心情其实并没有轻松太多，因为他深知，她的清醒是短暂的，谁也不知道她下一次昏睡是什么时候，更不知道下次昏睡会有多长，这次是一个月，下次呢？难道要两个月？三个月？

乔以南不敢想象。

这个月，他几乎天天守在家里，他甚至在家里建了个小型的实验室，每天都把自己关在里面，疯狂地研究睡美人症的病理和解决方法。

实验室里有视听电话，每隔几天，他便会和纽约的睡美人症研究组织通话，向他们提供陆依的身体情况、她的各项身体指标，让对方一起研究。

每次从实验室出来，他走到她的房间，看到她仍然昏睡，他的心便如被人揪着不放一样疼，他唯一庆幸的是，这个病不会给她带来太多身体上的痛苦。

这天下午，阳光正好，陆依待在房间里，窗帘拉着，只隐约透进来一些光亮。乔以南推门进来："想去晒太阳吗？"

"好哇，我先让我的房间晒晒太阳。"陆依说着，蹦蹦跳跳地走到窗边，把窗帘拉开。

窗外的阳光照耀进来，陆依忍不住往后退了几步，她坐到床上，下意识地伸手遮住了自己的眼睛。

乔以南的心倏地一疼，她开始畏光了。

这是睡美人症的症状之一，是由长期的昏睡带来的后果，注意力不集中、对声音和光线越发敏感，无法正常学习或工作，时常感觉到疲倦，甚至没办法和人沟通，有一些甚至会因此患上抑郁症。

乔以南想到她这段时间定时醒来吃饭、上厕所，但整个人都神情恍惚、神志不清的模样，他就莫名难受。

"乔以南，太阳好刺眼。"陆依转头看他，做委屈状。

乔以南走到抽屉里拿出一个眼罩，走上前戴到陆依的眼睛上，轻声道："这样就不怕了。"

"可我怎么出去啊？"陆依正要把眼罩拿下来，乔以南已经将她拦腰抱起，一直走到花园里，把她放到一张双人懒人椅上，然后在她身边躺了下来。

陆依感觉到了太阳的温度，不由得感叹道："哎呀，一个月没晒太阳，我都快发霉了！”

乔以南刮了刮她秀气的鼻梁，不赞同道：“不可能。”

“为什么不可能？”陆依噘了噘嘴。

“因为我昨天刚把你抱出来晒过。”

“乔以南，你经常把我抱出来晒太阳吗？”陆依不敢置信地问道。

“当然。”

“为什么？”陆依顿时感动得泪眼汪汪。

“我怕你发霉了，那就真的醒不过来了。”乔以南突然认真道。

陆依一怔，突然伸手搂住乔以南的脖颈：“对不起，是我不好，不该贪睡。”

“你知道就好，你睡得太久，会让我以为自己不是你的王子。”

“为什么？”

“因为我无法将你吻醒。”乔以南在陆依的额头落下一个温柔的吻，向来骄傲自负的人，在这一刻，真真切切地感觉到了自己的无能为力。

陆依的心里一酸，有一些话在她心里盘旋很久，却终究没敢开口。

她平复了下心情，试探性地问道：“你是不是因为我错过了颁奖？”

“当然没有，我的获奖感言说得不知道有多好。”乔以南翘了翘嘴角。

陆依一听，双眼立刻绽出一抹惊喜的亮光：“真的吗？”

乔以南点头。

“太好了！”陆依激动得差点儿跳起来，“你知道吗？我真怕你没去领奖！”

乔以南微笑，深邃的双眸中有隐约的纵容和宠溺。

接下来的日子，陆依没有回学校教学，她请了长假，准备先观察一段时间，而乔以南，则被她勒令回去继续他的科研大业。

有一回她趁着自己刚清醒，偷偷去学校看他。胡云出来把她带进了研究所："乔教授现在正在分析数据，这个时候他谁都不会理。"

"我就偷偷看他一眼。"陆依的眼睛里有金光闪闪的光，她好像还没看到他认真工作的时候，据说那是一个男人最帅的时候。

陆依是在窗外看着乔以南的，他在一个独立的研究室里，周围都是电脑、文献，还有小黑板，他拿着记号笔在小黑板上写下关键的点，然后在电脑上飞快地操作着，他很专注，专注到根本没发现有人在偷偷看他。

原来这就是他工作的样子，真是太帅了！

陆依在外面眼冒心心，眼里只有乔以南，所以根本没听到外面有人在轻声议论。

"我听说这次研究课题结束后，他会申请休长假，不是一个月两个月的那种，是一年两年那种……"有人悄声道。

"应该是为了陆老师的病情。"胡云插嘴。

"难不成乔教授要去研究罕见病？那我们天体物理界不是损失了一名天才？"小助理幽怨了。

"天体物理重要还是自己老婆重要？"胡云随手拿起一本书，敲了敲小助理的头。

陆依发现乔以南没有亲自去以色列领奖，是在一周后，彼时的她正在无聊地刷微博，然后就看到了一个转发过百万的秒拍视频，标题写着：韩大高颜值教授获奖感言，感动千万人……

说实话，当时陆依并没有想到视频的主角会是乔以南，因为她压根儿不能想象乔以南能说出感动千万人的话。

可她点进去之后，她就震住了。

视频只有短短的几十秒时间，本该由以色列总统亲自颁奖的乔以南并没有站在耶路撒冷的舞台上，而是站在乔家的书房里。

他穿着正式得体的黑色西装，优雅如欧洲贵族培养出来的绅士，视频里他全程英语发言，他说——

我很荣幸今天能够获得沃尔夫物理学奖，但我更遗憾今天获得的不是医学奖，因为我深爱的女人本该陪着我见证这个时刻，却因为罕见的病症在床上昏睡不醒。如果时光能够倒流，我不会研究黑洞，也不会钻研物理，我会穷尽一生去钻研罕见病，因为星辰大海、宇宙天体，都比不上她的健康快乐。

陆依听完不由得捂住了脸，有湿热的液体从她眼眶中滚落，浸湿了她的掌心。

那条微博的评论清一色都在赞许他、在羡慕她，那些局外人羡慕她有这样深情的男友，可他们不明白她的心情，她同样被乔以南感动，可也深深地感觉到了自己对他的拖累。

爱一个人最怕什么？最怕自己成为对方的累赘。

她就是那个累赘。

从她发病开始，他一次次地请假在家陪她，一周、两周、一个月、两个月……

最开始的时候胡云在群里不止一次地吐槽过这个事，小助理也是恨铁不成钢，那时她却很高兴，因为她觉得那说明乔以南在乎她，可这一次醒来，她看到他憔悴的眉眼，突然就发觉自己错了。

她不该回来。

陆依正在抓耳挠腮地考虑和乔以南的未来，就接到了沈林的电话，他们一起制作的动画片已经定了档期，很快会举办首映会，希望她能去参加。

陆依当然是二话不说就同意了。

挂完电话后，陆依的思绪平静了许多，她关掉微博，心里已经有了决定。

〔3. 我始终爱你，只是想要更勇敢〕

“请我去看首映？”乔以南回家后，陆依第一时间邀请他去参加首映会。乔以南有些惊讶，因为她在做这部片子的时候，对他各种保密，连片名都没让他知道。

陆依笑眯眯地点了点头：“这个片子可是花了我很大的心血，当然要请你去看。”

“好。”乔以南点头表示同意。

“你怎么不问我片名是什么呢？”

“是什么？”乔以南从善如流。

“睡美人……”

乔以南一怔，他现在对这三个字相当敏感，已经完全无法把它当作童话故事来看。

见乔以南的脸色微变，陆依扬了扬唇，补充道：“《睡美人大战女巫》。”

这部动画片最初的创意是沈林的，她一直记得沈林当初告诉她这部片子的主人公原型其实是她的时候，她有多么惊讶，这也是她一开始抗拒最终又答应加入的真正原因。

这部动画片讲述了睡美人的故事，但跟童话不同的是，动画片里的睡美人并不是被王子吻醒的，而是自己醒来的。

整个王国被巫婆施了咒语，所有人都陷入了沉睡，公主也未能幸免，为公主的美貌慕名而来的王子不计其数，但都被挡在了坚固的城墙之外。

公主虽然无法睁眼，却能听到外面的声音，没有一个王子能穿越城墙走到她面前。公主等待救援等了一百年，终于等到了那个命定的王子，可是他同样困在城墙之外，他没有像其他人一样遇难而退，可他一年年地努力，却始终不能接近她。

公主终于明白，她不能一味等待救援，只有依靠自己的力量，才能获救。

所以她强迫自己睁开眼睛，从一开始的一分钟、一刻钟，渐渐能支持半个小时、一个小时，公主利用每天清醒的一个小时，一个人在沉睡的王国里跋山涉水，历经千辛万苦，在和女巫大战了三百回合之后，终于寻找到了破解咒语的办法。

最终，王国的人都从沉睡中醒来，城门再次打开，守在门外的王子为公主献上自己最诚挚的爱意，和她一起守护这个命运多舛的王国。

影片结束。

没有简单的一吻就醒的情节，只有睡美人通过自己战胜女巫的故事。

其实陆依一点儿都不觉得自己是那个主人公，因为她从来没能战胜女巫，她没有这样努力，可是沈林说那就是他心目中的她。

而现在，陆依想要成为这样的睡美人。

首映会当天，陆依和乔以南准时到达现场，两人都正装出席，以示郑重。

沈林出来接他们，看到他们交握的双手，目光微微一暗，却没有说什么，只是含笑将他们请了进去。

离放映开始还剩半个小时，陆依去了一趟洗手间，回来的时候看到沈林一个人坐在放映厅外面的休息区，她走了过去，在沈林面前坐下。

“有话跟我说？”沈林微微一怔，但很快就明白过来，很有默契地猜测到了她的心思。

陆依点了点头，她正了正脸色，道：“沈林，我准备回纽约了。”

话音刚落，沈林的面色就倏然一变：“回纽约？什么时候？”

“不出意外，应该是后天。”

沈林正要回答，目光突然落到了陆依身后。

陆依的心“咯噔”一下，猛地回头，就看到乔以南安静地站在她身后，他的脸上没什么表情，她完全不能判断他到底有没有听到她刚刚说的话。

“马上就开始了，我们进去吧。”乔以南朝陆依伸出手，唇边含着淡淡的笑。

陆依有些心虚，她仔细地盯着乔以南的脸，明明没有任何异常，但她的心在微微地颤抖。

最终陆依把自己的手交付到他的掌心，跟着他回到了放映厅。

影片的时间是 90 分钟。整整 90 分钟，陆依觉得自己如坐针毡，坐立不安，她时不时地偷瞄乔以南一眼，想看看他的脸色是否有异常，却一直没能看出来，倒是被乔以南抓包了好几次，最终被他按着脖子强行看着屏幕看完了影片。

影片结束后，大家都起立鼓掌，陆依没去参加接下来的 Party，和乔以南先行回了家。

进门的时候，陆依突然开口道：“乔以南，你的手怎么这么冷？”

“晚上有点儿凉。”乔以南一愣，随口答道。

陆依突然停下脚步，她深深地吸了口气，问道：“你刚刚听到我和沈林的话了吧？”

乔以南沉默。

“你没有什么要问我的吗？”陆依又问。

乔以南转过身，一双深邃的眼睛深深地望着她。过了会儿，他缓缓道：“如果你想回纽约生活，我就陪你去，这没什么大不了的。”

陆依一愣，她想过乔以南会生气、会发火，但就是没想到他会说他陪她去纽约。

她的眼眶倏然一热，慌忙垂下头去，松开了乔以南的手，声音也变小了：“乔以南，你误解了我的意思，我不是要让你陪我去纽约……”

过了会儿，她抬起头，直视着他，声音轻而清楚：“我的意思是，我们分手吧。”

乔以南的眸光倏地一冷，但他的表情却很平静。他看着她，平静地问道：“理由呢？”

“我发现我并没有那么喜欢你。”才怪！

陆依竭力装出一副无所谓的表情，但内心已经在乔以南极具压力的目光下溃不成军。

她又想低下头去，但一想到这样显得心虚，又不由自主地挺直了腰杆。

“我知道了。”乔以南一本正经地点了点头。

陆依一脸迷茫，就这样？

“不早了，去洗澡睡觉。”

乔以南说完，就自己先上了楼。

“乔以南，我后天去纽约了。”陆依忍不住喊。

“好。”乔以南脚步未停，只应了一声，就头也不回地消失在她的视线里。

陆依站在原地有些怔忡，这么简单就搞定了？

为什么她会有一种不真实的错觉。

还有心里那种想哭的冲动是为什么？

她都做这心理建设好几天了，为什么心里还是跟割了一块肉似的疼？

陆依揣着一颗被自己作死的心回了自己的房间，她也没开灯，在昏暗的房间里站了一会儿，终于忍不住哭了起来。

It will be ok.I can do it!

陆依哭完后，在心里默默地告诉自己。

她不想再当这样浑浑噩噩的睡美人，她想跟影片里的睡美人一样，去跟身体里的睡魔作战斗。

所以，乔以南，原谅我吧，我始终爱你，正因如此，我才想成为更勇敢的自己。

〔4. 我在战斗，你知道吗？〕

回到纽约已经近一个月，陆依再次成了 Claire 的病人，她会定期到医院报到，接受各种身体检查，然后在Claire的专业指导下定时吃药、锻炼身体。

但这并没能阻止她昏睡频率的增加，她开始变得健忘，连情绪也开始有些不稳定。

为了防止自己不定时地昏睡，她在网上查了一堆奇奇怪怪的“偏方”，虽然基本都被Claire否决了，但她自己偷偷收藏了几个方法，她现在是死马当活马医，当然什么办法都得尝试。

这天下午，陆依蹲在电脑前查看邮件，看到沈林在国内发来的捷报，说《睡美人大战女巫》上线几天票房破亿，叫好声一片。

陆依大喜，正要给沈林回邮件，突然感觉到一阵熟悉的眩晕感，她的心一凛，端起桌上的小水盆，就往头顶倒了下去。

那是她收藏的其中一个办法，据说冰水能够刺激人的感官，所以她时刻在身边备着一盆冰块。

那一盆已经有一半化了水，冰冷的水刺激得她精神一振，浑身打了个哆嗦，睡意顿时消散了大半。

见冰水有些效果，陆依几乎要激动得跳起来，她从冰箱里拿出一箱冰块，飞快地倒进浴缸里，然后整个人躺了进去。

冰水刺激得她直打哆嗦，但她确实没有睡过去，她的注意力被身体传来的冰冷给攫取。

她觉得既冰冷又兴奋，感觉自己就是战斗中的睡美人，充满了希望。

她冻得嘴唇发紫，突然听到门铃声响了起来，她哆哆嗦嗦地从浴缸里爬了出来，颤颤巍巍地走过去开门。

来人是Claire，她一看到陆依这副模样，大惊失色。

陆依率先开口：“我没事，不要紧张，刚刚差点儿昏睡过去，我用冰水一泡，就不想睡啦！”

陆依确实没有因为睡美人症昏睡过去，但当天晚上，她就因为高烧昏睡不醒。

她觉得自己的身体一下很冷一下又很烫，整个人难受得死去活来，迷迷糊糊中，她感觉到有人喂她吃了药，又拿毛巾敷在她的额头。

“Claire……谢谢……”陆依抓住那人的手，不甚清醒地喃喃。

那人没有说话，只是用另一只手探了探她额头的温度。

陆依突然翻身抱住那人的胳膊，哼哼唧唧地说着胡话：“Claire，这次我没有睡着，是不是很厉害？冰水真的有效，你还不让我用……”

过了会儿，她又转了个身，嘟囔着：“乔以南要是知道了，一定会开心的……一定会的……”

“他一点儿都不开心。”安静的房间里，有人轻声说道。

陆依醒过来的时候已经退了烧，Claire 已经不在，但是桌上摆着热腾腾的小米粥。陆依连忙给 Claire 打电话道谢，Claire 只叮嘱她不要再打冰水的主意，就挂断了电话。

不能打冰水的主意？陆依有些不太甘愿地揉了揉自己的脸，好不容易找到了有效的方法呀。

陆依的目光在房间里转悠了一圈，最后落到了桌上的水果刀上，难道要用刀割自己吗？

光是想想，陆依就哆嗦了下，还是别对自己这么凶残了……

陆依摇了摇脑袋，下床把粥给喝了，然后趴在桌上继续想办法。

突然，她灵光一闪，奔到柜子前，翻出一个压箱底的针线包，从中抽出一根针，然后小心地放进了自己的兜里，《还珠格格》里容嬷嬷用一根绣花针就把紫薇折磨得死去活来，还没有留下伤口，她深深觉得这个是对抗睡魔的好东西。

这根针派上用场是在中央公园里，那天天气很好，陆依不想一直闷在家里，便去中央公园散步。哪知才坐下没多久，就觉得睡意涌了上来，她当下掏出那根针，狠狠心扎进了自己的掌心。

可是痛苦固然是对抗睡魔的方法，陆依却真的很想飙泪：太痛了有没有，容嬷嬷的手段果然名不虚传啊！

于是，中央公园的某个角落就出现一个一边拿针扎自己一边飙泪的奇葩女人，更重要的是，还响起此起彼伏的惨叫声。

而最终的结果是陆依怎么也想不到的——她被好心的路人夺走了手里的针，然后送进了警局……

警察的问话是这样的：“失恋了？”

陆依摇头。

“失业了？”

陆依继续摇头。

“那就是嗑药了。”

陆依的头摇成了拨浪鼓。

最后是王晋来把她带回去的。

自从她拒绝和刘君辰结婚之后，两人有很长一段时间没再联系，但她觉得王晋对她慈爱了很多，比如说这次，他还会握着她的手，看着她殷红的掌心，语重心长道：“以后别这样对自己了，睡一辈子就睡一辈子，王家也不是养不起你。”

陆依当下就感动得热泪盈眶，她想，她能得王晋这一句话，就算再被针扎一百次，也不会觉得痛。

她不知道的是，乔以雅姐弟俩曾经找过王晋，乔以雅给王晋看过一个视频，那是陆依昏睡的时候，她每天定时起来吃饭、上厕所，她根本感受不到乔以南的存在，但乔以南仍然温柔地跟她说话、给她夹菜，甚至，还会给她讲笑话，而他明明知道她不会回应他。

那样的乔以南，莫说是王晋没有见过，连陆依也从不曾想过，他并未将陆依当成一个病人，他只是在细心呵护、温柔对待他爱的女人。

那个视频给了王晋很大的触动，乔以南尚能如此对待陆依，而他身为陆依的生父，却这样失职。

那一点儿血缘带来的父爱，终于在他心里落下了种子。

可陆依显然没把王晋的话听进去，回去之后，她仍然我行我素，那之后一个月，只要一出现昏睡的症状，她就马上拿针扎自己，她没敢把这事告诉 Claire，所以每次去接受身体检查的时候，都否认自己出现昏睡的症状。

Claire 显然很高兴她没再昏睡，甚至告诉她以后每周去一次就可以了。但陆依心里虚，所以过了三天，她又奔到了医院。

Claire 不在诊疗室，护士把她领到了一个实验室门口，她走过去的时候，正好看到 Claire 和一个戴着口罩、穿着白大褂的医生从实验室走了出来。

Claire 显然没想到她会突然出现，脸上有一瞬间的惊讶。

陆依笑眯眯地朝 Claire 挥了挥手："我觉得我还是需要经常检查，不会打扰你吧？"

"当然不会。"

Claire 话音刚落，旁边的医生突然走上前，抓住了陆依的手。陆依一愣，就见那人盯着她的双手看。

Claire 显然也注意到了上面密密麻麻的针孔伤口，惊呼一声："天哪，你做了什么？"

陆依尴尬地抽回了手，心想，这医生什么眼神？她不过挥了下手，就被看到伤口了？

她抬头看向那医生，却见他突然放开了她的手，转身回了实验室。

"Claire，他谁啊？怎么一句话都不说？"陆依有些纳闷儿地看着那人的背影，觉得有一种莫名的熟悉感。

Claire 根本不跟她多说，拉着她就往诊疗室走，一边走一边念叨："你真是个不听话的病人！"

诊疗室里，陆依正襟危坐，听着 Claire 恨铁不成钢地数落她，心虚地垂着头。

突然，一个金发护士走了进来，送来了一瓶药水和纱布。

Claire 示意陆依把手伸出来，细致地给她涂了药水，然后给她缠上纱布。

"以后不要再做伤害自己的事了，知道吗？"

可是真的有效啊！

陆依想要回嘴，但一看到 Claire 郑重的神情，只能昧着良心点头，看来下次得扎在不容易被看到的地方。

但是被发现之后，陆依显然没那么容易"作案"了，因为 Claire 开始不定时地上门突袭。

在被抓包三次之后，Claire 大怒，表示再也不想管她了，她只能忍痛放弃这个手段。

"亲爱的，不要担心，我们已经在研制特效药，你很快就能好了。"Claire 临走的时候，温柔地摸了摸她的头发，安慰道。

那天晚上，她躺在床上翻来覆去地睡不着，她看着窗外的月亮，突然很想乔以南，他知道她这样努力，会高兴吗？

如果真的有了特效药，她是不是就能和他长相厮守了？

〔5. 原来你一直在陪着我〕

十月的纽约，已经开始有了凉意，Claire 说过的特效药却一直没有踪影。

这天下午，陆依从连续三天的昏睡中醒过来，看到窗外开始泛黄的树叶，心头突然泛起一种无力的苍凉感。

难道真的就要这样一直睡下去吗？

不，她不想。

她起床吃了点儿东西，就直奔医院，她要问问 Claire，什么时候才能研制出特效药。

Claire 仍旧不在诊疗室，她循着之前的记忆，找到那个实验室。

实验室的大门关着，陆依绕到窗边，透过可视度并不是很高的玻璃，使劲儿往里看。

里面有十几个穿着白大褂的人，看着十分专业，有黑人也有白人，似乎来自不同的国家，Claire 也是其中之一，他们围在一起，似乎在研究着什么。

突然，里面传来一阵欢呼声，有人激动地跳了起来，Claire 也是振臂欢呼。

陆依正觉得莫名其妙，呼吸突然一滞，是她眼花了吗？为什么会觉得里面有乔以南的身影？

陆依揉了揉眼睛，使劲儿睁大眼睛往里看，几乎要把眼睛贴到了玻璃上。终于，她确认自己没有看错，真的是乔以南！

只见他脱下白大褂，和每个医生都拥抱了一下。

陆依看着他的口型，发现他竟然在说“谢谢”，他在对每一个人说谢谢。

乔以南，一向不与人亲近的乔以南，让多少人望而却步的乔以南，此刻满面笑容地拥抱每一个人，并用最真诚的表情向他们道谢。

陆依突然明白了他在做什么。

她眼眶一热，忽然就看不清里面的画面，只踉踉跄跄地跑到实验室门口，大门正巧被打开，Claire 率先走了出来。

看到陆依的时候，Claire 兴奋地给了陆依一个拥抱：“亲爱的，特效药有了重大进展，太棒了！”

陆依说不出话，她的目光落在 Claire 身后的那一群人中。

乔以南此刻正转过身来，脸上笑容还未收，看到她的时候，目光温柔如一池春水。

Claire 发现了陆依的心思，放开她的同时，微笑道：“去吧。”

陆依突然朝乔以南奔去，她的眼睛里被泪水续满，她其实已经看不真切他的脸，她只知道，那个人一直站在那里，等着她。

陆依扑进乔以南的怀里，她的双手搂住他的脖子，情不自禁地喊道：“我爱你！”

乔以南，我爱你。

乔以南自然地抱住她，含笑应了一声：“我知道。”

“我说想跟你分手是假的，我说没那么喜欢你也是假的，乔以南，我爱你，我真的爱你。”陆依紧紧地搂着她，哽咽道。

“我知道。”乔以南温柔道。

他既然看了那部动画片，又怎么会不明白她心中所想。

她也想成为那样的睡美人，靠自己战胜睡魔，所以他尊重她的决定，让她走，让她去努力。可是，这不代表他什么都不做。

“原来你一直在我身边，我太笨了，我还以为是我一个人在战斗呢！”陆依松开手，仰头看着他，眼睛红红的。

乔以南帮陆依摘掉眼镜，伸手拭去她眼角的泪水，微笑道：“傻瓜，没有人规定睡美人必须要独自战斗，那是不得已而为之，你已经有了我，就不用再一人作战。我会陪着你，一直陪着你。”

陆依一听，眼泪又哗哗地流了下来。完蛋了，她中了乔以南的魔咒，这辈子都不想再离开他了。

后来陆依才知道，原来早在第一次知道陆依得了睡美人症的时候，乔以南就已经成立了一项睡美人症研究基金，委托纽约的罕见病研究组织开展睡美人症的调查研究，但是，成效并不大。

转折是在她昏迷一个月的时候，乔以南对沃尔夫物理奖的发言，不止风靡了国内的网络，还在国外的网络上疯传，一位曾经获得诺贝尔医学奖的医学家被乔以南的深情所打动，主动致电给乔以南，表示愿意投入睡美人症的研究中。

乔以南大受震动，也因此得到了启发。他和那位医生一起发布联合声明，召集世界上最优秀的医生，一起来开展这项研究。

短短一个月的时间，他们就找到了世界上最优秀的十八位医学家，他们自愿且义务参加这项研究，原因都只有一个——乔以南的深情打动了他们。

一百个普通的医生研究十年也许都未必能出什么研究成果，但十八个国际最顶尖最专业的医学家，聚在一起研究一项病症，那是前所未有的强大力量。

所以，不到一年的时间，睡美人症的特效药便有了重大的进展，假以时日，一定能够成功研制出来，为世界罕见病带来一份生的希望。

“可你是天文物理学家，你为什么会在这里做研究？你也懂医学吗？”两人走在纽约大学的校园里，陆依听着乔以南跟她解释这段时间的事，不由得好奇地问道。

“科学是相通的，如果我有能力研究天文物理，医学对我而言也并非难事，只是时间问题。”顿了顿，乔以南又说道，“更何况我并不算睡美人症的研究员，他们才是真止的专业人员，我只是给他们打打下手罢了。”

陆依听了不由得一愣，不知道该高兴还是难过，他这样恃才傲物的人，竟然会甘心给别人打下手，而这一切，都是为了她。

陆依突然抱住乔以南，忍住想哭的冲动，喊了一声：“乔以南，我们结婚吧！”

好像除了以身相许，和他定下一辈子的相守契约，她已经找不到回报他的方法了。

乔以南的身子一僵，半晌才推开她，淡淡道：“求婚这种事，我不介意你来，但是能不能不要这么随便？”

“那你答不答应？”陆依抓着乔以南的胳膊晃了晃，撒娇道。

乔以南不说话，自顾自往前走，只是耳根却有些不自然地微红。

陆依追上去，继续晃他的胳膊，笑得像一只偷了腥的猫：“乔以南，和我结婚吧！和我结婚吧！和我结婚吧……”

乔以南瞥了她一眼，见她亮如星辰的双眸里倒映着他的身影，不由得翘了翘唇，回道：“看在你这么饥渴的分上，我就勉为其难地答应你吧。”

“噢耶！”陆依振臂欢呼。

两人走累了，寻了一处长椅坐下，陆依把头枕在乔以南的腿上，侧躺在长椅上。她看着面前被风吹落的枯叶，心想人的心境当真奇妙，先前她还觉得寂寥伤感，现在却整颗心都溢着欢喜。

原来有心爱的人陪在身边，是这样幸福的一件事，就像是缺了角的人生，终于完整了。

也不知过了多久，陆依打了个哈欠，喃喃道：“乔以南，我困了，怎么办？”

“那就安心睡吧。”乔以南温柔的声音缓缓响起，带着宠溺和纵容，“有我在，什么也不用担心。”

陆依果真安心地睡了过去。

他看着她香甜的睡颜，想起刚刚她大声喊“我们结婚吧”的画面，忍不住一笑，真是个随便的人，求婚竟然也不准备戒指。

好在，他准备了。

乔以南这么想着，伸手从口袋里掏出一枚精致的戒指，轻而温柔地套到了她的无名指上。

起风了，乔以南脱下外套，盖到陆依的身上。

他抬头，看到一只折耳猫从不远处悠然走来，走到他身边时，它淡定地蜷缩到了他的脚下，眯着眼似乎也想睡觉。他突然笑了，这多像是他曾经做过的一场梦——

宽敞的小院，她睡在他的怀里，他们的猫蜷缩在他的脚下，有暖风吹拂，而阳光正好。

/ 番外一 /

WOHEWODEMAO
DOUXIANGNILE

现世安稳，岁月静好

我　和
我的猫
都想你了

十二月初的纽约城，下了第一场雪，陆依醒来的时候，乔以南已经不在床上。

她推开窗，看到窗外下着鹅毛大雪，整个世界白茫茫一片，美得像是水晶球里的童话世界。

她低头一看，就看到院子里的池塘边坐着一个熟悉的身影，他的手里握着鱼竿，安静得像是雪中的雕塑。

陆依连忙穿上羽绒服就奔到了院子里。

“乔以南你疯了？下雪天你还在这里钓鱼？”

乔以南抬头，平静的脸上漾出一抹笑意：“下雪天，才是钓鱼的好时机。”

“是吗？”陆依狐疑地走近，突然看到鱼竿往下一沉。乔以南立马将鱼竿提了起来，一条肥嫩的鲫鱼被钓了上来。

陆依目瞪口呆，还真行！

她连忙回到房间搬了个小板凳，坐到乔以南边上，整个人靠着他，一双眼睛直勾勾地盯着桶里的鲫鱼，笑得很是开心：“看来我们今天有鱼汤喝了！”

乔以南侧过头在她额头上亲了亲，笑道：“还可以做个红烧鲫鱼。”

陆依双眼亮晶晶地看着乔以南，由衷地赞叹：“乔以南，你现在都成全才了。你看，你既能研究天体物理，还能研究医学，现在你还学会烧菜了！”

“但我还是羡慕你。”

“为什么？”陆依纳闷儿，她除了会做动画之外，就是吃饭睡觉了，而且睡得还真不少，真想不出哪里值得羡慕的。

“羡慕你拥有我这样完美的男人。”乔以南扬了扬嘴角，恬不知耻地说道。

陆依反应过来，顿时笑倒在乔以南怀里：“哈哈哈，乔以南，你的脸皮越来越厚了！”

乔以南哼了一声：“就许你夸我？不许我夸自己吗？”

陆依连忙摇头否认，她憋着笑在乔以南脸上吧唧亲了一口，道：“你最厉害了！能‘娶’到你，真是我的福气！”

明知道字面上被陆依占了便宜，但乔以南一点儿都不以为意，他看了眼她红扑扑的脸蛋，放下鱼竿搓了搓她的手，问道：“冷吗？要不要回屋？”

陆依摇头：“我想跟你一起钓鱼。”

乔以南听了，拉下自己羽绒服的拉链，将陆依的双手拉过来抱住自己的腰，然后将她裹进自己的怀里，这才道：“那就这样。”

陆依乖巧地窝在乔以南的怀里，像一只受宠的猫咪，明明是下雪天，她却觉得自己抱着一个火炉，将她的身心都焐得暖融融的。

自从她和乔以南决定继续在纽约接受治疗后，乔以南就买下了郊区的这栋房子。院子是乔以南专门改造的，中式风，有一种隐世的小情调。

她和乔以南有一搭没一搭地聊着天，安静的小院里只有他们两个人，周围是纷纷扬扬的大雪。

陆依突然觉得自己像是住在童话世界里的公主，而身边的这个人，就是她的王子。

这天结束后，乔以南钓了四条鱼，给陆依做了一个全鱼宴。

吃完后，陆依餍足地打了个饱嗝儿，而乔以南，则像往常一样，进了被改造成实验室的书房。

陆依站在门外看了一会儿，他坐在桌前，非常专注地研究手上的资料，时不时地还会拿起笔在身后的小黑板上写写画画，有公式，也有一些符号，她看不懂，但仍觉得着迷。

一个男人最帅的时候不是他认真工作的时候，而是他在为你而认真工作的时候。

“把口水擦擦。”陆依看得正入迷，乔以南带笑的嗓音蓦地响起。

尽管已经被抓到好几次，陆依的脸还是不由自主地红了红。她推门进去，径直坐到乔以南面前的椅子上，把袖子往上捋了捋，道：“我是来抽血的。”

乔以南见她一副视死如归的模样，忍不住一笑：“抽血的时间是明天早上。”

陆依一听，以迅雷不及掩耳的速度把袖子拉了下来，那神情，就像是逃过一劫。

乔以南有些心疼，又觉得有些好笑。他摸了摸她的头：“看来我的手法还不够熟练。”

自从他们住到郊区后，陆依不再经常去医院，因为一些常规的身体检查都由乔以南负责了，他会每天把数据传给医院的研究组，然后用更多的时间来陪伴她。

“你的手法比之前的护士好多了，一点儿都不疼！”陆依伸手环住乔以南，脸颊蹭了蹭他的胸膛，“乔以南，怎么办？我觉得现在好幸福哇！”

“等特效药出来了，你会更幸福。”乔以南低头亲了亲她的额头。

“可是我觉得你好辛苦。”陆依仰头，一双眼睛如春水般纯净，带着无法掩饰的依赖和心疼。

她从前看他工作，纵然专注、纵然也会忙到废寝忘食，但好像从未像现在这般，如此全身心地投入，注入自己全部的心血和精力，就像是用生命在探索。

他从前研究的目的很简单也很纯粹，甚至研究的过程本身就是一种兴趣和快乐，如今，他的目的只有一个，就是为她研制特效药。这个过程并无快乐可言，唯有结果才能让他开怀。

“你知道怎么做可以让我觉得不辛苦吗？”乔以南捏了捏她的脸。

“知道。”陆依一本正经地点了点头。

见乔以南愣住，她继续道：“当你累了我就亲亲你。”

乔以南忍不住笑出声：“那你还在等什么？”

“吧唧”一声，陆依亲了口乔以南的脸。

乔以南有些不满："亲错地方了。"

"……"陆依红着脸犹豫了会儿，这才嘟起唇凑到了乔以南的唇上。

乔以南的眉眼顿时染上了笑意。

/ 番外二 /

WOHEWODEMAO
DOUXIANGNILE

十六年，杨过等到了小龙女

“罗岚，你给我停车，快停车！”急速飞驰的跑车上，乔以雅紧紧抓着抓手，失控地吼道。

驾驶座上的罗岚听而不闻，跑车驶进一个私人府邸，急遽地停了下来。

他下了车，打开车门把惊魂未定的乔以雅一把拽了下来。他走得很快，乔以雅跌跌撞撞地跟着，整个人都被罗岚突如其来的疯狂给镇住了。

厚重的房门被一脚踢开，罗岚拽着乔以雅进了房间。

“你带我来这里做什么？”乔以雅的发型乱得一团糟，手腕也被罗岚拽红了，气呼呼地问道。

罗岚没有说话，直接将乔以雅推到了床上。乔以雅一坐下就弹跳起来，凶神恶煞地道：“你今天要是敢动我，我明天就找人打瘸你的腿！”

罗岚脱下西装，丝毫没有胆怯之色，直接朝乔以雅逼近：“你看我敢不敢！”

乔以雅拔腿就要跑，罗岚已经一把抓住她，两人双双跌到床上。

“你尽管找人打瘸我的腿，但是我告诉你，你这辈子休想摆脱我！”罗岚压住乔以雅乱动的手脚，向来坦荡的双眸里破天荒地浮现一抹狠厉和决绝，那是被时间逼到极限的男人，最后的破釜沉舟。

乔以雅一愣，眼中有泪倏然滚落。她张了张嘴，想要说些什么，却什么也说不出来。

罗岚低头就狠狠地吻住她，这个吻粗鲁又激烈，激情又缠绵，两人都把这个吻当作一个发泄的渠道。

罗岚不知不觉间松开了手，乔以雅却浑然不觉，她沉浸在这个甜蜜又苦涩的吻里，挣扎又绝望地承受着他的热情。

突然，她迷茫的眼神倏然变得清醒，伸手就要推开他，手掌却突地被罗岚抓住，动弹不得。

“你是不是疯了？”乔以雅抬脚踢他，又被他用脚压制住。

她红了眼，张嘴就朝罗岚的肩膀上咬了一口：“罗岚你个浑蛋！还不放开我！”

乔以雅下嘴毫不留情，罗岚痛得闷哼一声，气道：“乔以雅你这女人什么时候能温柔一点儿？”

“等你能绅士地对待我的时候！”

“对你绅士了这么多年，结果呢？”罗岚一听，顿时火冒三丈，他腾出一只手捏住乔以雅的下巴，眸中有痛色明明灭灭，“结果你还不是要推开我？”

乔以雅的眼眶也红了:“你明明知道为什么,我们不可能在一起!”

“为什么不可以？谁说的不可以？”罗岚声色俱厉，乔以雅的气势难得被压了下去。

见乔以雅说不出话，罗岚的眼神稍微柔和了些，他低头亲了亲乔以雅的嘴角：“雅雅，这么多年了，你该放开了，逝者已矣，我们都要往前走。”

乔以雅闭了闭眼，突然泪如雨下。

她想起了陆然，陆依真正的姐姐。十六年前，他们都还是少年男女，她、陆然和罗岚是最好的朋友，他们是学校最厉害的辩论队成员，彼此都很惺惺相惜。

那一年，他们代表学校去隔壁的秦市参加辩论赛，赛前的晚上，她想要去秦市最有名的一条小吃街逛逛，就缠着陆然一起去。

结果她们在逛小吃街的时候，一辆失控的汽车突然朝她们撞了过来，在生死关头，是陆然用仅剩的理智把她猛然推到了一旁。

她幸免于难,可陆然却被汽车撞了个正着,当场重伤,送往医院后,她见了强撑着的陆然最后一面。陆然一句遗言都没有留下，就此逝去。

如果不是她非要去小吃街，陆然不会死；如果不是为了她，陆然也有机会在夺命飞车前逃生。

可因为她，一个年轻的生命就此消逝，而这个人，是她整个青春时代最好最好的朋友。陆然之后，再不会有人能成为她心底的那个知己好友。

而罗岚，他是陆然喜欢的人。这个集才华和颜值于一身的少年，是陆然坎坷的人生路途上开得最灿烂的那朵鲜花，带给陆然无尽的憧憬和希望。

多少次她和陆然促膝长谈，她都能从陆然温柔细腻的言语中听出她对罗岚的喜欢和向往。

而她呢？她本该做祝福他们的那个，却可耻地喜欢上了自己好朋友的心上人。

那是隐藏在她心底的秘密，她不敢表现出来，也不敢说出来，因为陆然是先喜欢罗岚的那个，她不能让陆然伤心。

有那么一刻，她也想告诉陆然，她想说她们公平竞争，可她还没来得及说出口，陆然就已经为了她付出了自己的生命。

从此罗岚就成了她心里不能触碰的角落。

这么多年，他们若即若离，纠缠不休，她从没有一刻敢在他面前承认自己的感情。

“别哭，雅雅，别哭……”乔以雅是个女金刚一般的存在，在商场上雷厉风行，一个人就能撑起一个乔氏集团，她鲜有小女人的时候，更别说在他面前落泪。所以，罗岚当即就心软了，只伸手拥住她，柔声安慰道。

“你让我回去。”乔以雅停住了眼泪，轻声说道。

罗岚的身子一僵，他沉默了会儿，突然嘲讽地笑了笑：“所以你最终还是要放弃我？”

乔以雅不吭声。

罗岚的心凉了凉，双手却将她拥得更紧了。他的声音低沉中包含着难以言喻的悲伤：“十六年，整整十六年，雅雅，我等了你一个青春，十六年，杨过都等到了小龙女，而你却要告诉我，我等错了人？”

乔以雅听得心里揪痛，紧紧咬住牙关，才能不让自己的身体因为心痛而颤抖。

“我不同意，乔以雅，我不同意。”罗岚抬起头，眼睛发红地看着她，“你不能这样自私，凭什么死的人是陆然，活着受到惩罚的却是我？如果那天死的人是我，你还会这样对我吗？”

“你不要胡说。”乔以雅带着哭腔道。

“是不是只有我死了，你才会承认你爱我？是不是？”罗岚的双手紧紧地握住乔以雅的肩膀，厉声问道。

“不是！不是！”乔以雅被罗岚的脸色吓到，仿佛只要她这一刻点头，他就会真的去死一样，她只能拼命摇头，尖声叫道，“我爱你！我爱你！”

她这一声叫完，既觉得解脱，又觉得背上了新的枷锁。

她伸手捶打罗岚的胸膛，哭得声嘶力竭：“你为什么要逼我？为什么要这样逼我？我怎么对得起陆然？我怎么对得起她？”

罗岚终于逼出了她的心里话，心里畅快又心疼。他只能抱紧她，不停地安慰：“你没有对不起她，是我要喜欢你，如果有一天，我们之间有一个人要为这份情赎罪，就让我来。”

乔以雅哽咽着说不出话。

“雅雅，不要给自己背上枷锁，把一切都交给我，即便是下地狱，也有我在你面前给你挡着。”

不知过了多久，乔以雅终于冷静下来，她的声音沙哑而疲惫：“给我一点儿时间，我要好好想想。”

罗岚这时候也不打算逼她，她的精神承受能力已经达到了极限，再逼下去只会适得其反，所以他只是轻轻地放开她，在她额头吻了吻。

“我送你回家。”

乔以雅用手掩了掩红肿的眼睛，点了点头。

一路上，乔以雅安静而沉默。

她这一生，不知有多少人羡慕她，含着金汤匙出生，美貌、财富唾手可得，甚至可以说是要风得风、要雨得雨，可有多少人知道，她愿意用一切去交换十六年前那个年轻的生命。

她困在十六年前那场事故里，从此再没有交过知心好友，她的友情，连同她的爱情，都一并埋葬在那里。

她竭尽所能地对陆依好，仿佛这样就能弥补自己的过错，但她仍然让陆依失去了姐姐。

乔以雅闭了闭眼，心里有一个声音在痛苦地问：陆然，我该怎么办？你告诉我，我该怎么办？

这天是陆然的忌日，陆依一早就起床，准备好了鲜花。

“真的不用我陪你？”乔以南下了楼，再次跟陆依确认。

“真的不用！我想跟姐姐单独说说话。”陆依摇了摇头，拒绝了乔以南的陪伴。

她已经太多年没有去见过陆然，她想要一个人去，跟姐姐说说心里话。

“那我送你过去。”

陆依倒是没有拒绝，坐上车后，她有些纳闷儿地问道：“怎么没见到姐姐？”

乔以南沉默了片刻，道：“她应该早就过去了。”

这么多年，每到这一天，乔以雅总是第一个去看望陆然。

“那先让姐姐们说说话，你先载我去一个地方。”陆依听了，改变了主意。

陆依要去的地方是从前的家，那里离公墓很近，是韩市比较偏远的一片区域，她就是在那里和爷爷、陆然度过最初的十年。

乔以南把她送到门口，陆依就让他先回去了，她一个人下了车，走进一个长长的弄堂，然后推开了一扇陈旧的木门。

里面一切如初，两间狭小而昏暗的房间，里间有两张床，一张是爷爷睡的，还有一张是她和陆然睡的，外间是小小的厨房加卫生间。

墙上贴了很多陆然的奖状，桌上还有她参加辩论赛得来的奖杯，她从小就是尖子生，那些都是她的荣誉。

床头放着一张照片，那是陆依和陆然，还有爷爷的合照，那时候陆依才丁点儿大，陆然也不过十岁出头，就已经俨然是一个大姐姐的模样，而爷爷，看着比她记忆中年轻很多。

那是他们唯一的一张全家福，陆依一直不曾拿走，她总觉得，只要全家福还在这里，他们的家就还在。

陆依环顾了一圈后，正要离开的时候，她的脚下突然被东西绊了一下，她踉跄着站稳，这才发现床底有一个木盒子露出了一个角。

她怔了怔，低头拾起那个盒子。盒子里面有一本日记本、一沓明信片、一张照片。

她看了会儿，将那个盒子塞进了自己的包包里。

陆依走出房间，慢慢往公墓的方向走去。

陆然的墓碑在山路的拐角，她刚走近，就听到一阵呜咽声，她脚步一顿，没有上前一步。

她从未见过乔以雅在她面前落过泪，但这一声强忍的呜咽，却让她的心生出了一抹疼痛。

陆依一直都知道陆然是为了救乔以雅而死的，乔以雅从未瞒过这一点，但她从未怪过乔以雅。因为陆依知道，陆然能用性命相救的人，一定是对她极为重要的人，陆依如果怪罪乔以雅，就是否认了陆然的牺牲。

乔以雅对她好得不像话，她知道乔以雅是在为陆然照顾她，可这么多年了，她一直以为乔以雅已经从当年的伤痛中走了出来，可她没想到，原来乔以雅不仅没有解脱，还陷入了更大的痛苦中。

“我想过放弃，我想过控制我自己，可陆然你知道吗？原来感情不是我说放就能放。如果你在天有灵，你会怪我吗？你会不会被我伤透了心，会不会后悔当初救了我，我抢了你的生命，还想抢走你喜欢的人，别说是你，连我自己都鄙视我自己。”乔以雅靠在陆然的墓碑前，喃喃自语。

“不会。”陆依突然走了上去。

乔以雅一愣，飞快地擦掉了眼角的泪水，挤出一个笑容：“依依，你怎么这么早就来了？”

陆依上前几步，蹲到乔以雅面前，伸手握住她的双手，认真地道：“以雅姐姐，姐姐不会怪你，她不会因为你喜欢罗大哥，就后悔当初救了你。”

乔以雅一怔：“依依……你都知道了？”

“以雅姐姐，你不欠姐姐什么，她救你是因为你是她最好的朋友，她希望你好好地活着，而不是因此愧疚自责一生。而且你把我抚育长大，给了我最好的一切，你还帮我保留我们的家，让它十几年如一日保持原样，你为我们做的已经足够多……”

“依依，你不懂。”乔以雅叹息一声，摇了摇头。

“我懂！”陆依突然提高了音量，“我知道你喜欢罗大哥喜欢了十几年，我知道你因为姐姐，始终不接受罗大哥，我知道你怕自己的行为是对姐姐恩将仇报，但是，你知不知道，姐姐是怎么看待你们的？”

没等乔以雅开口，陆依又继续道：“姐姐说，如果你们能在一起，那一定是这世上最美丽的爱情，她会请所有的亲朋好友为你们送上祝福。”

“你说什么？”乔以雅满脸疑惑地看着她。

陆依耸了耸肩，从包里拿出那个木盒子，递到乔以雅的手上。

“这里有三样东西，姐姐的日记、你寄给她的明信片，还有你们两个人的合照。我刚刚说的，是姐姐日记里写的话。”

乔以雅一怔，她几乎是颤着手打开了日记本。她一行行地往下看，眼中的泪如珍珠般滚落。

原来陆然早就看出了她的心思，但从未责怪过她。

最后一篇日记是陆然在去秦市之前写的，她在上面写：这两个笨蛋，在我面前遮遮掩掩的，只有他们自己没感觉出来对方的心思吧？等这次辩论赛结束，我一定要让他们原形毕露，哼哼……我最好的朋友，你们如果在一起，那一定是这世上最美丽的爱情，我当然会嫉妒，但你们如果相爱了，我只会请上我所有的亲朋好友为你们送上祝福……

乔以雅看到最后，终于忍不住放声哭了出来。她伸手抱住陆依，过了许久，才终于道：“依依，谢谢你……”

陆依微笑：“别谢我，赶紧去找罗大哥……”

乔以雅狠狠地点了点头，飞一般地往山下跑，刚到山脚，她就看到一个高大帅气的男人正朝她走来。

她只愣了一秒，就飞快地冲了上去，直接扑进他的怀里。

罗岚一愣，这个拥抱让他意外，也让他无限欢喜，但很快，他就听到了他这一生中最让他欢喜的话。

乔以雅说：“我爱你！”

幸福来得太突然，罗岚几乎高兴蒙了，然后他又听到了更让他措手不及的一句话——我们生个孩子吧！

他们已经蹉跎了太多光阴，再也经不起等待了。

罗岚蒙了片刻，突然回神，伸手捧住乔以雅的脸，恶狠狠道：“乔以雅你个臭女人，不要妄想省掉结婚这个步骤！”

陆然的墓碑前，陆依看着山脚下幸福相拥的两人，回头看向墓碑上年轻稚嫩的脸庞，笑着道：“姐姐你看，你所爱的人都找到了幸福，你在天上，也要更幸福才是啊！”

/ 番外三 /

WOHEWODEMAO
DOUXIANGNILE

开 学

九月，英领中学开学，因着前一天乔以雅已经带乔以南和陆依去报到过，所以正式上课这天早上，两人直接骑车去上学。

终于上高中了，陆依跟打了鸡血似的，兴奋得不得了，一路骑车一路哼歌。

乔以南嫌她哼的歌难听，加快了骑车速度，把陆依远远甩在了身后。

陆依丝毫不以为意，反正她认识路，不怕乔以南甩开她，哪知人算不如天算，转角的时候，一辆电动车突然冲了出来，把她撞了个正着，陆依的骑车技术本来就马马虎虎，这一撞，她直接“哐当”一声摔在了地上。

英领中学的校服是裙子，与一般中学不同，特别好看，可摔跤的时候，裙子就成了中看不中用的摆设，陆依不仅把手掌擦破了，右腿还蹭出一道血淋淋的伤口。

骑电动车的是个中年大妈，她倒是也摔了，不过并不严重，本来她还想逮住陆依要点医疗费，一看陆依是个学生，摔得还比她惨，立刻扶起电动车，飞一般地骑走了。

陆依在乔家养了这么多年，养出了一身的细皮嫩肉，虽然她本人不娇气，但耐不住皮肤娇气，她痛得眼泪都飙了出来。

等她好不容易站起来，那撞她的人早就消失得无影无踪了。

这是条小路，来往的人本就不多，一眼望去空空荡荡的，乔以南也早就看不见了，陆依顿时觉得自己凄惨无比，可就算她哭得惊天动地，估计也没人理她，于是她只能惨兮兮地把眼泪憋了回去，掏出纸巾把伤口上的血给擦了擦。

本来早上出门就是掐着点的，这么一折腾，等陆依到教室门口的时候，已经离上课时间过去了十几分钟。

班主任正在跟新生们互动，陆依一脸窘迫地站在门口，弱弱地喊了一声："报告。"

腿上的伤口在侧边，陆依已经将自己的校服整理过一番，倒是看不出摔跤的痕迹，只是看起来有点莫名地可怜。

班主任素来严厉，对于第一天上学就迟到这种事一般是不能容忍的，但也许是陆依长得乖巧，看着又实在有些可怜，班主任难得没有发作，只咳了一声："进来，下不为例。"说完，又道，"去第三排的空位坐下。"

全班同学的目光都落在陆依的身上，陆依红着脸走到自己的座位坐下，也没敢去看乔以南坐在哪里。

陆依的右侧正好是走道，而走道左侧的第五排，就坐着乔以南。

本来乔以南就因为陆依的迟到有些坐立不安，她一进来，他的目光就锁在她的身上，等她坐下后，他更是疑惑地打量了她一眼。

这一打量，就看到了她腿上的伤口和血渍，她皮肤白，那一道伤口便显得特别触目惊心。

乔以南腾地站了起来。

班主任正在给大家介绍各科目的老师，乔以南的动作突兀得很，一下就把全班的视线给吸引了过去。

连陆依也因为乔以南的动静转过头去看他，眸子里还微微有些惊讶。

“报告。”乔以南指着陆依道，“她受伤了，我要带她去医务室。”

陆依呆了一下，然后就见老师和同学的视线转移到了她的身上，大家都顺着乔以南的目光看向她的腿，她的脸腾地就红了。

班主任看到伤口，便也没有阻止，毕竟乔以南和陆依的关系，她在报到那天就知道了。

于是陆依就这么被乔以南拽出了教室。

“怎么回事？”一出教室，乔以南就皱眉问道。

“摔了……”陆依瘪了瘪嘴。

“怎么摔的？”

“被电动车撞了……”

“什么？撞你的人呢？”乔以南脸色一变，追问道。

“跑了……”

乔以南气得脸都青了，但一看陆依这副可怜兮兮的模样，还是把气憋了回去，问道：“你是笨蛋吗？受伤了不知道去医院？”

“我都受伤了你还骂我？”陆依有些委屈地瞪了乔以南一眼，然后小声嘟囔，“也不知道是谁没有等我……”

“……”

到了医务室，医生帮陆依消毒伤口，陆依疼得哇哇大叫。

乔以南皱眉看着，有心想叫医生轻点，可一接触到陆依的目光，说出口的话就变成了：“活该。”

陆依一听，委屈地眼睛都红了，瞪着乔以南不说话。

乔以南被她看得有些不自在，不过还是绷着脸道：“不许哭。”

“我就要哭！”陆依说话的当口，眼泪已经扑簌扑簌地落了下来，哭得好不凄惨。

医生是个年轻男人，见状连忙拿了纸巾递给陆依，安慰道：“小同学，别哭了，我保证不让你留疤怎么样？”

说完，他又看了乔以南一眼，不赞同地道：“你这男同学也是，哪有对自己同学这么凶的？得得得，你去门口等着吧，别又把她吓哭了。”

乔以南抿了抿唇，转身走了出去。

陆依见乔以南走了，也不好意思在医生面前哭了，不过乔以南这家伙总是对她这么凶，连她受伤了也没有温柔一点，她想想还是有些不开心。

没过多久，伤口处理好了，陆依走出医务室，发现外面压根没有乔以南的影子……陆依瞪了瞪眼，心想，乔以南太没良心了，她回去一定要跟姐姐告状！

就在她要自己回去的时候，乔以南突然不知从哪里跑了过来，还气喘吁吁的，他站到她面前，有些不自然地往她手里塞了个东西。

陆依低头一看，竟是自己最喜欢的泡椒凤爪，只是乔以南总是觉得这是垃圾食品，经常不让她吃。

她错愕地看了眼乔以南，就见他咳了一声，道：“等伤口好了再吃。”

陆依的心一下就放晴了。

她弯了弯眼，高兴地点了点头，心想，看在泡椒凤爪的份上，她就不告状了！

而乔以南看着她眉开眼笑的模样，眼中也终于浮起一抹浅浅的笑意。

/ 番外四 /

WOHEWODEMAO
DOUXIANGNILE

小 甜 点

〔打架〕

陆依一向是软萌属性，唯一一次动粗，是在高一，有个一向嘴贱的男同学对她说了一句话——“你姐姐死得真是划算，要不你现在还是个穷鬼。”

陆依当下就扑过去跟人打起来了。她当然打不过人家，但她拼了命，对方一时竟也招架不住。

后来是乔以南把她拉开的，她在气头上，还想冲上去，乔以南将她死死抱住，在她耳边说了四个字：“我帮你打。”

然后所有人便看到乔以南迅速地转身，朝那男生揍了过去。

那天挂了彩的乔以南领着哭哭啼啼的陆依回了家。

“疼吗？”陆依抽抽噎噎地问了一路。

“不疼。”被问得脑仁疼的乔以南耐着性子回答了一路。

〔怀孕〕

陆依初怀孕的时候，自己并不知道。

有一回陆依昏睡醒来，发现床边有一束康乃馨，她很惊悚地看向乔以南：“如果你非要送我花，我比较喜欢玫瑰。”

乔以南的眉眼里有掩饰不住的笑意，他低头亲了亲陆依的额头，道：“恐怕你要开始喜欢另一种花了，老婆，你要当妈妈了。”

陆依的脸色更惊悚了：“我可不可以再晕一次？”

“不可以。”乔以南捏了捏陆依的鼻子，“起来，宝宝需要出去晒晒太阳了。”

〔喜欢〕

一日，陆依心血来潮地问乔以南：“如果有人十几年如一日地喜欢你，你会因为感动而接受她吗？”

“会。”乔以南正在看书，头也不抬地答道。

陆依瞪眼：“你怎么能因为感动而跟别人在一起？”

“因为我也十几年如一日地喜欢她。”乔以南抬了抬眼，目光分外温柔。

陆依红了脸：“我说的不是我，我是说……”

“哦，那不会。”乔以南顿时觉得意兴阑珊，直接打断陆依的话，继续看书去了。

〔研讨会〕

陆依病愈后，和乔以南回韩大任教。

临市高校组织研讨会，两人都在参加名单里，陆依一边收拾行李一边瞅着睡得正香的宝宝，直埋怨：“怎么我也要去？好舍不得宝宝……”

乔以南安慰她：“有姐姐照顾，不用担心。”

第二天，陆依恋恋不舍地上了车，她在车上打了个盹，下来时发现自己在一个度假村中。

乔以南淡淡道：“研讨会取消了，来都来了，就度个假吧。”

陆依一听，立马提议回去，结果还没打开车门，就被乔以南一把抱了起来，乔以南一路将她抱进房，把房门一关，哼道：“老实待着。”

陆依一头雾水，还没来得及说话，乔以南已经欺身而上：“乔太太，需不需要我提醒你，今天是什么日子？”

陆依还没想起来，就听乔以南咬牙道：“陆依，结婚纪念日你都能忘！你能耐了？”

陆依恍然大悟，心虚的同时，脑子像开了窍似的：“该不会根本就没有研讨会吧？”

乔以南的脸上浮现出可疑的红晕，和自己老婆过结婚纪念日，还要找学校领导帮忙，这纪念日过得也是没谁了！

怪只怪家中的臭小子存在感太强，完全霸占了陆依的心，他都快被挤出去了！

想到此，乔以南狠狠地咬了她的唇瓣一口，气哼哼道：“怎么没有？夫妻生活研讨会该好好开开了！”

/ 作者幸福小手札 /

WOHEWODEMAO
DOUXIANGNILE

他们的大事迹——一生有你

十岁，陆依进了乔家，第一次遇见乔以南。
他在乔以雅的威逼下心不甘情不愿地喊了她一声“妹妹”。
从此她与他朝夕相处，一起成长。

十四岁，她发高烧，乔以南陪她入睡，一宿未眠。
他第一次意识到彼此的男女之别。
从此他的眼里第一次有了女生的身影。

十五岁，她在泳池溺水，被他救上岸。
她看着他紧张又温柔的模样，怦然心动。

十八岁，学校停电，她趁黑跑到他座位上亲了他一口。
那一晚如此普通，却成了他们年少的记忆里最绚烂的时刻。
谁都不知道，这一年，会是他们别离的开始。

二十岁，向乔以南告白的人已经能绕操场一圈，他却无动于衷。

室友在他的记事本上无意间看到密密麻麻的两个字：陆依。

同一年，频繁昏睡的陆依办理了休学。

二十二岁，乔以南从韩大毕业，正式成了韩大研究所的一员。

他的抽屉里躺着陆依的照片，他看了又看，恨了又恨。

大洋彼岸的陆依从昏睡中醒来，用画笔画下了睡梦中乔以南的模样。

二十四岁，陆依的病情渐渐好转，她拿起日记本，发现乔以南的模样逐渐模糊。

她已经快要将他忘记。

大洋彼岸的乔以南第一次酩酊大醉，不明白她为什么还不回来。

二十五岁，陆依回国，住进了乔以南的公寓。

乔以南历经波折，终于将告白说出口。

他们终于成了恋人。

二十六岁，陆依的病情复发，再次昏睡。

乔以南发现当年她离去的真相，视她为掌中宝，尽心呵护。

二十七岁，乔以南获得了沃尔夫物理学奖。

陆依的病情加重，忍痛与乔以南分手，回纽约治疗。

却不知，乔以南一直在纽约为她研究特效药。

同年，两人结婚。

婚后第一年，陆依发现自己怀了宝宝。

乔以南对陆依越发百依百顺，乔以雅表示乔家多了位妻奴。

婚后第二年，宝宝出生，是个儿子。

陆依希望宝宝长大了当研究天体的科学家，乔以南却早早地买了一堆医学书，誓要让儿子当医学家。

同年，特效药研制成功，陆依再也不用当睡美人。

婚后 N 年，乔以南带着陆依去纽约度假，抱着她深深亲吻，心情很好。

“终于甩开那臭小子了。”

刚说完，陆依就接到了儿子的电话：“麻麻（妈妈），我在肯尼迪机场，快来接我。”

乔以南黑了脸，顿时很想将这个儿子发送到外太空。

陆依看着他郁闷的模样，放声大笑。

很多很多年以后，他们仍然幸福地生活在一起，腻歪得宛如热恋，没有睡美人症的困扰，只有琐碎又幸福的乔陆日常。

愿这世上的罕见病都能被治愈，愿不幸患上罕见病的人都能像陆依一样，勇敢而坚强，收获属于自己的幸福。